青山入旧年

安徙 / 著

法律出版社 LAW PRESS · CHINA

谨以此书献给李金山先生与徐振华女士
还有每一个被姥姥和姥爷真心疼爱过的你

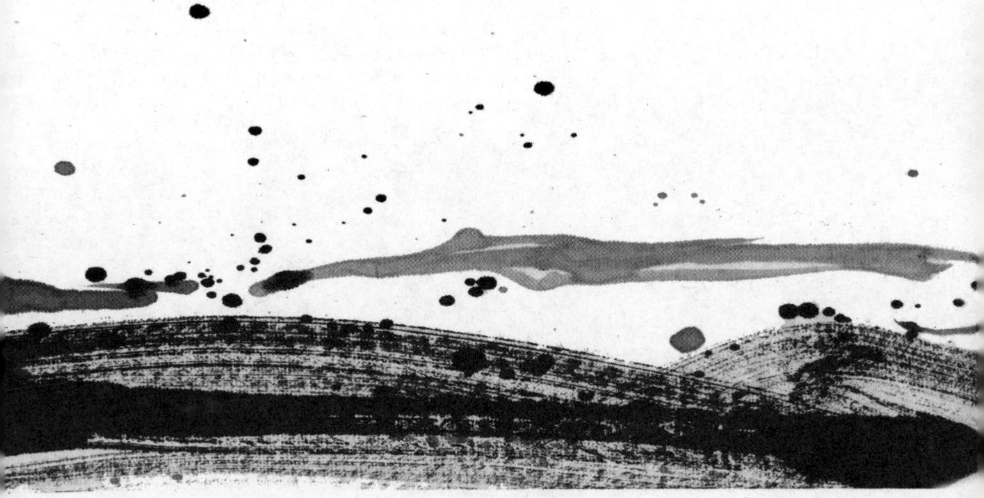

目录

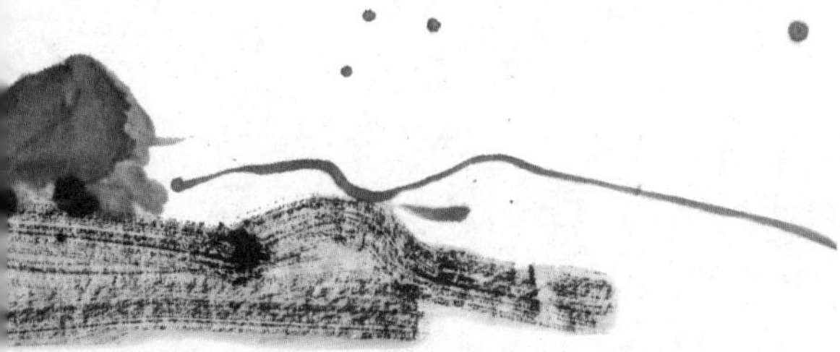

老房子

青山岩岩，青烟霭霭，飞到天上便成了云，落在地上就有了生命。

老房子

黎黎坐在自行车上，看着烟囱时不时地抛出雾气，前方是浅灰色的厂房与砖红色的铁门，穿过那道铁门，就到了爸爸工作的地方。

她睁大眼睛，看着硕大颀长的机械手臂起起落落，像是无声的芭蕾，小小的胸膛里竟渐渐有了一种周而复始的安心，甚至开始觉得，这些覆盖在黄色油漆之下的物体，都慢慢有了生命。

“晚上想吃什么？”

爸爸一边按着控制间花花绿绿的按钮，一边问道。

起重臂上面的黄灯对自己眨了眨眼，她还没有回答，就被抓到了空中，突然身体向下沉去，下面是无声运转着的传送带，那一瞬间，黎黎体会到了两种从未有过的感觉——绝望和飞翔，接着便惊醒了。

此时房间空无一人，窗帘半掩，朦朦胧胧照得并不真切，在梦里，爸爸冲到最前面接住了自己，从失控的厂房里跑了出来，回头看时，烟囱依然慢吞吞地吐出灰烟，消散在远处青灰色的山脊之间，厂房内外，分明就是两个世界。

黎黎四下张望着，地上是散落的旅行箱，墙上是彩色玻璃纸映衬的倒影，斑斑驳驳地投射出陌生的图样，没有自行车，没有控制间的按钮，更没有会跳舞也会抓人的机械手臂。

劫后余生。

工厂的那条传送带，把扔上去的每个人都变成了相同的模样，真正的冒险刚刚开始。

门外有人，黎黎赶忙躺好，半闭着眼睛，假装还在睡觉，却在妈妈靠近的时候忍不住偷偷笑了起来。

又装睡，妈妈刮了刮黎黎的鼻尖，眼睛却看着外面。刚才一只鸽子站在那里咕咕叫，不等人靠近，就倏然飞到了马路对面的高楼上。

黎黎张了张嘴，想要讲做过的梦，却发现梦境仿似烟尘，风一吹就散了。

窗外近处是集市，远处是青烟，青山岩岩，青烟霭霭，飞到天上便成了云，落在地上就有了生命。透过纱窗，可以看到高耸的烟囱在不疾不徐地呼吸着，正像那座工厂里不紧不慢的人群。在自己家住腻了，换个地方，黎黎觉得新鲜也有趣。

黎黎的姥爷一家姓程，住在机械厂旁边的六层家属楼里，一单元三楼的中间户，两室一厅的老房子，双阳面。那时中苏关系和缓，加上厂里很多技术员早年都在苏联学习过，所以就连楼房都设计得多少带那么点儿苏联意味。

程师傅是工段长，又年年得先进，新盖的红砖房自然要分他一套。当年厂里分房子要抓阄，隔壁的老郑抢着最先抓，想要一个双阳面的中间户。程师傅不着急，把最后一铲子煤填进炼钢炉里，悠哉悠哉地最后才到，剩下的唯一一个纸团儿，恰好就是老郑最想要的三楼双阳面。可见运气这个事情，并不讲什么先来后到。

分到房子那年刚入秋，程师傅就把阳台封住了，这样冷气跑不进屋里，加上新装的暖气片，冬天也能好过一些。不仅是自家阳台，连着六楼李主任家的阳台，程师傅也帮着封得严严实实的。

“水泥这东西，扔了也可惜。”程师傅说，“人家说了，当年在苏联，也这么弄呢。”

于是，冬天还没到，家家户户都封起了阳台。原本凹凸的红砖房，就方方正正地迎来了第一个冬天。

那时程家最小的儿子，黎黎的小舅舅程明远，刚学会打算盘。噼里啪啦打起来的时候，四楼的周家奶奶说这孩子长大了一定是个小账房。

明远眼睛一翻，说自己才不当账房，他刚看了一本《小灵通漫游未来》，信誓旦旦地跟每个人说以后都用微型半导体电视电话，到那时候就没人当账房了，都交给“铁蛋”机器人来做。

寒来暑往，秋收冬藏，楼下的槐树长到能乘凉的时候，就有了一个小世界，人们在树下下象棋或是打扑克，三楼老郑家剥南方带来的菱角，几个小孩把空竹抖得嗖嗖响。明远追着六楼的小儿子修明要眼镜，一不小心碰了人家的象棋桌。一时间，飞象过河平车马，乱了楚河汉界。

后来，明远读了大学，程家两个女儿相继出嫁，家里的人几进几出，再后来有了黎黎，程师傅也就退休了。

每周六是程师傅最高兴的日子，黎黎和爸爸妈妈一起来，吃两顿饭，散一趟步，程师傅还给黎黎用尼龙绳编了一个网状的秋千，系在两棵榆树的中间。人在树下荡着，树叶在风里飘着，飘了几年落在秋千上，黎黎就长大了。

黎黎长得越高，看到的地方也就越远。于是渐渐地，踮着脚透过玻璃窗，就看见了实验小学的灰色砖墙，再向远处笔直地延伸开来，就是家里人曾经工作的地方。黎黎放暑假的时候，就看着机械制造厂的烟囱，烟囱不再冒烟时，妈妈就要来接自己回家，无一例外。

虽然周六在姥姥家睡午觉已是惯例，但对黎黎来说，晚上住在这里还是头一次。姥姥总对妈妈说，嫁人了还总想着回来住，像什么样子。

黎黎的头发睡得散乱，妈妈一边给她扎头发一边说要带她去市场。发辫扎得紧，揪得头皮生疼，黎黎便张牙舞爪地跟姥姥叫救命。

姥姥看了看黎黎，又看了看妈妈，叹了口气说还不知什么时候才能继续回去上班，花这些钱做什么。妈妈怔了怔，只好妥协，最后还是黎黎跟着姥姥去了市场。

“路上听话。”妈妈对黎黎说，还叮嘱黎黎不许乱要东西。

姥姥把黎黎头上的辫子松了松，生怕头发扎得紧，说黎黎比他们小时候都乖巧多了，黎黎听到这话骄傲地仰了仰头，头上的两个米老鼠发饰碰到一起，声音清脆。

刚一出门，姥姥就悄声对黎黎说：“别听你妈的，想吃什么姥姥给买。”

黎黎依稀听到有琴声，断断续续地演奏着一支熟悉的曲调，正想着是谁在弹琴，就听姥姥说，是隔壁郑家的小孙女阿姝，每天这个时间都练一个小时。之前来老房子时黎黎曾与阿姝在槐树下玩洋娃娃，洋娃娃的眼睛一开一合，发出哒哒的轻响。黎黎从不敢像阿姝那样给自己的洋娃娃梳两个马尾辫，她的娃娃只有围着脑袋的薄薄的一圈头发，有些地方还稀疏地露着头皮，古怪极了。

阿姝戴一只淡紫色的黛西手表，玩着玩着，她便指着表盘上的数字5对黎黎说，指到这里就得回家练琴。后来黎黎上楼的时候，听到阿姝隔着门帘边弹琴边哭。喜欢钢琴的人是阿姝还是阿姝的妈妈，黎黎始终不知道，她只觉得阿姝不快乐，曲子弹得零落，郁郁地回荡在老房子里。

可老郑还是在楼下说，她弹得最好，老师都喜欢她，还夸他们南方人都聪明，学得快。在老郑眼里，南方老家什么都比北方好。有一段对话黎黎记得最清楚：

“我们老家空气好得很，什么沙尘暴啊，听都没听过。”

“那南方下不下雪？”

“下啊，怎么不下？”

“那还叫什么南方……”

黎黎嘟囔着，但依然羡慕爷爷奶奶都是南方人的阿姝。北方的春季与秋季总是先扬沙再落雨，窗户上甩着小泥点，总归不那么爽利。只是黎黎不知道，被邻居叫作“小南蛮子”的阿姝，只想平静地当个北方姑娘，就连和南方老家的亲戚通电话时，都讲普通话，字正腔圆。

如果非要找出阿姝和黎黎有什么不一样，大概就是程师傅总说的“睡脑壳儿”。总有人说阿姝和她的小姑姑“前奔儿头后勺子”的，土生土长的北方人才不长这样，阿妹一家都是“外来户”，是“南蛮子”，心眼儿像针缝儿那么细。

“看我们黎黎这脑袋，睡得多平啊，这才有福气呢。”

程师傅在饭桌上沾沾自喜地一边说着，一边摸摸黎黎的后脑勺儿。时间长了，黎黎只要遇到阿妹，就忍不住盯着她的后脑勺儿看，后脑勺儿的门道没看出来，却记住了好几种只在阿妹头上见到过的头花式样。

阿妹真好看啊，黎黎暗自想着，就像《葫芦小金刚》里的小蝴蝶一样好看。

明远曾经说过，老房子里住着两种人，一种是无所不知的人，另一种是一无所知的人。而后者，往往比前者更快乐。

机械厂的老职工都是二十世纪五六十年代从全国各地招工来的，这些人从小城镇来，起先是学徒工，后来自己也当上了师傅，其中就包括程师傅和老郑。程师傅老家近一些，黄河两岸都是家。而老郑呢，据他自己讲，老家就在长江边上，黄河的鲤鱼是不屑吃的。那怎么不回去？家人都在这边了，还怎么回去。于是老郑依然生活在老房子里，倔强地说着南方口音的北方话。像他们这样的老职工还有很多，来了这里，就没想过再走，于是一代接着一代，都变成了北方人。

还有些人，经历了几次运动，就从南方来了北方，从东面来了西面，带着学问，也带着委屈，住在这栋老房子的顶楼，看青烟远上层云去，一笔乡愁画不成。

可是不管学问有多高，是普通的老工人还是老主任，都有那么一个望子成龙的理想，住在顶楼的李家也一样，或者说，李家对于读书这件事，有着比其他老邻居更高的期许。然而尽管李主任将大多数精力都放在了大儿子修齐身上，却依旧不得不承认，修齐根本不是读书的材料。

“不读书你想干什么去啊。”李主任的眼镜在台灯下反着光，一只红笔画了无数个叉。

“跟你们一样，当工人呗。”修齐理所当然地说。

那天晚上邻居们才知道，原来弱不禁风的读书人，打起儿子来也毫不含糊。

挨打归挨打，修齐还是没有考上重点，勉勉强强读了职校的专科，学电气焊，实现了挨打那天脱口而出的理想，把考大学这个对父辈来说都轻而易举，而对自己来说难如登天的历史重任甩给了弟弟李修明，然后娶妻生子，走上了机械厂职工这条安稳平坦的康庄大道。李主任退休前在厂里见过几次修齐，穿藏蓝色的确良工服，走在技术科的白大褂中间，刺眼极了。

李修齐的女儿小嘉言出生的那一年，机械厂的效益开始下滑，听说几个附属小学和中学甚至三个月都没开过工资了。修齐想了想，跟妻子商量干脆主动请辞，做起了生意，经常是南方北方来回跑，小嘉言也就被放在了李主任家里。

李主任曾经想过，是不是这一家人体内都流淌着一种血液，一种由不安分与孤独构成的血液。如果不是这样的话，那为何所有人都放着安稳的日子不过，去选择背井离乡的颠沛呢？

李修齐做生意的第一年，三楼程家小儿子程明远的大学录取通知书邮到了家门口，程师傅断断续续念了通知书，还读错了两个字，人们才想起了当年因为几个英文单词被打得满楼跑的修齐。可见“老子英雄儿好汉”这句话，也并不是什么普世真理。

收到通知书的那天晚上，程师傅带着儿子，提着两瓶一直没舍得喝的白酒，送到了六楼的李主任家。

“考上大学是好事儿，多好啊，”李主任的老伴儿沈老师说，“我们两口子都替你们高兴，羡慕你们家呢。”

“我们都没念过什么书，没想到儿子考上大学了，还是重点大学。”程师傅呵呵笑着，差点把明远的眼镜拍下来。

程师傅使了使眼色，程明远赶紧把酒递给李主任，李主任不着急收，问明远读什么学科。明远说读中文系。程师傅忙问这专业行不行，按照自己的想法，还是应该读数理化，学技术的好。

李主任说不管哪门功课，读好了都不错，说着说着竟然还羡慕了起来。

听了这话，程师傅彻底放了心。自己儿时没钱读书，最羡慕读书人，所以读书人说的话他也最相信。于是赶忙示意明远把酒留下。

“这我就不收了……”李主任生硬地说，在礼尚往来的人情学科里，李主任大概还没有这么高的学问。

“我看啊，这酒你们拿回去，考上大学了，免不了请人吃吃酒席，到时候也叫上我们。”沈老师随后说道，“我们也让修明多跟明远学着点。”

刚说完就听见里屋砰的一声关上了门，明远向里面看了看，是李家的小儿子李修明。修明总是说父亲偏心，还跟明远开玩笑说索性换个身份，把户口本上的程明远直接改成李明远。

李主任是文化人，程师傅尊敬文化人，两家自然走得近些。甚至有些时候李主任被请回厂里作报告，程师傅都会打发程明远去机关幼儿园接李主任的孙女小嘉言放学回家。

小嘉言就在这栋老房子的顶楼成长着，在一叠叠裁好的烟盒纸上学认字，在顶楼的走廊里吹着夜风数星星。当楼下新栽的榆树第一次簌簌地落下榆钱时，小嘉言也背会了床前的一缕明月光。于是人人皆知，六楼李主任家的孙女早慧，三岁成诵，也生得喜人。

“要是身子再好些就好了。”

小嘉言从没听过楼下的邻居讲这句话，只是跟着爷爷，慢慢地爬到最高层，人声渐渐平息，连烟火气也渐渐消散开来。爷爷取出一串钥匙，叮当作响。接着便闻到隐隐的樟脑气息，混着墨汁与书页的味道一同钻进鼻子里。

爷爷一旦拿起了书，小嘉言也就跟着安静了起来。后来再大一点，爷爷在烟盒纸上抄了一首《夜宿山寺》。

“不敢高声语，恐惊天上人。”

小嘉言想，无人作声也无人嬉戏，那天上人一定很寂寞。

小嘉言喜欢看着爷爷和奶奶对坐在书桌前面的样子，奶奶批改作业，爷爷看书或裁烟盒纸。那些烟盒纸，小嘉言都一张一张地码在书架最下面一层的抽屉里，从“床前明月光”到“莲叶何田田”。

只是住在顶楼，爷爷又喜静，小嘉言只好趴在阳台上数星星，见槐树上栖了一窝燕子，与流星赛跑。

危楼高百尺，她是距离星辰最近的孩子。

烟火气只有周末才有，明远叔叔从三楼带一盘家里刚炸的馓子，或是一碗拌好的土豆泥莜面，连同之前借的书一同送来。奶奶接过盘碗，爷爷把新书递到他手上，接着两个人就坐在沙发上说话，有时问数学题目，有时也聊最近读了什么书。再后来，明远叔叔读了大学，寒假再来，说期末时一门课的论文写了周邦彦。

明远叔叔念《苏幕遮》：“故乡遥，何日去？家住吴门，久作长安旅。”

爷爷没再说话，只是看着鸽子扑腾着翅膀，向着更远的地方飞了过去，只是一瞬间，就看不到了。

爷爷很少坐在楼下和外人闲谈，小嘉言听到有人说爷爷总是“端着”，只有她心里清楚，爷爷只是不喜欢说市井闲话而已。可是爷爷不在意，自己翻着书，孤单也坚强。

偶尔家里会多几只菱角，或多一碗笋干，小嘉言就知道，这是程家隔壁的阿瑾姑姑也来借过书了。

阿瑾是三楼郑家的小女儿，小嘉言听几个邻居说她是短发的“小邱淑贞”。阿瑾自幼喜欢画画，准备考美院，和明远一样去北京念书。

阿瑾姑姑最喜欢爷爷去北京时在西单购的一本飞天壁画的画册，封面是反弹琵琶。她来借过三次，有两次明远叔叔恰好都在。有时就像是约好了一样，明远叔叔刚进门，阿瑾姑姑就敲门，看了书再一起下楼去，两人一起，走得很慢，影子拉得很长。

有时明远不来，阿瑾也就不来。家里又变得清冷冷的，小嘉言透过窗帘的缝隙看去，依然是手可摘星辰。

人人生来孤独，所以才需要同伴。明远叔叔临走之前说过，下次回来，就要介绍黎黎来跟她玩。小嘉言大概知道黎黎是谁，从阳台向下望时，被爷爷牵着回家时，都隐约记得她的影子，却从未打过招呼，更没一起玩过玩具。可她莫名觉得，黎黎会是一个很好的同伴，或许她们还有一样的孤独。

小嘉言向楼下看去，奶奶买菜回来，站在楼下和人说话。她央求过一起去，奶奶不让，说她刚刚才退烧，不能受风。她只能默默看着，看一群大雁向着南边飞过去，再往南是黄河，盘旋着盘旋着，就又向着更远的南方飞去，总是比人更自由。

和几个邻居站在一起的是一个百无聊赖的小孩子，小嘉言远远地看着，觉得和自己年纪相仿。然而离得太远，看不清眉眼，只能看到长长的发辫与湖蓝的短裙，手里擎一支奶油花脸雪糕——她只偷偷尝过一次，第二天就犯了咳嗽——却大概猜得出，这就是黎黎了。

开朗又健康的黎黎。

小嘉言看着奶奶向楼上走来，赶忙跑回房间里，咕咚咕咚地喝下奶奶临走时凉的一大杯白开水，连同两个药片，药片在嘴里散出苦味，苦得令人心焦。小嘉言用手摸了摸额头，一阵冰凉，这才放下心来。

夕阳渐渐褪了颜色，身后的天空漫上了一层深蓝，远处的烟囱也不再呼吸，白天与夜晚，在这一刻被分成了两个世界，单调却平稳，平稳得令人想要白白浪费掉这样的时光，又或者，打破周而复始的一场安眠。

“姥爷怎么还没回来？”黎黎刚一进门就四下张望。

姥姥麻利地洗了一个苹果塞到黎黎手里，是黄香蕉苹果，口感绵软并不爽脆，像极了欲言又止的黄昏。

姥姥转头对妈妈说：“你爸那点儿心思谁看不出来，觉得没面子，就自己出去散步，等到楼下邻居都走了他才回来。你说谁家这么闲的，天天盯着别人家过日子？再说了，报上都说了大面积下岗，又不是就你一个人……”

“妈，黎黎还在呢，”妈妈碰了碰姥姥，又指了指黎黎，自言自语似的，“我们娘儿俩找到房子就搬出去……”

“搬什么搬，你从这个家搬出去，现在搬回来，还跑出去租房子住像什么样子。”妈妈话音未落，黎黎就听见刚回来的姥爷说，“我可不管你们怎么折腾，但是搬回来了就不许再出去了。当年你就不听话，非要跟老赵家那儿子在一起，你看怎么着……”

后面的话还没听完，黎黎就被小舅舅领进了房间里，却也知道姥爷口中的“老赵家那儿子”说的就是爸爸。早上爸爸去上班的时候黎黎还睡着，他这几天似乎很忙，每次黎黎问起来，妈妈都说爸爸在黎黎睡着的时候回来过，又赶着上班去了，然而黎黎始终未见过爸爸一面。

远处的青烟被风模糊了形状，在月光下也看不真切，黎黎看看小舅舅桌子上的闹钟，爸爸本应该这个时候来接她回家的。姥爷说话的声音透过房门传进了屋里，还没等黎黎明白什么是“小拖油瓶”，姥姥就捧着一罐腌菜，让小舅舅带着黎黎，送到六楼李主任家里去，说是做多了。

楼道里没有灯，小舅舅让黎黎拿手电筒照着前面，一大一小两个人默默地向楼上走着。黎黎抽了抽鼻子，对面的阿姝家飘出一阵糖醋味，黎黎记得之前来姥姥家玩时，阿姝的小姑姑就在吃饭时送来了一碗糖醋小排，说是专门为黎黎加菜。除了后脑勺儿与弹钢琴，黎黎对阿姝没什么印象，却打心眼里喜欢她的小姑姑阿瑾。听姥姥说，阿瑾也要考大学，还特意嘱咐小舅舅，如果阿瑾也去北京念书，一定要帮衬着她。小舅舅点点头，还红了脸。

再往上走，是呛鼻子的辣椒味道，黎黎打了两个喷嚏。五楼中间那户的门口常年放着一个酸菜缸，还在过年时送过黎黎一家两截血肠，左边那户的黄阿公给黎黎家送过马蹄羊肉煲，每家飘出来的味道都不一样。小舅舅之前说过，到了饭点站在楼道闻一闻，也就知道“客从何处来”了。

味觉也是一种乡愁，从不说谎，也从不遗忘。

门一开，里面站着一个小小的人，短发头，刘海儿稀稀地蒙在额头上，眼睛下面微微泛青，是大病初愈的样子。黎黎依稀记得，之前见到小嘉言的时候，她和自己一样，都是长发。长头发和动画片一样，都是剪短了就会让人扫兴的东西。黎黎每次剪头发都央求妈妈只剪一小截，多一点都要嘟囔半天。明远问小嘉言怎么把头发剪了，小嘉言说是因为之前住院，不好清洗，没办法只好剪短。说着她眼眶就红了，看到明远身后还站着一个小孩子，又硬是把眼泪忍了回去，只在眼眶里打转。

明远问小嘉言挑不挑食，还咳不咳嗽，小嘉言也围着他不停地说话，仿佛这些话积攒了很久，要一次说完似的。黎黎插不上话，只觉着明明是自己的小舅舅，现在看来，反倒像是小嘉言的舅舅了。老房子的一切都与黎黎有关，却又事事透着几分陌生，她忽然很想回自己的家，但听妈妈的语气，似乎再也回不去了。

“以后黎黎就住在这儿了，没事儿就来我们家玩。”小舅舅放下东西，就要带着黎黎下楼。

小嘉言这才问黎黎，她是不是今年读小学。黎黎点点头，接受着小嘉言的羡慕，听她连珠炮似的说，明明爷爷答应她今年读小学的，可是妈妈不同意，说她年纪小，又总是生病。

黎黎胡乱应和着，除了在哪个班上学，她心里还揣着更重要的事，只好匆匆告别。临走的时候，沈老师递给小嘉言一支体温计，看着她闷闷不乐地夹在了胳肢窝里。

刚走了几个台阶，黎黎忍不住问小舅舅，为什么自己要一直住在老房子，爸爸什么时候来接她。

小舅舅犹豫了一下，没有回答，只是攥紧黎黎的手，打着手电筒默默地走着。黎黎忽然觉得短短三层楼的距离，下去竟然比上来更漫长。无所不知的小舅舅，在面对黎黎的提问时也会无言以对，自己以后面对的，也是和今日一样熙攘的日落与清冷的夜。而世事无常这样残酷的道理，也是在这不变的方寸之间学会的。

黎黎早上醒来，看了眼躺在旁边的妈妈，她背对着自己，似乎睡得香甜。黎黎悄悄地下了床，平日里她总是要赖一阵儿床的，可今天却辗转了几下，再也睡不着了。

八月的尾端已经悄悄沁上了凉意，黎黎穿着小背心，胳膊冰凉，趴在窗台上听早市嘈杂的声响。

“把衣服穿上吧，早上凉。”妈妈的声音在身后响起，仿佛之前不曾睡着。

黎黎问自己读哪所小学，是不是和隔壁的阿姝同班。妈妈点点头，只说是读实验小学，至于哪个班，妈妈没有再提。

尽管如此，黎黎依旧如释重负地呼了一口气。前些日子她听到妈妈和姥姥在说自己上学的事情。机械厂的附属小学一共有五所，最好的是第二小学，也就是现在的实验小学，其余次之。实验小学是区内最好的学校，每年不乏其他单位的家长把孩子送来就读。黎黎的姥姥家恰好分到实验小学校区，而妈妈早在一年之前就把黎黎的户口迁到了姥姥家，万无一失。

可前些日子姥爷去打听才知道，父母不是本厂在职职工的话，想要入读实验小学，就要缴纳一笔借读费，普通班每学期五百五十块，而实验小学里的实验班自然更贵一些，每学期六百五十块。如果不读实验小学，黎黎就要去念五小，没有条件，意味着也没有期待。

黎黎不知道实验班都要做什么实验，在她很长的一段童年记忆里，“实验”就是“贵”的另一个替代词。

不去上班的人越来越多，街边的小摊贩也越来越多。黎黎听楼上的小四子叔叔说，他不着急，厂里总有一天还会让他回去上班的，却在新生报到那天在实验小学门口看到小四子叔叔摆了一个卖文具和零食的小摊，还招呼她想要什么随便拿。

黎黎问妈妈小四子叔叔还回去上班吗，妈妈没回答，只是不住地张望着，忧心忡忡。黎黎也不作声了，到底是小四子叔叔的单位说了谎，还是小四子叔叔说了谎，想来想去都没有答案。

黎黎到现在都记得，报到那天妈妈牵着她的手，站在实验小学新漆的栅栏外面等人。她看到阿妹的爸爸带着她进了学校，也看到小嘉言的爷爷去了学校，小嘉言蹦跳着，新奇地看着门口戴着绶带的值周生。

人越来越多，人又越来越少，黎黎问妈妈在等谁，妈妈说是爸爸。只有爸爸开了工作证明，黎黎才能算作是本厂子弟，免交借读费。

来来往往，过尽千帆皆不是。妈妈叹了口气，带着黎黎进了校门。

从实验小学的缴费处走出来的时候已是傍晚。下午去储蓄所取钱等了很久，当妈妈把五百五十块钱递给缴费处的老师时，黎黎想了想，踮起脚悄声对妈妈说，其实自己去五小也可以。人太多，妈妈没听清。

鞋子里不知什么时候钻进了石子，黎黎却不愿作声，跟着妈妈往回走着。她想到童话书里的小美人鱼，也是这样迈着最轻盈也最痛苦的步子去接近幸福的，就觉得这样的苦难也值得原谅。

妈妈在前面走着，忽然不见了黎黎，回头看时，只看到小小的孩子坐在路边，脚上是被石子磨破的伤口，黎黎就这样马不停蹄地迫使自己在一天之内迅速地长大。

“妈妈你等我一下。”黎黎倒抽着凉气，把鞋子倒扣过来磕了两下，踉跄地走在清白的路灯下面，影子摇晃着，仿佛风再大些就会被吹散。

黎黎靠在妈妈的背上，问妈妈实验班是做什么实验的，妈妈只说每个班都是一样的。黎黎又问那为什么实验班是六百五十块钱，妈妈没作声，黎黎这才发现妈妈哭了。

“妈妈，我去五小行吗？”黎黎怯怯地问。

妈妈摇摇头，跟黎黎说要听老师的话，做好孩子。

黎黎点点头，掀开门帘。姥姥和姥爷坐在沙发上，面前新漆好的白色木质方几上面放着几百块钱，连同一杯茶水，几块糖。有客人来过了。

“黎黎回来啦，”姥姥说着从门后的袋子里拿出一板金丝猴巧克力，“看姥姥给你买什么啦。”

黎黎接过巧克力，小心翼翼地撕开外面的金箔纸，掰了一小块儿塞进嘴里含着，然后打开电视按了一会儿，都是新闻联播，洪水依旧肆虐。

有的孩子抱着树，有的孩子坐在澡盆里，无一例外都在大哭，黎黎觉得害怕，但又好奇，她想问问小舅舅，那些孩子后来去了哪里。

姥爷说六楼的李主任带孙女报到之后，在学校的缴费科看到了黎黎，回来一问才知道黎黎一家的难处，于是找了熟识的人，免除了黎黎这一学期的借读费。

妈妈不但不快乐，还添了几丝窘迫。那个曾经可以独自做成任何事情，不许黎黎在外面要其他人任何食物，甚至严格到不许黎黎的头发有丝毫散乱的高傲的妈妈，把桌子上的五百五十块钱塞进了钱包里，说明天要去买点东西送到楼上去。姥爷说早就已经谢过了，总去别人家打扰像什么样子。妈妈没再说什么，只是嘱咐黎黎，要和小嘉言做好朋友 。

如果有个玉如意就好了，黎黎盯着电视上的蛇精出了一会儿神，又觉得羞愧。之前读职工幼儿园的时候，同班的年年问她最想当哪个葫芦娃，黎黎想了好一阵儿才说："我不要当葫芦娃。"

"那你要当什么？"

"蛇精。"

"为什么当蛇精啊？"

"因为蛇精有一个玉如意啊。"黎黎从滑梯上嗖的一下滑了下来，捡起地上的一根小木棒抚摸着，嘴里念念有词地说着"如意如意，按我心意，快快显灵"。

"蛇精是坏人啊……"年年犹豫着。

"可我只是想要玉如意啊。"

黎黎说着又噔噔噔地爬到了滑梯的最上面，目送年年回了教室。那天之后，赵黎黎就成了大三班的笑柄，年年再也没跟她一起玩过葫芦娃的游戏。

妈妈有了新工作，在惠达丰信息台做接线员，除了底薪还有提成，按什么提成黎黎不清楚。她在日报上见过信息台的广告，一分钟一块钱，贵得很，五楼养鸽子那家的孩子还因为给信息台打电话挨了揍。

做了不到一个月，妈妈不干了，黎黎问为什么，妈妈闭口不答，时间一长，黎黎也忘了。三年级的一天下午，她在做摘抄报纸的作业，惠达丰信息台这个词才又一次闯入了她的记忆，那条新闻的标题是《惠达丰信息台涉嫌向未成年人传播淫秽内容被依法查处》。黎黎扫了一眼，把那张报纸扔进了垃圾桶。

后来妈妈打零工，黎黎无处可去，只好跟着姥姥姥爷坐在槐树下面，听各色传闻，有的听得津津有味，有的却一知半解，还有的听过就忘了。有一天吃饭时黎黎问，什么叫小嘉言的父母“先上车，后补票”，姥爷大喝一声，从此再也不带着黎黎坐在树下，只让她远远地坐在自家的小院子里，摆弄去年买的厨房玩具。

黎黎自己待着无趣，就四处闲逛。老房子附近的树都很高，风过耳时沙沙作响，四下无人，黎黎忍不住掀开了小院里的一扇小门，一阵凉风从地下传上来，黎黎趴在地上向下望，什么都看不清，却发现旁边立着一架小梯子，正要顺着梯子爬下去的时候，就被揪住了衣领。

“你是不是弦儿[①]啊。”阿姝蹲在地上，揪着黎黎的衣领大声讲方言。

“为什么弦儿？”黎黎眨了眨眼。

“这里面可有毒，我告诉你……”阿姝把黎黎揪了出来，神秘兮兮地跟她说，去年冬天有个小孩儿钻了进去，等大人找到的时候就已经毒死在地下了。

“我就是听坐在那边儿的人说的。”阿姝指了指不远处的槐树，黎黎忽然想起了之前让姥爷大发雷霆的那句“先上车，后补票”，想了想，还是没敢问出口。

黎黎低着头，依依不舍地看了一眼那扇小门，心里犯嘀咕，既然有毒为什么还要放一架梯子在里面呢，这不明摆着是想让人下去看看的吗。直到两天后，她亲眼看到姥爷从那扇小门里钻出来，手里还抱着一颗西瓜，有那么一瞬间，黎黎觉得自己受到了欺骗。

“姥爷，这里面有毒吗？”黎黎赶忙问。

“没毒啊，那有啥毒啊，你这个孩子怎么有点弦儿啊。”程师傅抱着西瓜，哭笑不得。

“那我也想下去看看。”黎黎大着胆子说，她冥冥之中觉得，

① 弦儿：内蒙古方言，指人傻。

下面透着凉风，一定有另一个世界，胡桃夹子和老鼠王决斗的世界。

“不行。”程师傅斩钉截铁地说完，就领着黎黎回了家，再一次见到那扇门打开的时候，已到了冬天。

在北方，储冬菜是一项贯穿秋季的民间集体性活动。当时的运输条件远不及现在，家家户户都要存几十斤乃至上百斤蔬菜，从白菜土豆，到葱姜蒜，都要存上一些。有些大企业，还会发几十斤的冬菜供应票，再放半天假。

那些日子仿佛是为了迎接冬日到来的大型集会，在北方，漫长的冬季，总需要一些特殊的仪式感。很多年后的一个冬夜，黎黎在第九频道看到一部关于松鼠的纪录片，讲到松鼠会在秋季储存大量的松果以便冬季食用，黎黎和表弟毛毛对视了一眼，彼时老房子对面的菜市场里整整齐齐地码着各式瓜果，它们来自不同的城市，甚至不同的国度。

那时的黎黎，早就知道了阿姝所谓的毒，只不过是一种叫作二氧化碳的物质，也知道了小门下面并没有另一个世界，胡桃夹子根本就不存在，只有土豆和白菜，平淡无奇。

红领巾

快乐的人都活在童话里，过得不好不坏的人，都活在遗忘里。

红领巾

“第一课，我的理想。”班主任刘老师在黑板上写道。

人生中的第一堂社会课，黎黎就遇到了终极难题。她看了看身旁坐着的蒙古族男孩儿宝音，他早就和其他同学一样，把右手高高地举了起来，恨不得捅到刘老师的鼻孔里去——这个动作他已经练习了无数次。

回答问题要积极踊跃，这是自开学那天起，就被反复强调的真理。黎黎不喜欢主动回答问题，也很少举手，只是在心里默念一遍答案，如果和老师的答案一样，就轻轻点点头。在她看来，主动举手这件事，多半有些冒傻气，或者说，有点弦儿。

“我看谁坐得最好我就叫谁。”刘老师话还没说完，黎黎就用余光看到宝音唰的一下子被吸回了椅子上，右手笔直地伸着，教室里鸦雀无声。

黎黎没忍住，叹了一口气，她始终搞不明白，为什么老师把所有的人搞得像是蠢蠢欲动的猴子，又要费半天劲，让这群猴子安静下来。早知如此，为什么一开始要让大家踊跃举手，端端正正地坐着不就好了？然而小学一年级的黎黎不知道，即便是老师，也需要在观看小朋友举手的过程中获得一点一呼百应的满足感。

刘老师听到了黎黎的那声叹息，用手指点了点黎黎的方向，又是唰的一下，所有同学的目光都聚集在了黎黎身上。

“我啊……”黎黎歪着头想了半天，没有答案。这问题着实令她感到为难，除了还在上学的明远舅舅，家里其他人都是机械厂的职工，如果不是妈妈下岗，黎黎甚至觉得自己以后搞不好也会骑着自行车，穿梭在机械厂的各个厂房之间，顺便看一看到底有没有哪个机械手臂再度复活，眨着灯泡一样的眼睛，把每个人回炉再造成一模一样的大人。她又想到了仲夏时的那个梦境，忽然意识到，爸爸应该不会再像梦里那样保护自己了。

“赵黎黎，怎么又走神了！”刘老师用教棍在黑板上敲了两下，黎黎这才回过神儿来，黑板上的问题依然没有答案。

“当老师……”宝音在旁边小声地提醒道。

黎黎摇摇头，想到了昨天吃饭之前看的动画片里，奥斯古表哥从城里来到乡下，和小老鼠特薇佐一起去了帕克先生的杂货店。偌大的草原上有无数的小老鼠，杂货店却仅此一家，何况杂货店的帕克太太还有点像姥姥。

想到这里，黎黎点点头，无比坚定地说：“我长大以后想开家杂货店。”

全班的同学先是愣了一下，接着就哄笑了起来，就连刘老师都忍不住笑了。还没等到黎黎坐下来为自己独特的幽默感沾沾自喜，就听到刘老师说：“这算什么理想啊，赵黎黎你站着，我们听听别人的。”

黎黎不解地站在位子上听着其他同学的答案，如果一切顺利，一年四班将会有十个老师，五个医生，两个律师和八个演员，没人想开杂货店。

黎黎又叹了口气，其实她也没那么想开杂货店，只是一时不知道自己应该做什么而已。她没学过钢琴，也没学过跳舞，只会一些简单的汉字和口算题，自然当不成艺术家，也当不成科学家。黎黎最大的爱好就是看故事书，读书是相比之下成本最为低廉的一种爱好，可是世界上从来没有一种职业叫作读书家。

“宝音，”刘老师在听了一连串满意的答案之后，叫起了坐在黎黎旁边的男孩，示意他给黎黎再做一次示范，“你长大想做什么？”

“老师，我想长大了和赵黎黎一起开杂货店。”宝音没头没脑地说，高高的颧骨红扑扑的。

“你刚才不是说要当老师吗？”黎黎有些不解，但心里还是有了一些被认可的喜悦与安心，看来开杂货店并不是一件千夫所指的坏事。

“我……我两个都想……”被黎黎戳穿之后的宝音，不自觉地放低了声音。

“行了行了，都坐下吧。”刘老师有些不耐烦地摆了摆手。黎黎赶忙坐了下来，和其他同学一样，把手背在身后，始终没有想明白开杂货店这件事情错在了哪里。

“快放学了，我说一件事情，周五下午最后一节课，老师要选二十个表现好的同学入队，下周升旗仪式上戴红领巾，这周希望大家都听话，好好表现。”

还在想杂货店到底错在哪里的黎黎听到“红领巾”三个字，也不由得抬起头来认真地看着刘老师，眼睛里闪着光。

只要表现好就可以第一批加入少先队，刘老师的话始终在黎黎脑子里盘旋。

上周考试刘老师表扬黎黎字写得工整，之前体育课上黎黎所在的队伍跑接力赛也赢了好几次。因为家离得近，做值日她都比其他同学先到。想着想着，黎黎不禁露出了电视上才能看到的标准微笑。

有了红领巾能做什么，黎黎不知道，她只是觉得这是一件充满仪式感的大事，至少能让没什么特长，也并不出众的自己得到一点点安慰，仿佛戴上红领巾，一切都可以变得崇高起来。甚至回了老房子还忍不住问小嘉言，她是不是第一批入队。

小嘉言摇摇头说不知道，看上去根本不在乎。黎黎偷看了一眼小嘉言的作业本，全部都是一百分，字迹工整。听说小嘉言已经背会了语文书上的全部古诗，上周姥姥让她去六楼送西瓜，她还听到小嘉言在背一首自己从没听过的诗。

“沿对革，异对同，白叟对黄童……”

小嘉言会背很多古诗，阿妹长得漂亮又会弹钢琴，就连要跟她一起开杂货店的宝音，都学起了画画，似乎只有黎黎一个人迫切地需要一条红领巾，来证明自己至少不那么差。

有人在门口唤她，黎黎回头一看，是阿妹。

阿妹今天没有扎马尾辫，而是把上面的部分扎了起来，下面的头发披散着，头顶夹着一个大大的蝴蝶结，黎黎顿时想到有一天课间操之后回班时宝音悄悄对她说，三班站在他旁边的小女孩像个小公主。宝音管他觉得好看的人都叫小公主。开学第一节音乐课上，宝音就悄悄对黎黎说："音乐老师真好看啊，像个小公主。"

还没等到第二天，宝音就又跟黎黎说，他觉得他家楼下的轩轩也像个小公主，还有体育课上跑第一名的女孩，新来的实习老师……宝音一定过得很快乐吧，因为只有快乐的人才能活在童话里，黎黎这样想着，毕竟自己从来都没见过什么小王子。

阿妹看到小嘉言，有些犹豫。黎黎忽然想到，小嘉言偷偷地和自己说过，爷爷不许她去阿妹家玩，没有原因，大人做事一向都没有原因。

阿妹递给小嘉言一块儿新的蛋糕模样的橡皮，每一层都可以拆下来，最上面的两颗草莓做成了透明的红色，像新出的草莓味旺仔 QQ 糖。

"这橡皮……还挺好看的。"小嘉言看了看又放了回去，"我爷爷不让我要别人的东西。"

阿妹执意要把橡皮送给小嘉言，黎黎坐在另一边，看着两个人因为一块橡皮推来让去，活像是饭店里争抢着结账的大人。

"反正我爷爷不让我要你的东西。"小嘉言说完，就翻开了课本，继续抄生字，写了几个字就停了下来，在桌子上给阿妹空出了好大一块儿地方。

两个人依旧不说话，只是默默地写作业。黎黎实在忍不住，便问阿妹是不是第一批就能戴上红领巾。

"嗯，是啊。"阿妹想都没想就点点头。

"可刘老师说周五才选呢。"

小嘉言早就抄完了生字，坐在一旁看临走前爷爷塞给自己的两张诗词卡片，嘴里念念有词，还问黎黎借了字典。

“张老师今天放学时跟我妈说的，肯定有我。”张老师是三班的班主任。

阿姝的妈妈是实验小学的副校长，所以阿姝自然比其他人更早知道学校的事情。黎黎看着阿姝拿一块儿水晶橡皮在田字格上面蹭了几下，字糊作一团，漂亮的阿姝写起字来可一点都不漂亮。

“那张老师说没说有我啊？”小嘉言也忍不住了。

“这个她没说，”阿姝把作业本抖了几下，用一种小大人的口气说，“不过我觉得，第一批肯定有你，老师上课总表扬你呢。”

得到了肯定的小嘉言这才放下心来，继续看起了自己的诗词卡片。

“我听我表姐说，只有第一批加入的才算数，之后的都只是白给你一条红领巾，不算数的。”阿姝轻描淡写地补充了一句，又继续抄起了生字。

“我悄悄告诉你们啊，下周一升旗仪式的时候，要穿白色圆领衬衫，红背带裙和露脚背的黑布鞋。”阿姝说，“你们可千万不能告诉别人啊。”

黎黎暗暗地记下了这三样东西，除了黑布鞋，其他两样自己都没有。

“哎，队礼你们都会敬吗？”小嘉言一边问一边比划了一下，“像这样？”

“我记得书上有，”黎黎从书包里掏出社会课用的书，哗啦哗啦地翻着，“你看，像这样的。”

黎黎看着书纠正着小嘉言的动作，阿姝也在一旁学了一下，看到小嘉言在看她，迅速把手放了下来，整了整头发上别着的大蝴蝶结。

“来，我们排练一遍。”黎黎学着每周主持升旗仪式的姐姐说，“升国旗，奏国歌，全体少先队员，敬礼！”

三只小手，齐刷刷地举了起来。黎黎想，其他年级的同学们见到老师时都要先行队礼，再问好，有时候胳膊伸得太过用力，还带着身体向上面蹿，仿佛脚上安着一个弹簧，也活像准备爬树的猴子。不过滑稽归滑稽，这样一套动作下来，老师肯定会记住这些同学。可是她们呢，还只是没入队的一年级小不点，没有仪式感的问候，总会被人忘记。

“你的同桌好吗？”练习过敬礼之后，阿姝问黎黎。

黎黎点点头，想到宝音要和自己一起开杂货店，便说：“宝音跟我很好，你呢？”

“我同桌叫陈晨，”阿姝说着便笑了，“我觉得他可好了。”

“为什么啊？”黎黎问道。

“因为陈晨他，长得好看，口算也算得很快，”阿姝认真的神情和宝音一样，“像小王子一样。”

快乐的人都活在童话里，过得不好不坏的人，都活在遗忘里。

黎黎偷偷看了看镜子，镜子里面的那个人扎着一高一低的两根辫子，那是体育课后自己胡乱扎好的杰作。袖子上还蹭着一块儿黄色的粉笔印，做值日的时候黎黎总是分到擦黑板和清理黑板槽的任务，这在她眼里是比扫地和擦围墙轻松的工作，因为从来没有大人告诉过她，粉笔灰会钻进头发、衣服和呼吸道里，阳光之下看起来十分狼狈。所以赵黎黎一直在轻松地做着这件并不轻松的小事，还满心欢喜地以为自己捡了一个天大的便宜。

小嘉言说她的同桌对她不好，欺负她长得小，总是拿她的卷笔刀和彩笔，还用她的荧光黄彩笔在自己的图画本上乱画，搞得笔尖都脏了。

“下次他再拿你的东西，你就跟我讲，我保护你。”阿姝在自己的铅笔盒里翻了翻，递给小嘉言一个上面印着布鲁托狗的卷笔刀，“这个你先用。”

这次小嘉言没有立即拒绝，但还是犹豫着，阿姝拉过小嘉言的手，把卷笔刀放在了小嘉言的手心里，还替她整了整刘海儿。

黎黎忽然想到，布鲁托和高飞明明都是长耳朵的小狗，却过着完全不同的生活，一个是米奇的朋友，而另一个只能是没有台词的小狗，唯一相同的是，它们都在漫画中的格子框里过得很快乐，都有专属的设定，这样一想也不能算是一件坏事。

小嘉言问黎黎，是不是和自己一样，也要交借读费。黎黎愣住了，她清楚地记得妈妈把钱塞回了钱包里，也记得姥爷说是小嘉言的爷爷帮忙免除了借读费。可小嘉言这么一问，黎黎反倒糊涂了。

几天后的一个晚上，黎黎穿着小背心去上卫生间，昏暗之中看到姥姥往妈妈的提包里塞了两百块钱，姥姥示意黎黎别说话，黎黎点点头，回到床上之后才反应过来是怎么回事。然而奇怪的是，弄清楚了之后，反而更想哭，更加觉得寄人篱下。

周五这一天，一年级的每一间教室都出奇地安静。没有人抢着回答问题，也没有人再因为谁的胳膊超了线而发牢骚，每个人都循规蹈矩，生怕因为这一天的表现丢掉了即将到手的红领巾，像是在表演一场整齐划一的默剧，令人喘不过气来。

终于到了最后一节课，刘老师拿着名单走到讲台上，在黎黎刚擦好的黑板上唰唰地抄上了少先队队歌的歌词。

“大家一边抄歌词一边听我念名单，”刘老师说，“之后学唱队歌。”

黎黎抄得很慢，生怕一不小心就把自己的名字错过去了，宝音也是一样。他在听到自己名字之后，就很快地抄了起来。名字念得越多，黎黎就越紧张，心里砰砰跳着，像是揣着一只上紧了发条的铁皮青蛙。宝音察觉到了黎黎的紧张，学着电视上的样子拍了拍她的肩膀。

“……李萌……向斯年，最后一个，赵黎黎。”

黎黎松了口气，开始轻快地抄起了歌词。歌词里的字都不难，“继承”两个字黎黎还不太认识，便主动标上了拼音，生怕唱错拖了全体少先队员的后腿。

使命感是一种让任何小事都能崇高起来的神奇魔法，直到排练完队歌，出了学校，黎黎都低着头，到处找散落在地上的废纸片，恨不得每一个人都是需要被搀扶着过马路的老大爷。

“我妈妈真好看，像个小公主。”黎黎看着妈妈，第一次这样想。

“妈，礼拜一我得穿白衬衫，红背带裙，还有黑布鞋，”黎黎叮嘱道，“哦，老师说了，女生有条件的还得穿白色的花边袜子。”

“不过没有也没关系。”黎黎又想到了姥姥放在妈妈包里的两百块钱。

“知道啦，我的小祖宗，”妈妈一边穿高跟鞋一边说，“从回来到现在说了好几遍了，放心吧。”

黎黎看着妈妈用一个弹簧玳瑁发卡把头发卡在了脑后，不自觉地说：“妈妈，我长大也想跟你一样好看。”

“我们黎黎现在就很好看啊。”妈妈说。

黎黎想问为什么宝音从来没说过自己像小公主，却忍住了，她渐渐地知道什么样的问题会让妈妈伤心，也渐渐明白，不是所有问题都必须有答案。

有人敲门，是阿瑾姑姑，手里拿着一双小孩儿穿的花边袜。

阿瑾姑姑戴着一条棕色的围裙，围裙上面溅了一些颜料。阿姝曾经偷偷地告诉黎黎，阿瑾姑姑画画的时候不喜欢有人进她的房间。阿姝说起自己的小姑姑，总是有些害怕，可是阿瑾来黎黎家问题目的时候，却又无比温柔。

阿瑾是黎黎家的常客，有时送些老家拿来的菱角肉粽，有时只是来问小舅舅几道题目。姥爷之前还问过，一个学中文的能给一个学美术的讲什么题。小舅舅也只是笑笑，就跑去六楼向李主任借书去了。可最近小舅舅又去了北京，阿瑾也就不大上程家来了。黎黎偷偷地把这个发现告诉了小嘉言，小嘉言也这么觉得，两个人咯咯地笑，看阿姝替自己的小姑姑红了脸庞。

黎黎有时候做白日梦，还傻傻地想着阿瑾有一天能成为自己的小舅妈，那样她和阿姝就是一家人了。为此她总是心甘情愿地替小舅舅上隔壁跑腿，就连和阿瑾打招呼，都比对其他邻居积极得多。

还没等妈妈从提包里掏钱给阿瑾，阿瑾就扔下袜子急忙跑回家去了，生怕妈妈塞钱给她。

“这孩子……”妈妈笑了，“黎黎，要跟阿姝做好朋友啊。”

为什么接受了恩惠，就必须做好朋友呢？黎黎依旧有很多问题想问。不过既然是阿姝，她倒也心甘情愿。

“晚上妈妈从百货公司回来买些糖，你去送给阿姝。”妈妈说完就踩着高跟鞋出了家门。最近这段时间妈妈有了新工作，在百货公司站柜台，可是姥爷却说，只是合同工，不是正式的，就不算数。

周一一早，黎黎早早地就来了学校，小心翼翼地把白衬衫的袖子挽起来擦黑板槽。新买的白衬衫，如果弄上粉笔灰的话，帮她戴红领巾的哥哥姐姐一定会笑话她。

“赵黎黎，来得这么早啊。”刘老师在门口叫她。

“嗯。”黎黎点点头，感觉头发上的蝴蝶发夹摇了几下。那天晚上妈妈从百货公司回来，除了糖果，还给黎黎买了她一直想要的蝴蝶发夹。

“老师跟你说个事儿好不好，”刘老师蹲下来和黎黎说，“学校的红领巾不够了，每个班都要有一个小朋友下一批才能入队，老师觉得很为难……”

黎黎眨了眨眼，没明白刘老师究竟想说什么。

“老师觉得，黎黎这么好的小朋友，一定会帮老师的对吗？”刘老师继续说。

“老师，那我能下一批入队。”黎黎想了想主动说，觉得自己做了一件崇高的大事。

“那老师替一年四班谢谢你。”刘老师拍了拍黎黎的头，还帮她整理了新买的红裙子。

黎黎轻快地跳上讲台继续擦起了黑板。刘老师念名单的时候全班人都听见了自己的名字，谁都知道自己是最优秀的小朋友之一，不再是那个选错了理想的赵黎黎。所以即使没办法第一批戴上红领巾，也没关系。刘老师一定会记住这件事，并在升旗仪式结束之后在全班同学面前表扬自己，因为她是拯救这场红领巾短缺灾难的小英雄啊。

“月棱镜威力，变身！”

黎黎看教室里没有人，偷偷地学了一下水兵月，感到了一股爱与正义的力量在体内聚集，就在刚才，她成功地化解了一年四班少一条红领巾的困境，假以时日，她一定会成为最强的水手服战士的。

想到这里，黎黎满意地点了点头，带着从上周持续到现在的使命感蹦蹦跳跳地站在了队伍里面。

“赵黎黎，你怎么不站到主席台那边去啊？”宝音跑过来问道。

“红领巾不够了，每个班都需要减少一个入队的同学，”黎黎附在宝音耳边，压低声音说，“早上刘老师专门跟我说的。”

“可是不对啊，刘老师刚才让我数人的时候，咱们班还是二十个人。”宝音挠了挠后脑勺儿说。

黎黎这下糊涂了，还没等仔细问，宝音就被刘老师叫走了。

先是校长讲话，然后是大队辅导员讲话，并宣读第一批加入少先队的名单，黎黎一个一个听过来，向斯年的后面变成了另一个同学的名字，不多不少，正好二十个。

“赵黎黎，”身后的同学推了推她，“你不是第一批入队，为什么也穿红裙子啊？”

“本来是有我的，你不记得了吗？”黎黎有些着急了。

“那么多人，我怎么记得住啊。”身后的同学说完就伸着脖子看向主席台，忘了黎黎的存在。

“接下来，由一年级三班的陈晨同学，代表新队员讲话。”

黎黎抬起头，看见一个男孩子戴着刚发下来的红领巾，从阿妹旁边走出了队伍。阿妹说得没错，陈晨真的很好看，头发修剪得整整齐齐，眼睛亮亮的，像个小王子。

童话故事里，王子和公主最后幸福地生活在了一起，可从来没有哪本故事书里说过，小王子和变成泡沫的小美人鱼是同类啊。

小嘉言和阿妹都站在第一排，戴着红领巾，表情紧张而又幸福。陈晨在主席台上说的那些话，黎黎一个字都没听进去，没有羡慕，也没有生气，她只是难过。难过之中隐隐地知道为什么刘老师换下的是自己，却又不是那么确信。姥爷送她上学的时候总说，要听老师的话，仿佛在姥爷眼里，老师说的话都是毋庸置疑的真理，如果有错，那肯定还是自己的错。

她想了想，社会课上不应该说自己想开杂货店，这是一个绝对意义上的错误答案。可能是因为这个，刘老师觉得她不是那么优秀，才换成了别人。可是宝音也说要和黎黎一起开杂货店，现在却站在主席台上。正确答案究竟应该是什么呢？黎黎想了半天还是没结果，于是只好在台下，和其他没有红领巾的同学一起，仰望着只属于一小部分人的荣誉。

列队回班时她偷偷地回头张望，看到几个家长拿着照相机站在队伍的最后面。她忽然觉得，妈妈上早班是一件好事，没有亲眼看到，就不会那么难过。

“今天升旗仪式怎么样？”程师傅来接黎黎放学时问道。

“挺好的。”黎黎点点头，掏出水壶咕嘟咕嘟地喝了一大口水，此时黎黎学会了一种保护方式，叫作逃避。

走了一路，黎黎就抱着水壶喝了一路，像是干了什么无法弥补的错事一样，脚步再也轻快不起来。她想问问姥爷，到底理想是什么才算是对的？

午饭比往日都丰盛，说是为了庆祝黎黎第一批就加入了少先队，姥姥还给黎黎买了两袋麦丽素。麦丽素是仙丹，也是黎黎幻想世界中的万用解药，不论如何奄奄一息，吃一粒麦丽素再运功修炼，总会好起来。

可姥姥怎么会知道呢，挫败感是吃多少麦丽素做的解药都于事无补的绝症。

程师傅这才想起来，从兜里掏出来一个画着队徽的塑料红领巾套递给黎黎，说是刚才在学校旁边的文具店买的，别的小孩都有，那黎黎也不能落单。

黎黎看着红领巾套上面闪闪发亮的队徽，终于忍不住哭了起来。落选都好过空欢喜一场。

“哭什么呀？”程师傅两口子都糊涂了。

“刘老师说……每个班缺一条红领巾，想让我帮帮她，第二批入队，我说行……”黎黎一边哭一边上气不接下气地说，“可是我们班还是有二十个人……”

“你好好说，哭什么哭！”程师傅这下着急了，越着急声音就越大。黎黎见姥爷着急了，以为是在责怪自己。

“你急什么，让孩子好好说。”姥姥把程师傅推到一边，抚着黎黎的后背：“黎黎不怕啊，你姥爷说话就这样。你跟姥姥说，今天戴上红领巾了吗？”

黎黎摇摇头：“老师说红领巾不够了，问我能不能下一批加入。”

“可是如果红领巾不够了，为什么还是二十个人呢？”黎黎边哭边问姥姥。

黎黎只觉得越来越后悔，如果当初不答应刘老师，会不会自己现在也有了一条红领巾，和宝音一样，站在主席台上听陈晨代表一年级的少先队员讲话？

姥姥让程师傅去学校问一问，程师傅只说人家是老师，自然有老师的安排。就在这时妈妈回来了，也拿了一个红领巾套。黎黎躲闪着，生怕妈妈又因为自己哭泣。

担心的事情没有发生，妈妈没有难过，更没有哭，只是摸了摸黎黎有些乱的头发，转身进了房间，直到午饭吃完都没再出来。

校门口的雕塑换了颜色，斑驳的彩色被纯白掩盖，雕塑上的红领巾也只剩下一个湿润的轮廓，不那么明显。

究竟是换掉一个人，还是换掉的必须是自己？黎黎很想知道答案，可刘老师一个接一个地叫着其他同学，问一些无关痛痒的问题，像是在刻意地回避。无计可施，黎黎只好去水房打水，走到半路，被一个三年级的值周生拦下，问她为什么没戴红领巾。

“我……我还没入队呢。”黎黎有些不好意思，升旗仪式之后还没有拿到红领巾，怎么想都不是最优秀的小学生。

“那你怎么穿这身衣服？”值周生上下打量了一下黎黎。

“立交桥上的警察——管得宽！”黎黎说完就跑进了教室，任凭值周生在身后叫她。

一个月之后，黎黎站在了主席台上，北方的冬天渐渐褪掉了学校所有植物的颜色，第二批入队仪式远没有第一批来得热烈和隆重，没有白衬衫、红裙子和蕾丝花边袜，校服足足大了三个码，松松垮垮地挂在身上，风一吹就像是一个滑稽的面口袋。没有人照相，也没有新生代表讲话，只是草草地唱了一遍队歌，也被北风吹得不成曲调。

回到教室黎黎发现，全班同学脖子上都戴着一条红领巾，看不出任何好坏。

就像阿妹说的，不是第一批，就不算数。

“你去南方发展，黎黎怎么办？”

黎黎偷偷地站在小房间的门边上，听着大人们的谈话。

“先说好了，我们不给带孩子，”姥爷的声音也响了起来，“你到时候带走！”

“这户口一时半会儿也解决不了。爸妈，我觉得这机会不错，黎黎就先在这边上学。”

“我不同意！”姥爷说，“哪个孩子能离开妈啊！”

“可是……”

“在这边就不能工作吗？非要跑那大老远的地方！”

“爸你小点声，黎黎睡了……”

黎黎听到一阵脚步声，匆匆跑到床上躺好，佯装睡得香甜。几分钟后，妈妈轻轻地推开门，抚了抚黎黎的头发和脸庞，又关上门出去了，房间再度陷入黑暗。黎黎睁开眼睛，透过老房子的窗户看着天上零落的星辰与孤寂的月，她最近新学了一句诗，“日落西山头”，可是太阳从不是落下去的，是夜晚伴随着寂寞一同翻涌着漫了上来，太阳恒常如新，变化的只是黑暗而已。黎黎躺在床上，体会到了从未有过的孤独。

黎黎还是很想要玉如意，想用玉如意把麦丽素都变成后悔药。如果不吵着上实验小学，也不因为红领巾的事情哭鼻子，那妈妈就不用挣很多钱，也就不用去那么远的地方了。那样的话，她们就可以一直住在老房子里。和这个比起来，去哪里读书，第几批戴红领巾也就都没有那么重要。

想到这里，黎黎甚至开始厌恶起床边那条临睡之前铺得平平整整的红领巾。

姥爷说得没错，哪个孩子能离开妈妈呢？可是黎黎都懂的道理，妈妈怎么就不明白呢？

在老房子的第一个春节很快就过去了，正月十五那天要去看灯，黎黎穿了棉毛裤，外面又套了一条暗紫色的厚条绒背带裤，走起路来只觉得两条腿不听使唤，姥姥让她原地蹦着蹴一蹴，依旧觉得臃肿。

灯展上人很多，妈妈给黎黎买了一盏好看的兔子灯，还有一个她去年就想要的玻璃喇叭，俗称“倒噎气儿”，细长嘴的下面是琥珀色的薄玻璃胎，吹起来咯嘣响。她放在嘴边轻轻吹着，烟花在头顶砰砰作响，照得天通明。黎黎看着漫天的烟火，手里的兔子灯亮着柔和的黄光，却并不快乐，她隐约觉得今天过后，就要发生一些自己早就有所耳闻却始终不敢接受的巨变。

“黎黎啊，过完年就开学了，新学期也得好好学习。”回家的路上妈妈对黎黎说。

“嗯。”

“红领巾妈妈给你买了两条，脏了记得换。”

“嗯。”

“初五我们照的照片妈妈也给你洗出来了……”

“妈妈，”黎黎忽然说，“你什么时候回来啊？”

妈妈愣住了，看着黎黎提着的兔子灯，灯光照得眼睛里泛着微澜。

“想妈妈的时候，就看看照片好不好？”

黎黎点点头，继续在雪地里走着。从那天晚上开始，黎黎攒了很多问题，现在却一个都问不出来。问无可问，只好低头妥协，向着老房子走去，迎接等待着她的夜色与假装平静的安眠。

黎黎醒来时，天还未亮，依然能远远地望到灯展留下的光芒。房门外一阵响动，黎黎听到妈妈轻声说要趁自己还睡着的时候走，于是把头半蒙在被子里，捂着嘴巴，看着兔子灯柔和的黄色光晕，直到门轻轻地响了一声，才流下泪来。

窗外是新下的雪与鞭炮留下的红色纸屑，汽车的轮胎在路面上压出一道道均匀的弧线，道阻且长。

雪越下越大，来年一定都是好日子，最好的日子。

烟盒纸

即便是树上的人，也总想着有一天能抓着热气球，飞向更远的世界。

烟盒纸

《乐府诗集》里有一首短诗，叫《敕勒歌》，讲一方土地，天似穹庐，笼盖四野，顺着山脊放眼望去，是一路的碧绿与莹白。风吹了数千里，云也就走了数千里，吹到后来，风清对月朗，地阔对天开，这片土地，就有了故事。

然而究竟山水在何处，牛羊在何处，故事又在何处？小嘉言读得入神，又背得一知半解，于是放下手里的诗词卡片回头问爷爷，这片草原究竟在哪里。李主任放下书，指了指水泥地板，转而问小嘉言今日背会了几首。答曰两首。李主任点点头，说饭前再背一遍。小嘉言赌气说："诗里的东西，一概见不到，为何还要背？"李主任摇了摇头，从书架上拿下一本《笠翁对韵》，又拿过一沓裁好的烟盒纸，笔墨不停地回应道："多背几句，总是可以见到的。"

"那爷爷见过几次草原？"小嘉言反问道。

李主任停下笔，看着远处的烟囱耸入升腾的烟雾里，最终和天上的云模糊成了同一片形状，分不清哪些自地下而起，哪些自天上而来。就像他自己，也渐渐恍惚，不知自己究竟属于哪一片土地。

小嘉言见爷爷不再说话，便只好摆弄着手里那几张烟盒纸片。纸片裁得方正，爷爷也教得用心，像是要把在两个儿子身上落空了的理想再度捡拾回来一般。爷爷这种神采，小嘉言只在黎黎的小舅舅来时见过。后来爷爷教三个小伙伴背东坡被贬黄州时所作的《前赤壁赋》，有一句是"相与枕藉乎舟中，不知东方之既白"。还没等爷爷讲，小嘉言便自己描摹出了那般模样。

"要像明远叔叔一样，读很多书才有底气去远的地方。"爷爷总是这样对小嘉言讲。

爷爷读了很多书，从江南来了北方，可是在小嘉言看来，他并不快乐。这种不快乐并不具象，像是蒙着一层纱帐，依稀可见却又挣脱不得。

爷爷问小嘉言在学校能不能见到三楼的黎黎，小嘉言点点头，想起了有一天下午她在校门口见到一个戴变色眼镜的叔叔和黎黎说话，要黎黎懂事些，从老房子搬出去。黎黎摇摇头，把两板娃哈哈钙奶塞了回去。变色眼镜正要牵她，却被校门口摆地摊的小四子叔叔拦了下来。自那之后，黎黎便不大喜欢和她们一起玩，总是自己坐着想心事。四楼的周奶奶见到了，说小小年纪这么多心事压着，个子长不高。

黎黎当作没听见，眼珠转了两转，不多言语。小嘉言却默默地记了下来。她早上一年学，身子又生得弱，总是站在第一排，也总是仰望着其他人。每隔两个月，爷爷就让她笔直地站在门边上，仔细地刻下一道痕迹。小叔修明更直接，没事儿就要抻一抻小嘉言的头颈，说是要“拔萝卜”。自从听了周奶奶的那句话，小嘉言便什么也不敢细想了，然而越是这样，千般想法便越在一颗玲珑心里蔓延，像外墙的藤蔓一样盘绕，无可阻挡。

“我可能永远也长不高了。”小嘉言无可奈何地说。

“都是骗人的。”阿妹一边给黎黎梳头发，一边安慰道。发丝如瀑，不闻人语。

吃饭时，小嘉言听奶奶说，黎黎的妈妈去了很远的地方工作，黎黎以后会一直住在老房子里。

“那她爸爸呢？”小嘉言问道。

“小孩子不要问。”

奶奶说着夹了一筷子青椒放进小嘉言的碗里。小嘉言皱了皱眉头，正要挑出去，就听到奶奶说，黎黎现在很懂事，也不挑食，什么菜都能吃下去，所以身体好，也长得高。于是小嘉言狠了狠心，还是把那几根青椒丝吞了下去。

奶奶点点头，三个人依旧静静地围着桌子吃饭。广播里在介绍市游泳馆新开的少儿游泳班，信号时断时续，混着隔壁放的相声一同传进耳朵里，小嘉言竖起耳朵听了听，又是马三立的《开粥厂》。

隔壁常家每天中午吃饭时都要听一段贯口，奈何常老爷子耳朵不太好，声音开得响，隔着墙壁也能听个八九不离十。常家奶奶又是急脾气，说话声音也大，有些时候甚至能盖过相声，传到李家来。

“爷爷，什么叫结巴颏子？”小嘉言冷不防问道。

“你这是从哪儿听来的？”李主任问小嘉言。

话音未落，就听见隔壁常家奶奶高声说“结巴颏子还学人家说相声……”，接着相声的声音越来越大，后面的话便听不真切了。李主任老两口对视一眼，说不出话来，小嘉言见状也不敢再言语，怏怏地扒着最后几口饭。过了几分钟，就听得啪的一声，没了声响，只有李家的收音机依旧不厌其烦地播着少儿游泳班的广告，撩拨得小嘉言心痒痒。

常家奶奶又讲起了方言，常老爷子结结巴巴地反驳着，李主任听得发窘，又生怕孙女学了不该听的语句，便打发小嘉言去三楼邀黎黎一同去上游泳班。

“去了三楼，要有礼貌……”

李主任话还没说完，小嘉言就打开门向楼下跑去，耳边常家奶奶的声音越来越模糊。小嘉言拨开白色的塑料珠帘，侧着耳朵贴在门上仔细听着，听到黎黎的声音，像是在念什么故事。于是先敲两下，又敲三下，黎黎便开了房门。

先两下，再三下，这是她们约定的暗号，无论去谁家，只要这样敲门，就知道来者便是自己的同伴。“你要参加讲故事比赛？”小嘉言一眼就看到了黎黎手中的那本《水孩子》，“让我听听。”

黎黎赶忙把书藏到身后，面庞上绽出两朵桃花。

“没有，我就是……看一看……”

“可是你也在认真准备啊，不是吗？”小嘉言指了指桌子上那本旧旧的《新华字典》，外面的书皮她认得，是黎黎的小舅舅明远经常用的牛皮纸。

“你呢？你怎么不参加？”黎黎反问道。

“报名那天我去医院打针了。”小嘉言深吸一口气，懊丧极了。“不过阿姝会参加，讲《豌豆公主》，还有陈晨，是《快乐王子》。”小嘉言想了想补充道：“阿姝专门问的。”

真好啊，黎黎想。她还没看过《快乐王子》，可她记得那个叫陈晨的男孩子在升旗仪式上讲话的样子，像个小王子，也很快乐。

小嘉言看着书封面上那个脏脏的扫烟囱的小人，问黎黎为什么不讲一个公主的故事。她还没看过这本书，无论如何都无法把这个脏兮兮的男孩和“水孩子”这个名字联系到一起。

“因为我不想当公主啊。”黎黎轻描淡写地说。

“那你想当什么？”小嘉言问道。黎黎是个小女孩，总归不会想去当扫烟囱的脏小孩。

“嗯……”黎黎想了想，“当格格吧，会飞的那种。”

姥姥从厨房出来，递给了小嘉言一袋自家做的馒头。小嘉言赶紧问，黎黎能不能和自己一起去学游泳。姥姥拒绝得很干脆，说黎黎功课很多，写作业又慢。

黎黎想要辩驳，姥姥就送小嘉言出了门，白色的串珠门帘哗啦啦地响了几响，就又安静了下来。黎黎气恼地翻着那本《水孩子》，一半是因为不能学游泳，另一半是因为姥姥说自己写作业慢，而后者比前者更令她感到挫败。

“姥爷，学游泳很贵吗？”黎黎在饭桌上问。

“呵，现在什么都能办班挣钱啦，我们以前都是自己下河，扑腾几下就会了。”程师傅一边拌莜面一边说。

“下水太危险，万一出事了，我们怎么跟你妈交代？”姥姥边说边往黎黎碗里夹了几根蒜薹，黎黎本是不吃的，如今也逼着自己咽了下去，嗓子里甜腻腻的，并不好吃。

如果妈妈在，自己就能和小嘉言一起去学游泳，也没必要强迫自己去吃不喜欢吃的蒜薹和芹菜，每每想到这里，黎黎就更加想念妈妈，还有元宵灯会那日一起走过的雪地。兔子灯已经用完了两板电池，姥爷说明天送自己上学的时候去学校旁边的文具店买。黎黎不作声，但依旧觉得不好意思。那天姥爷刚领着她去银行给明远舅舅汇了钱，并不宽裕。明远舅舅在火车站丢了钱包，小四子叔叔说得没错，闲着的人越多，世道就越乱。

“可是小嘉言的爸爸妈妈也不在啊。”黎黎想了想，嘟囔着。

“别人是别人，你是你。”姥姥又往黎黎碗里添了两筷子土豆丝，还叮嘱她明天去宝音家要讲礼貌。

黎黎点点头，继续扒拉着碗里的饭菜。妈妈走了之后，姥姥就变得没那么和蔼，而是越发严厉，从穿裙子的时候不能蹲在地上，到吃饭的时候不能自己先动筷子，别人家吃饭时一定要回家，不能看着别人吃饭，事无巨细，严格而又琐碎。

姥姥总说，因为爸妈都不在身边，加上是女孩子，就一定要管得严一点，不能被别人看轻了。可是黎黎始终搞不懂，看着别人吃饭为什么会是一件坏事。

小嘉言的奶奶沈老师也被拉着来了一趟黎黎家，百般劝说，姥姥依旧不同意，这次的理由不再是写作业慢，而是“她妈不在”。黎黎翻着手里那本卷了边的故事书，妈妈临走之前给她讲的最后一个故事，就是水孩子汤姆和其他的水孩子们一起，去了圣布兰登岛。在童话故事里，学游泳就像睡觉时翻个身一样简单。

黎黎打开窗子，看远处工厂的青烟渐渐消散。她渐渐明晰了一件事情，那就是尽管青烟散去，也依旧无处是归程，又或许归程便是这栋红砖墙的苏式老房子。

有人家在煮绿豆汤，温润而又清甜，黎黎吸了吸鼻子，忽然很想吃一根妈妈以前下班时总会买给她的绿豆棒冰。

宝音来找黎黎的时候，她正站在走廊里，听小嘉言给她讲游泳班上的事情。听到教练真的会把人推到水里去，黎黎长出一口气，甚为庆幸。

“黎黎，上次你来我家，我妈妈可高兴了。我妈还说……”宝音的声音渐渐弱了下去。

“你妈还说什么了？”小嘉言追问道。

“我妈说让你当我们家的儿媳妇吧。”宝音小声说。

“什么？”黎黎没听清，又问了一遍。

“没什么，刘……刘老师叫你去办公室呢。”宝音说完就一溜烟儿跑回了教室。

“你被选中参加比赛了，”刘老师扬了扬手里的磁带，“下午去电教室录音，换一个故事，这个不好，太沉重，让爸爸妈妈给你重新选一个。”

黎黎点点头，拿过磁带就要出办公室，却被刘老师叫了回去。

“赵黎黎，你的红领巾呢？”刘老师问。

“在口袋里，体育课戴着不方便。”黎黎随手从兜里揪出了一抹殷红，又快速地收了回去。

自从妈妈走后，黎黎便在潜意识里把红领巾与妈妈的离开联系在了一起，时间越久，她对原本做梦都想要的红领巾也就越淡漠，甚至有些厌恶。只要出了校门，她就把红领巾解开塞进书包侧面的口袋里，第二天再站在校门口戴好，这样的动作，她重复了好多年。直到小学毕业时照集体照的那天，她都在摄影师按下快门的一瞬间迅速扯掉了脖子上的红领巾，永远定格成了一个倔强而又无名的存在。

当黎黎走进电教室的时候，阿姝已经站在了玻璃房子里面。几个其他班的同学坐在外面，透过玻璃好奇地看着。黎黎翻着手里的横格本，本子上密密麻麻地排列着汉字和拼音，是她自己写的故事，故事的名字叫《响当当的一次课间历险》。

“响当当是谁？”

黎黎抬起头，就看见一双亮亮的眼睛，映着自己张皇的倒影，是陈晨。

“响当当是我的好朋友。”黎黎刚说完，前排的两个同学就偷偷笑了起来。他们不相信有人会叫响当当这样古怪而又真的响当当的名字。

黎黎第一次见到响当当，是在搬到老房子之后的一天晚上。夜色深邃如水，妈妈在信息台上晚班，黎黎睡不着，就趴在窗台上发呆。不知过了多久，阳台上出现了一个和她年纪相仿的男孩。男孩手里拿一只捕虫网，竿子长长的，伸向天际。

“你可别摔下来。”黎黎看了很久，终于忍不住对他说。

“嘘，你小点声，”男孩声音清脆，“你这么大声要把星星吓跑了。”

“你在捕星星吗？”黎黎不自觉地小声问，还觉得自己有点冒傻气，星星怎么可能长翅膀飞走呢。

“对啊，我总在这个阳台上抓星星。”男孩轻巧地坐在外面的窗台上，看着天空，嘴里叼着一根不知从哪里捡的金黄色的银杏叶。

“抓星星能干什么？”黎黎把窗户开了一条小缝，微风吹进房间，吹散了沉沉的暑气与想念。

“什么都不能干就不能抓了吗？”男孩把银杏叶随手放在了姥姥种的一盆仙人球上，又挥舞起了那根长长的竿子。

突然头顶上传来扑刺刺的一阵声响，五楼的鸽子飞了过去，几颗星星像是受到了惊吓，从天际划出一条银亮的弧线，然后便消失不见了，夜空依旧是一方平静的湖面。

“你叫什么名字？”男孩抓不到星星，索性把竿子一扔，坐在窗台上和黎黎聊起天来。

“赵黎黎，你呢？”

“他们都叫我响当当，”男孩说，“因为我总是粗心大意，把东西碰倒，弄出好大的声音来。”

“那你可要小心点，把花盆弄倒了，我姥爷可是会骂你的。”黎黎小心地提醒响当当。

外面传来姥姥的声音，黎黎赶忙关窗子，生怕响当当被人发现。刚躺到床上，姥姥就轻轻地推开了房门，白炽灯灯管的光芒倾泻在墙壁上，黎黎佯装睡着，翻了个身，响当当早已不知去向。第二天一早，黎黎在阳台的仙人球上找到了一片金黄色的银杏叶。

“下次你家没人的时候，我再来找你。”响当当在黎黎关窗户之前说。

一个月之前，黎黎把响当当的故事告诉了后座的女孩，她问黎黎响当当究竟是三班那个小豆丁，还是那个漂亮女孩。

“都不是，”黎黎摇摇头，“响当当是我一个人的好朋友。”

黎黎回忆起来，那天后座女孩的表情，她在幼儿园同学年年的脸上也见过，那一天她直言不讳地说出了自己想当蛇精，还煞有介事地说着“如意如意，按我心意”的神奇咒语。那种表情里包含着惊惶与嘲讽，还带着几分惊异，简单说来，这种表情里所表达的无非是三个字：神经病。

从那以后，响当当就成了黎黎心里最大的秘密。

“黎黎，你怎么不高兴了？”响当当拿着一只亮晶晶的玻璃瓶子，收集花叶上的露水。

“他们不相信我真的有一个朋友叫响当当。”

黎黎学着响当当之前的样子，坐在窗台上，看着远处的云朵遮住了月光，却遮不住路灯朦胧的倒影。

“这有什么，他们的爸爸妈妈只让他们相信课本上白纸黑字的东西，别理他们。”响当当满不在乎地一摆手，碰倒了地上的另一个露水瓶子，瓶子骨碌碌地滚到了黎黎脚下，她没有理会，只是抬眼看星星，每一颗星辰，都像是一个方方正正的铅笔字。

“响当当总是穿一条深卡其色的短裤，和一件本来是白色的短袖连帽上衣。他走起路来一蹦一跳，冒冒失失的，总是碰倒东西，所以大人们都叫他响当当，时间一长，他的真名就没人记得了……”

黎黎用铅笔记下了响当当所有的故事，拼音比汉字都多。“总有一天，你们都会相信响当当的存在，就像相信白纸黑字的课本一样。”黎黎心里想了无数次，铅笔也削了无数根。

“下一个，一年四班赵黎黎。”

黎黎松了一口气，抓着自己的小横格本进了玻璃房子。

“我是实验小学一年四班的赵黎黎，今天我讲的故事是《响当当的一次课间历险》，作者赵黎黎……”

刘老师按了暂停键，走过来仔细地看了看黎黎手中的横格本，又看了看黎黎，之后走了出去。黎黎一个人坐在玻璃房子中央，外面的同学趴在玻璃上，呼出团团白气，她蓦地有了一种奇怪的感觉，仿佛自己是劳动公园的两栖动物馆里最新展出的巨大变色龙。

“你先回家吧。”刘老师说完就再也没看黎黎一眼，玻璃房子外面，阿姝被几个女孩子围着，展示着那块刚买不久的水晶表。

黎黎从来没有如此期待响当当的到来。

慌乱之中，她想到一个词，不知悔改。

黎黎坐在槐树下面，树冠亭亭如盖，投射着初夏斑驳的阴凉。小嘉言和阿姝都去了游泳班，无人作伴，依旧寂寞，她便只好把下午漫长的时光消磨在这棵巨大的槐树下面，写响当当的故事，也偷听槐树下的闲话。

她听说机械厂门前那片柳树下面埋着坦克的图纸；也听说贯穿东西的那条马路下面是稀土铺就的宝藏；区政府对面的两栋楼下面是龙脉，去年一个施工队刚要动工就出了大事，所以才有这么多人下岗。这还不算，就连隔着两条街的那条叫青城街的小马路都变得神秘了起来，听槐树下坐着的大人们说，那条路都是“挂粉灯”的，脏得很。

“一条路都挂粉灯，现在的人真是心都坏掉了。”周家奶奶一边剥毛豆一边摇头。

“到底什么是粉灯啊？”黎黎忍不住问，她怎么都想不通粉灯有什么脏的。青城街她去过，很多店铺白天都关着门，大多是美容店和理发店，也有小旅馆。

树下的邻居都不说话了，黎黎一个人坐在槐树的另一边，谁都没注意到她。

“黎黎，你去那边玩去，那边凉快。”周家奶奶随便指了一个方向，含混地搪塞着。

黎黎只好快快地搬着小马扎从槐树的阴凉下面离开，坐在自家的小院子前面，无精打采地翻着手里的旧连环画。

“这不是黎黎吗？”李主任提着一沓新图纸，远远地看到黎黎一个人坐着，不远处的槐树下，几个老邻居煞有介事地说着似有若无的传闻与秘密。

“李姥爷好。”黎黎看到李主任走过来，站起身打招呼。

“黎黎啊，在看什么书呢？”李主任问。

“这个，我舅舅的。”黎黎把书递给李主任，是明远的《东周列国志》连环画。

李主任拿来翻了翻，递给黎黎，问黎黎能不能看懂。

“我能照着画看。”黎黎点点头。

“这个烽火戏诸侯，讲的是什么啊？”李主任指着其中一本问道。

“这个我知道，就是说，周幽王娶了一个美女，叫褒以。”

“什么？”

“褒以啊。”黎黎翻开故事书，指着一张图上的美人念念有词。

李主任笑了，问黎黎这是谁教她的，黎黎挠了挠头，说姥爷就是这么念的。

“这个字啊，念‘姒’。”

“嗯，记住了，谢谢李姥爷。”黎黎说完，嘴里又小声地念了几遍，生怕忘了。

“黎黎现在认识多少字了。”

“几百个？”黎黎想了想又补充道：“我也没算过。”

“会背几首诗？”

“书上的我都会。”黎黎觉得这样说还不够，姥爷说过了，小嘉言的爷爷是有很多学问的人。

“还有一个不是书上的，”黎黎边思索着边说，“沿对革，异对同，白叟对黄童……”

李主任静静地看着黎黎背诵着他为自家孙女抄写在烟盒纸上的诗句，惊讶于几个月才能回来一次的明远，究竟是在何处，又是用什么方法，教了他的小外甥女这么多错落有致的句子。

“……女子眉纤，额下现一弯新月；男儿气壮，胸中吐万丈长虹。”

黎黎深吸一口气，念下了最后两句。黎黎背得认真，李主任也听得仔细。白叟黄童，都不曾发现上下楼路过的老邻居发出的阵阵惊叹。

“再考一个，人间清暑殿。”李主任期待地向黎黎提问。

“嗯……我不知道。”黎黎摇摇头。

“前面的，你小舅舅没教你背吗？”李主任觉得奇怪。

“不是我小舅舅教的，”黎黎有些不好意思地笑了，“上次去您家里，小嘉言在背，我听来的。”

“听来的？”

“对啊，小嘉言说不背完就不能玩，我就陪着她……”黎黎急切地问：“我背错了吗？”

“对，都对……”李主任点点头，还不等他回过神来，黎黎便收了所有的连环画，跑到了姥姥身边。

李主任看着黎黎，想到了许多年前的一个下午，一个与如今的她们年纪相仿，或是再大一些的小男孩，还不到读书的年纪，只好站在学堂外面，听先生讲孔孟，有时也讲数学。讲到最后抬起头时，已是傍晚。南方的暑气来得更早，也更汹涌，这样的温度里，人对时间流逝的感知也就更迟钝，仿佛闭了眼，时间就跟着停滞了下来。

又有多少次，错过了晚饭，挨了打，赌气跑到早就变成新式学堂的宗祠外面去，揪两根狗尾巴草，逗弄翠绿的扁担钩，看它的身体在月光下泛着莹莹的碧色，手一松，它就倏地一下弹到了不远处的草地上。小男孩也不急着追，而是翻个身，把狗尾巴草叼在嘴里，念下午偷学来的几句诗，或是写几道算术题。那时的他，还会讲乡音。

再后来，带着几袋米送先生，步行十几里，坐汽车，坐火车，穿越到陌生的国家，又来到这里，很多东西记了忘，忘了再记。没人能听出他从何处来，他也渐渐遗忘了乡音，承受过，也享受过这个世界数十年间的巨变。可是这个小男孩，始终都在记忆里奔跑着，是一切的起点。

“嘉言哪，你来。”吃过晚饭，李主任拿着一叠刚裁好的烟盒纸递到正要下楼玩的小嘉言手上。

“这么多？”

“这是让你给黎黎的，”李主任说，“明天你练书法的时候，也可以邀请黎黎一起来。”

小嘉言顿时长出一口气，接了卡片便跑了出去。李主任向楼下看了看，几个人坐在树下谈天，老邻居们围在一起剥着花生仁——带壳的花生还是会便宜一些。四楼的小四子开的小卖部，在不远处亮起了灯。就连远处厂房里冒出的一团团的白烟，也带着全部的苦涩与温柔，溶解在了黄昏这方巨大的砚池里，像是丰子恺式的生活画卷。

“娘娘，这个给您。”小嘉言把烟盒纸递到黎黎手上，黎黎小心翼翼地接了过来，两个人动作缓慢，生怕头上那个用硬纸壳和塑料假花做成的大拉翅儿掉下来。

“这是……”黎黎翘着指头，翻看着卡片。最近几个月，不论是老房子，还是实验小学，都冒出了许多小格格。三个小伙伴也都揣着一块儿帕子，见面不拉手，也不挽着彼此，而是嗖的一下从兜里或者是背心旁边抽出一块儿手绢甩一甩，便是打招呼了。

既然是当格格，行头当然也不能少。于是她们管四楼开小卖部的叔叔要来硬纸壳，剪成蝴蝶状，小嘉言偷偷用李主任的一得阁墨汁染了颜色，阿姝又从家里拿来三朵不要的假花插在纸壳上面。左看右看，总觉得少了些什么，黎黎一想，还缺两根流苏哪，就又管姥姥要了几截毛线捆在一起，绑在两边，倒也像那么回事儿。

虽然都是格格，但也要分个三六九等，首选当然是小燕子。可阿姝从不争这个，一直安安静静地当着她的紫薇，还自己找了一块儿塑料泡沫，插上木棍，再绷几段毛线，就能弹着唱“山水迢迢路遥遥”了。

“紫薇才是真格格呢。”阿姝煞有介事地说。

“可是小燕子会飞啊。”黎黎与小嘉言异口同声地说完，又陷入了今天究竟谁才是小燕子的难题里。人人都想当最重要的角色，没人想当金锁。

“你俩就不能换着当吗？”姥姥终于忍不住了，对举着纸壳回家的黎黎说。

“可是我们没有更多的纸壳和假花了啊。”黎黎说。

“那就当能戴纸壳子的就行了呗。”程师傅一边给黎黎倒白开水一边说，“你是姐姐，就得让着人家，你看人家李姥爷，教你多少东西呢。”

黎黎纵使有几千个不愿意，也只好把毛线从红色换成了黄色，不情愿地称起了哀家。到后来，黎黎明白了一件事，真正主导这个游戏玩法的人，应该是能命令格格们做事情的人。于是从此安安心心地当起了皇后娘娘，在折磨格格的过程中乐此不疲。

“我爷爷说了，明日邀请娘娘去我家玩儿。”小嘉言一只手扶着头上的纸板说。

“不行，黎黎明天要去我家玩娃娃呢。”阿姝一听便不愿意了。

“玩娃娃有什么好的，能……能学知识吗？”小嘉言不甘示弱地说着，头上的“纸壳旗头”还是歪了。

“我爷爷说了，周末就是应该玩的，不能天天学知识啊。”阿姝振振有词，“黎黎你明天去我家玩，我把我爸新买的娃娃给你玩。”

“黎黎你明天去我家玩，我让我爷爷给咱俩念故事书。”小嘉言说完就挽着黎黎的手。

“咱们……就不能一起玩吗？”黎黎一手举着阿姝的假花，一手举着李主任写的诗词卡片问。

“我爷爷不让我去她家玩！”

小嘉言和阿姝异口同声地说完，就气鼓鼓地向家里跑去，留黎黎一个人呆呆地站着，手里拎着黑色的硬纸板。

“姥姥，为什么阿姝不能和小嘉言一起玩啊？”黎黎睡觉之前问。

“两家大人不让呗。”姥姥一边给黎黎拆头发上的皮筋儿一边随口说道。皮筋儿扎得太紧，姥姥怕黎黎玩疯了头发散开，每次都扎得一丝不苟。用她的话说，爸妈不在身边，就更得利利索索的，才讨老师喜欢。

“那为什么不让啊？”黎黎把手插进头发里去，揉了揉被揪痛了的头皮。

“那是他们两家的事儿，跟咱们没关系。你跟她们好好玩就行。”

时间久了，黎黎渐渐发现，虽然是一家人，姥姥和姥爷却有很大的不同。姥爷直爽，也喜欢帮衬旁人，姥姥则大多怀着基本的友善，这种友善，就像是用一只苹果交换了一颗糖。而阿姝一家，则更不一样，换句话说，更像是关起门来过自己的日子，外人听到的，看到的，都不是那么真切。阿妹的爷爷操着带南方口音的普通话，始终不肯承认自己是北方人。

姥姥把小兔子灯递给黎黎，就关上了门。黎黎躺在床上，翻了几个身，还是睡不着。小兔子灯没装电池，黎黎只好拿手摩挲着，让那只塑料兔子变得温热。

其实亮与不亮，对她来说都不那么重要，只要心里装着一个人，夜晚可以很凛冽，也可以很温柔。那些说不出口的情感，总需要一些媒介来承载。几天之后，黎黎在李主任家学会了一个词——睹物思人。

黎黎想着想着，忽然有了灵感，翻身下床，从纸箱里掏出一只早就不玩了的铁皮青蛙，拿在手里看了看，放在了玩具箱的最上面。这一夜，她睡得香甜。

第二天下午，小嘉言来邀黎黎去家里听爷爷讲故事，练书法。黎黎拿着昨天晚上翻了好几遍的烟盒卡片正要出门，透过门帘，看到隔壁的阿妹抱着洋娃娃站在另一侧看着自己。

“阿妹，一起来玩吧。”黎黎招了招手，阿妹不动，小嘉言也不动，两个人就这么直挺挺地站着，谁都不服谁。

“小嘉言，我们玩一会儿再上去吧。”黎黎说完就向屋里跑去，拿出那个铁皮青蛙。

“这个我家也有。”小嘉言说。

“就玩一小会儿。”黎黎一边说，一边用力地上发条。青蛙一蹦一蹦，向着门口跳了过去。

“哎，黎黎，它跳出去了。”小嘉言叫道。

“没关系。”黎黎看着青蛙径直向阿妹家的方向跳了过去，刚刚跃过阿姝家白色的塑料门帘，就没了声响。

“阿姝，我青蛙跑到你家去了。”黎黎站在自家门前，冲阿姝刚才站着的方向喊道。

不消一会儿，青蛙就又当当当地蹦到了黎黎家门前。黎黎也不说话，只是再转了一次发条，让那只掉了漆的铁皮青蛙又原路蹦了回去。这一次，青蛙刚蹦到门外面，就停住了。

“阿姝，再帮我拿一次吧。”黎黎央求道。

过了一会儿，门帘响了几响，阿姝站在外面举着那只铁皮青蛙，故意轻轻拧了一下发条，就把青蛙放到了地上。小嘉言正要去捡，就和阿姝打了一个照面。

“看见了吧，我的青蛙有魔法。”黎黎低下头把青蛙拿起来，一脸骄傲地拉着两个人的手说，“我们一起玩吧，玩什么都行。”

阿姝第一次站在顶楼向下张望，巨大的槐树树冠向四面铺散开来，鸽子从身下向远处飞去，市场的叫卖声渐渐平息，争吵与和解也都慢慢消逝。她从未像现在这样平静过，眼里全是诗书，也只有诗书。

“阿姝你看那边。”小嘉言踩着小板凳指着前方。

阿姝直到现在才知道，其实楼下那棵老槐树上，栖着一窝燕子，堂燕恰恰，北雁雍雍，来去数次，她便错过了数个轮回。她想到那一日，刚做了副校长的妈妈数落爸爸依旧是个小科员，老郑家要靠她娘家才能风光，小姑子学画都是她解决的。爷爷平日和老邻居们说话时带着些许炫耀的语气，彼时也荡然无存。她听不下去，偷偷溜下桌，跑进阿瑾姑姑的房间。阿瑾姑姑什么都没说，示意她关上门，就继续在画架上涂抹。她便静静看着，直到母亲开始唤她回家。

“这幅画，叫《树上的男爵》。”阿瑾像是没听到外面的争吵一样，“灵感源于前些日子明远哥借给我的一本书。”

“这是楼下的树？”

阿瑾点点头，继续在树冠上描摹夕阳的色彩。金色的树冠依次倾泻开来，垂在一旁的绳索就显得更加脆弱，阿妹甚至觉得，攀爬上去便再也无法下来。后来她忍不住问阿瑾，阿瑾点点头，说她本意就是这样。

她看了半天，问男爵在哪里，阿瑾指着金黄色树冠上惊起的飞鸟说：“这里。”

“可是楼下的树上根本没有鸟啊。”

“这你怎么知道？”阿瑾眨了眨眼，看着阿妹出了家门。

阿妹一直认为，那幅画是阿瑾姑姑的梦境，直到现在她才知道，其实不论阿瑾、明远，还是黎黎，都有一棵自己想要栖居的树。

“嘉言哪，昨天让你俩背的诗背得……”

李主任顺着声音寻到了阳台，看到小嘉言站在小板凳上，一只手搭着黎黎的肩膀，另一只手搭着三楼的阿妹，叽叽喳喳地讲着对面的那窝小燕子。李主任这才觉得，对小嘉言交不到朋友的担心，大约都没有了必要。

“那个……李爷爷好，我也是来学背诗的……”阿妹转过身，紧张地绞着裙摆上的一个水蓝色的蝴蝶结，“我就玩一小会儿。”

“哦，阿妹也来了，快进来吧。”李主任怔了一下，转头钻进了房间，留下三个小伙伴不知如何是好。

“小嘉言，你爷爷是不是生气了？”阿妹小心翼翼地说。

小嘉言摇摇头，又握了握阿妹的手。黎黎感觉惭愧，觉得自己并不应该介入其中，也不该邀请阿妹，让小嘉言为难。可是她心中又有着莫名的自信，觉得李主任一定会像喜欢自己一样喜欢阿姝。

正在三个人犹豫的时候，李主任急匆匆地冲回了阳台，手里拿着的烟盒纸片墨迹未干。他把纸片递到了阿姝的面前：“别浪费时间，今天爷爷教你们背一首《江南》。”

阿姝和黎黎一人攥着一张方方正正的烟盒纸卡片蹦下楼梯的时候，迎面撞上了刚刚写生回来的阿瑾。

“那个，我们刚才做新头饰呢。”黎黎挡在阿姝的前面，脸上还带着几道墨汁的痕迹。

“是吗？”阿瑾瞥到了阿姝手上那张她在六楼见过无数次的卡片。

“没骗你。”阿姝点点头，紧张得挠了挠鼻子，也和黎黎一样，在原本白净的脸上蹭了几道黑。

阿瑾看着两个人忍不住笑了。顶楼那间房子，仿佛真的有无可名状的魔力，是皈依，也是逃离。

阿瑾笑着用香皂给两个小家伙洗了三四遍脸，又点了几点雪花膏才放她们走。雪花膏装在铁盒子里，黎黎使劲闻了闻，和妈妈用的一样。

“小姑，我知道树上有什么了，”阿姝悄悄对姑姑说，“但是你可不能告诉别人啊。”

“放心吧。”阿瑾说完就拿起铅笔，用阿姝的话来说，是很酷的样子。

阿姝说完，就跑了出去，给黎黎弹新学的《蜜蜂与苜蓿》。琴声依然断断续续，叮咚作响，阿瑾听得没心情继续作画，扔了画笔，围裙也没摘，就顺势向床上仰躺了下去。黄昏漫了上来，琴声消失之后，整个房间陷入深沉的蓝，路灯亮起，又是万家灯火，明晃晃地衬着房间里孤单的黑。

即便是树上的人，也总想着有一天能抓着热气球，飞向更远的世界。

我为你翻山越岭

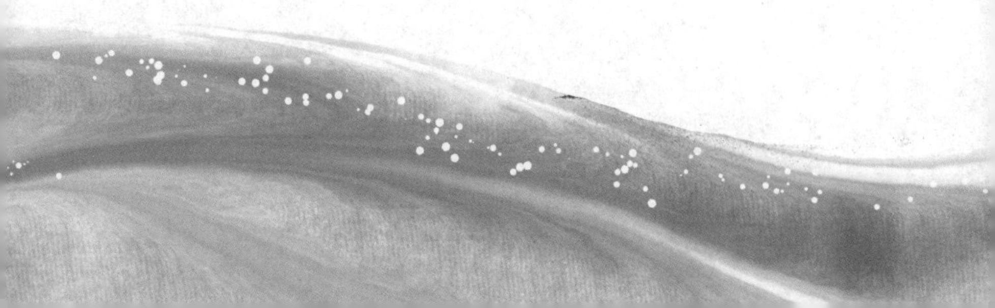

总有一个人，值得你翻山越岭，倾吐全部的想念与忧愁。

我为你翻山越岭

“赵黎黎，你的红领巾呢？”

黎黎刚走出班门，就听到有人叫住她，于是草草地把红领巾在脖子上围了一圈，就背着书包向外面走去。

“哎，你别走啊，”身后陈晨的声音清脆响亮，“你不认得我了？”

黎黎不耐烦地转过头，盛夏的太阳洒在走廊的绿色大理石地砖上。值日生刚刚拖完的地板水渍未干，反射出来的光芒刺得她睁不开眼。就在一个小时以前，实验小学的一年四班经历了一场巨变。刘老师被调到了其他学校，四班的五十个小朋友将被随机分到其他的五个班里，去遗忘现在的同学，开始新的生活。

人人都舍不得刘老师，宝音甚至因为这种气氛流下了眼泪。在这样的环境里，黎黎产生了一种强烈的罪恶感，她没有丝毫的不舍，也并不会因为分别而感到悲伤，对她来说，分别本就是一种常态，她已经习惯了生活的轨迹上出现残缺。这种情绪越浓烈，她就越厌烦。到后来，甚至希望分班这件事来得越快越好，至于去哪个班，她并不在意。特别是在阿妹告诉她实验班并不做实验之后，她就对分班这件事彻底丧失了兴趣。

黎黎看到陈晨胳膊上明晃晃的红色袖标，迅速把水壶从脖子上取下来，一板一眼地系起了红领巾。

在失而复得这件事上，如果天平偏向了失去的一方，那一定是有人偷偷加了一个叫作自尊心的砝码。黎黎渐渐发现，很多东西得到后，并没有想象中的那么好。蝴蝶发夹总是会扯断头发，带太阳花的塑料凉鞋也并不舒服，而红领巾，也并不是什么优秀的象征，更多的时候是用来给班级扣分的。

“没事儿，我不扣你分。”陈晨把小本子塞进衣服口袋里，“你怎么才回家？”

“这你别管。”

黎黎刚说完，脑海中就响起了一个慈祥的声音，那个声音慢条斯理地说：“鸵鸟在遇到危险的时候，就会把头钻到沙地里去……”

期中考试之后，她有了一样烦心事，这件烦心事便是口算。

每周二和周四下午的最后一节课都是口算课。黎黎搞不清楚，如果快速地念出得数可以算作一项技能的话，为什么老师还要检查草稿纸上有没有列式计算呢？

然而老师从来不解释这样做的道理，所以黎黎始终没有搞清楚口算课究竟是为了什么，一次又一次地在口算课上因为走神而被罚站。到后来甚至形成了条件反射，她站起来的一瞬间大脑便一片空白，只想着列式计算与口算的区别究竟在哪里，最后的结果自然就是放学后留堂。

留堂时，黎黎在教室做着口算题，小嘉言与阿妹就在门口等着。黎黎有时转过头，就能看见两个脑袋在偷偷向里面探，心里一着急，就又错了一道。

“你们先走吧，别等我了。”

黎黎有些难为情，如果她们不在门口看着，搞不好自己早就做完了那几道题，现在已经看上最新一集的《小糊涂神》了。

“那不行，说好一起走，就得等你。”小嘉言毫不犹豫地说。

黎黎叹了口气，不忍心打消这份来之不易的热情。

“黎黎，我妈让我做的口算题跟老师的那个一样，我每次都提前做一遍，我借给你吧。”阿妹从书包里掏出了一盒口算题卡。

“不行！”黎黎摇了摇头，一身正气地握紧了小拳头。

黎黎问过响当当喜不喜欢口算题，响当当摇摇头，黎黎仿佛找到了同类，赶忙问响当当口算考试得了多少分。

“一百。”

黎黎泄了气，这是连响当当都无法理解的沮丧。

“叮叮叮，叮叮叮，遇到了麻烦念段经。嘟嘟嘟，嘟嘟嘟，关键的时刻犯迷糊……”

黎黎百无聊赖地哼着歌，看响当当爬上爬下地戏弄一只明黄色的蝴蝶。响当当说要给黎黎做一只蝴蝶形状的发夹，翅膀是夜晚的星星，眼睛是明澈的露水，触角呢？触角是远处青山脚下的草叶，衬着萤火虫闪烁的光芒。

“黎黎，这个大瓶子里有六只萤火虫，这个小瓶子里有四只，”响当当从卡其色的短裤口袋里叮叮当当地掏出了好几只水晶瓶子，瓶子里泛着星光，“小瓶子四个，大瓶子三个，一共有多少萤火虫？”

响当当说完，就把瓶子按照一大一小分成了三组，最后摇了摇剩下的那个小瓶子。有那么一瞬间，黎黎明白了什么叫豁然开朗。

“就这么简单，你只需要算有几个十就行……”

话音未落，萤火虫便悉数飞到了天上。黎黎和响当当赶忙伸手去抓，却为时已晚，只好看着萤火虫飞向夜空，散落成微小的星芒。

究竟是响当当有魔法，还是萤火虫有魔法，黎黎不知道，她只知道，今天是最后一次因为口算课留堂。不想刚出了教室，就遇到了陈晨，看到陈晨，她就想到了那次不太愉快的录音经历——她拿着卷了边的横格本走出玻璃房子，依然没有人相信响当当的存在。

“你的朋友呢？”陈晨把红袖标塞进口袋里。

“阿妹和小嘉言去上游泳班了。”黎黎回答道。

“不是她们，”陈晨摇摇头，“我是说你一个人的好朋友，响当当。上次的故事，你还没讲完呢。”

“你……真的相信我有一个叫响当当的朋友？”黎黎有些迟疑，生怕被嘲笑。

“为什么不相信，你写下来了，就是真的。”陈晨索性坐在了教学楼前面的台阶上，还从作业本上撕下一张纸铺在身旁，示意黎黎坐下。

“响当当是我一个人的好朋友。”黎黎把水壶挂回脖子上，从书包里掏出一个封皮都快掉下来的横格本，封面上歪歪扭扭地写着《响当当的一次课间历险》。

“这个给你，”黎黎把横格本递给陈晨，“你可快点看啊，我还要继续写呢。”

陈晨小心翼翼地把横格本夹在了美术书的最中间，放进了书包最里面的夹层。他想了想，又从书包里掏出了一本童话书递给黎黎。

“我拿这个跟你交换。”

黎黎低头一看，是一本《宝葫芦的秘密》。几天之后黎黎把童话书还给陈晨的时候，陈晨问她有什么愿望，黎黎歪着头想了好半天，说想见妈妈。

“那你呢？”黎黎问道。

“我想和你在一个班，和你去见响当当。”陈晨说。

一年级的最后一天，望着树上带翅膀也带牙齿的黑色昆虫，黎黎有了比见到妈妈更加迫切的愿望。

炎热的夏季永远不缺少细小的生命，当教室里飞进来的第三只天牛落在了宝音的头顶上时，暑假作业里便多了一项比任何抄抄写写都困难的作业——开学时每人要交二十只天牛，串在铁丝上，交到新班级。

刘老师刚刚说完，黎黎就听到后座的女生哇的一声哭了起来。

“在这里，老师教大家一个词，叫生物入侵……”

刘老师后面说些什么，黎黎全都没听见，她第一次和全班同学有了共鸣，绝望地瘫倒在了课桌上。她仿佛已经看到了天牛张着翅膀落在她的白纱裙上，堂而皇之地晃动着长长的触角，黑色躯壳上的白色斑点触目惊心，两颗锋利的牙齿发出嚓嚓的声音。想到这里，她不禁打了个冷战，直到进了家门，脑子里都是天牛硕大的身影。

“看我给你带什么了。”黎黎刚掀开门帘，就听到小舅舅明远在叫她。

黎黎凑上前去，暂时忘了这项杀伤力惊人的暑假作业，看明远舅舅打开一个纸盒，绢纱攒成的各式头花迫不及待地向外翻滚着落到黎黎手上和茶几上，都是她不曾戴过的新鲜式样。还有塑料珠、玻璃手链等小物件，不贵，却精巧。

“听说你们的暑假作业可不简单啊。”明远舅舅对黎黎说，“我听瑾瑾说，要抓二十只天牛呢。”

黎黎点点头，愁眉苦脸地坐在沙发上，怎么都想不到去哪里能抓到这么多天牛。

“暑假长着呢。”明远安慰黎黎，顺势扔过来一块儿羊羹，不偏不倚地落在她怀里。

“哎，我问你，四分厂李师傅家的闺女也在北京上学，你见过没有？”程师傅问儿子。

“哎呀爸，北京这么大，去哪儿能碰见啊。”明远一边说，一边从行李箱的最下面掏出一盒京八件递给父亲。

“给我干什么，送到六楼去啊。”程师傅直截了当地下了命令。

“这个你也装上，给隔壁送去。只给一家，不太好。”

姥姥用塑料袋装了一把羊羹，一把豌豆黄，连同几块茯苓夹饼，递给明远。黎黎见状，又往里面多塞了几块。茯苓夹饼是黎黎不太喜欢的一种京味小吃，尤其是近些年，饼皮越做越厚，馅儿却越来越少，费好半天劲才把那层和泡沫纸一样的饼皮吃完，再一咬里面粘腻的新式水果果胶馅儿，更没了胃口。不仅仅是黎黎，就连刚上幼儿园的表弟毛毛来了，都不愿意吃。

黎黎有一天在第七频道上看到介绍，说茯苓是一种中药，自此之后，黎黎就为自己不吃这种小吃找到了更好的借口。

“我还是小孩儿呢，哪能随便吃带中药的东西啊。”黎黎振振有词地拒绝道。

“你这条小命，是真值钱啊。”

姥姥抚了抚黎黎的脸，黎黎只觉得脸上沙沙的。姥姥的手指有些粗糙，也不修长，右手的小指总是向上翘着，像绣花似的，却不是因为秀气好看，听姥爷说，是以前工作时受伤了，就再也弯不下去了。

“别说你姥姥，我胳膊上这条疤，也是刚进厂时留下的。”姥爷说，“我们那时候炼钢，烫伤了去医院包一包，回来继续干活，精神好得很。哪像你们这些年轻人，抓几个虫子就叫苦连天的。”

姥爷一边说一边从大衣柜的最高处取下一个网兜，像响当当捕星星的网一样。黎黎在姥姥的注视下咕咚咕咚喝了两大杯水，就拎着网兜出去抓天牛了。

日光耀目，黎黎仰着脖颈找了好半天，都不曾发现一只。阳光照得眼前闪烁着斑驳的白色光点，黎黎只觉得有些头晕，低头看去，两只甲虫正不慌不忙地跨过两块地砖之间的缝隙，全然不知几分钟后，自己会跨越物种的界限，变成另一种截然不同的生物。

“黎黎，在作甚呢？”

黎黎抬起头，鼻尖上落着几个白点，手里那支修正液正在甲虫的背脊上留下星星点点的痕迹。见到小四子叔叔来了，黎黎赶忙把修正液塞进口袋里。慌乱之间，甲虫张开了翅膀，霎时间飞到了再也看不见的远方。

“你啊，真是鬼精鬼精的。”小四子叔叔点了点黎黎的脑门儿，黎黎不情愿地躲开了。她总是觉得自从小四子叔叔离开了机械厂，才真是变得“鬼精鬼精”的，用她在菜市场上听到的话来说，就是“钱串子”，什么都向着钱看。

可是挣钱也说不上是什么坏事，黎黎心里清楚，只是总觉得一块钱的矿泉水，放进冰柜里就可以卖到一块五，多少不那么爽利。

“哎，叔叔问你，你们今年暑假，要抓多少只天牛啊？”小四子叔叔问道。

“二十。”

“所有人都要去抓？”

黎黎点点头，专心致志地用修正液伪造起了另一只甲虫，丝毫不知小四子叔叔是何时若有所思地回到了自己的店铺。只是自从那天开始，天牛就变得越来越少，甚至甲虫都不复存在。人生中的第一个暑假，竟然就这样被一只周身有星点的黑色昆虫啃食得垂头丧气又溃不成军。

许多天后，当小四子叔叔的门前排起卖天牛的长队时，黎黎才想起那个燥热的午后。当时的她，还不知道何为“知识产权”，只是气急败坏地跺着脚，头一回觉得受到了欺骗。

“黎黎，你买不买？叔叔给你打对折。”小四子叔叔拉开小卖店的窗子，冲黎黎笑笑。

“我才不要呢。”黎黎摇摇头，转头就跑回了老房子。

刚掀开门帘，就迎面撞上了小舅舅明远。黎黎仰起头，看小舅舅拿着抓天牛的网兜和一捆铁丝，背包两侧的网兜里还塞着两只水壶。

“走啊黎黎，我们抓天牛去。”明远舅舅推了推眼镜。

“你……还会抓天牛？”黎黎想到小嘉言的叔叔曾经偷偷跟她讲过，在这栋红砖房还没有被叫作老房子的时候，他们常趁着午后那段漫长的时光，抓一把榆钱，爬到槐树上去，看不远处的厂房吐烟圈。只有明远一个人独自坐在树下看小说。

“我心想这小说到底有多好看，后来才知道，是他根本就爬不上去，只好拿着一本小说装装样子。”小嘉言的叔叔回忆道。

自此，黎黎就再也无法把抓天牛这样的“粗活”和自家那个满腹书生气的小舅舅联系在一起。

“我怎么就不会了？”明远被黎黎看得有些发窘，“你就说你还差几只吧。”

“十只。”黎黎趴在罐头瓶前面数了数，其中有六只都是不知名的甲虫伪造成的天牛。门帘响了几响，阿瑾姑姑走了进来，手里同样拿着捕虫网。

“阿瑾姑姑，”黎黎忽然想到了什么，赶忙跑了过去，“阿妹说她已经在小四子叔叔那里买到天牛了，你不用去抓了。”

“是吗？”阿瑾姑姑想了想说，“我怎么不知道？”

“当然是真的，我都看见了，一共二十只，一只五毛钱。”黎黎想了想又补充道：“小四子叔叔卖给别人都是一块钱呢。”

“黎黎，你真笨！”阿妹不禁从阿瑾姑姑身后跑了过来，飞快地堵住黎黎的嘴，接着附在黎黎耳边神秘兮兮地说：“这是要带我们出去转转哪。”

阿妹话音未落，黎黎却先红了脸庞。之前她听小嘉言说过，两个大人出门时怕被说闲话，就会带一个亲戚或是街坊家的孩子，美其名曰“带孩子出门转转”。那时阿妹要练钢琴，黎黎还没搬进老房子，小嘉言就成了唯一那个会被带出去转转的孩子。说是出去转转，也大多是在附近的马路与公园。小嘉言体弱多病，爷爷叮嘱她不许喝冷饮，于是她只好跟着两个大人默默地走着，听他们说一些没趣的话，走得口干舌燥，没意思极了。

可是尽管如此，黎黎和阿妹依旧心向往之，这是为数不多能接触成年人世界的机会，更何况，这两个人是明远和阿瑾。

想到这里，黎黎从小舅舅的手里抢过捕虫网，轻巧地蹦下楼梯，跟阿姝一起，小心翼翼地为明远和阿瑾空出了一段不近不远的距离。

“黎黎，你说如果我们成了一家人，你叫我什么？”阿姝悄悄地问黎黎。

黎黎迟疑了一下，她想到昨天晚上，姥爷说如今大学生都是不包分配的，问小舅舅毕业之后要在哪里工作。小舅舅想了半晌，没有回答，只是盯着电视机发呆。北约与南联盟的战争黎黎还看不太懂，但是细心如她，却在小舅舅的脸上读到了迟疑，这种迟疑，多半还是因为阿瑾。

“在想什么呢？”阿姝用手在黎黎眼前晃了晃，不待她回过神儿来，就听到阿瑾姑姑在身后唤她们，顺着阿瑾指的方向看去，婆娑的叶影之下，紫红色的果实若隐若现。听到有人声，两只麻雀倏地掠过，留下的，都是意料之外的自然的馈赠。

“天哪，黎黎，是桑葚。”阿姝说着就跑了过去，头上的流苏跳动着，没有一点心事，也没有一丝愁怨。

明远把黎黎抱到树上，之后就站在一旁与阿瑾姑姑继续聊着闲话。黎黎坐在树杈中间，把绛紫的桑葚一颗一颗地扔到阿姝撑开的淡黄色裙摆上，不知不觉，指尖就染上了暮色。

“隰桑有阿，其叶有难。既见君子，其乐如何……”

摘着摘着，黎黎不知不觉便想起了小嘉言的爷爷教她们背过的那首《隰桑》，隰字很难，那个下午很燥热，这些她都记得。

阿姝的声音也渐渐和了进来，声音越来越齐，也越来越大，只是到最后，红了脸的却是阿瑾和明远。隐约之间，黎黎听到明远说他毕业之后便从北京回来，可明明是很好的事，两个人却都不快乐，像是傍晚的天空，暮霭沉沉楚天阔，说不清前方是什么模样。

站在老房子下面，黎黎才想起来什么都没抓到。不远处的小卖部还开着灯，依稀能看到小四子叔叔不紧不慢地点着那台旧计算器。

当明远走出小卖部，把一只装着天牛的瓶子塞进黎黎手里时，黎黎依然耷着脑袋，努力不去回应小四子叔叔的微笑。她看得出来，里面有两只甲虫被涂上了修正液，心安理得地当着和自己截然不同的另一种生物，丝毫没有怨言。

晚上姥姥给黎黎洗澡，黎黎坐在红色的塑料澡盆里，听凭姥姥的手在自己背上摩挲着，和妈妈的手完全不一样。

“为什么姥姥的手有点儿涩呢？”黎黎问。

“以前什么活都干，手就不好了，”姥姥的手在黎黎的后背上停了一下，“黎黎以后好好学习，去政府上班，就不用干活了。”

黎黎点点头，转过身把姥姥的手泡在澡盆的温水里，又打上一点小姨买给自己的小叮当沐浴露。

“姥姥现在退休了，就不用干那么多活了。”黎黎想了想又问：“现在和以前哪个时候好？”

“当然现在好了。”姥姥边给黎黎擦身子边说。

“净瞎说！”姥爷在外面听到了，十分不满意，“以前赚五十六块钱能养活一家子人，现在能吗？”

“你这个人，总是抬杠。”姥姥埋怨道。

“我就问问你，以前大学生是不是包分配？进了厂是不是就不下岗？”姥爷不依不饶地问。

姥姥没再说话，递给黎黎一块儿毛巾让她擦头发。黎黎喜欢看姥姥姥爷拌嘴，这才是生活本来该有的样子，再大一点，她知道了一个词，叫烟火气。在她印象中，爸爸妈妈是很少拌嘴的，甚至后来都很少说话，当然也并不快乐。

黎黎头发刚刚擦干，小舅舅明远就从外面回来了，对黎黎说，等她从奶奶家回来，就带她去文化宫看新上映的电影《宝莲灯》。黎黎很早以前就听宝音在课间同她说，一定要去看这部电影，原本他也邀了黎黎一同去看，可不巧几天前，宝音便请了假，去锡林郭勒参加那达慕大会。

“我听姥爷说，那达慕是蒙古族最大的节日。”

宝音点点头，却丝毫没有黎黎想象中那么期待。相比于看老家的小叔叔们身着昭德格[①]摔跤，他更喜欢一个跟头就能十万八千里的孙大圣。

“你去过草原吗？”宝音问黎黎。

黎黎摇摇头，她知道城郊便是草原，却一次都没去过，不仅仅是她，小嘉言和阿姝都没有去过，除了商店招牌上那一串串蒙文之外，谁都不知道这片土地究竟与其他城市有什么不同。

“那下次我带你一起去。”宝音一向对黎黎很够意思，用他的话来说，再大一些，他一定要和黎黎结安达，做最好的“兄弟”。可是这样明朗的宝音，也有着自己小小的烦恼。他本应该进入老家的蒙古族小学，可爸爸费了好大劲才把他送进了市区的实验小学。爷爷知道后极为不高兴，专门打了电话来数落爸爸。

“可我能怎么办呢，我连今天穿哪件帽衫都不能决定，更别说去哪里上学了。”宝音对黎黎说。

“黎黎，你看了《宝莲灯》，回来给我讲讲好吗？”宝音临走之前对黎黎说，“有孙悟空呢。”

孙悟空的魔力仿佛超越了《宝莲灯》本身，就连原本并不期待的黎黎，也对这部还没上映的电影产生了极大的好奇。这天小

① 昭德格：蒙古族的摔跤手在那达慕大会上的衣着。

舅舅出门回来，又说会邀隔壁的阿瑾带着她的小侄女阿姝一同去看。

“又是出去转转吗？”黎黎一边问一边做鬼脸。

小舅舅赶忙把一支棒冰塞进黎黎嘴里，假装生气地说她没大没小。黎黎舔着冰棒，满心欢喜。

“你去问问六楼，能不能也带着小嘉言。”姥爷吩咐小舅舅。

“他俩才多大，哪能看住三个孩子啊。”姥姥不同意。

“多大？我像他这么大的时候，都成家了。”姥爷和姥姥又开始拌嘴。

“行行行，都别吵了，我明天就去问李叔还不成？”小舅舅趁着两个人还没吵起来，赶紧打断他们。

“小舅舅，《宝莲灯》是讲什么的啊？”黎黎临睡之前问。

“现在说了就没意思啦。”小舅舅说完就关了灯，躺在沙发上看了一会儿书，摘了眼镜准备睡觉。

辗转几次后，明远依旧睡不着，却也不想开灯，在暗夜里坐着，想曾经的事，也想未来的事。无论留在北京还是回来，都能得到什么，也会失去什么。他心里放不下的不是乡愁，而是阿瑾。

“我的世界里有一多半的世俗，与一个不为人知的精神角落。自从遇见一个人，这个角落就有了光。”明远说。

“你读过安德烈·纪德没有？”导师问他。

他点点头，明白导师想说什么，他要他努力过窄门。

可是通往天堂的门确实太窄了，容不下两个人前行。

去奶奶家之前，姥姥给黎黎穿上了小姨给她买的新衣服，就连发夹和凉鞋也都换了新的，还再三叮嘱黎黎一定要懂礼貌，记得道谢，也记得问好。

刚一进门，黎黎就看到一个玻璃瓶，里面装着几只天牛，堂哥佟浩炫耀地说，这都是黎黎的爸爸带他去抓的。爸爸一向喜欢佟浩，又或者说，爸爸一向喜欢男孩。

奶奶对黎黎还算不错，只是这种好，带着几分客气。自从搬进老房子之后，黎黎就变得不那么爱说话，只有在和小伙伴玩时才像个孩子，其余的大多数时间，只是一个人坐着，看书或是想心事。她爱上了一种叫走神儿的心理活动，总是沉浸在一个别人根本看不到的世界里，想象着自己是书里每一个她想成为的人。

这样的后果便是，不明就里的人觉得赵黎黎是一个不太容易接近而又早熟的姑娘。在宝音的眼里，黎黎很酷，而在无趣的大人眼里，这叫孤僻。她甚至听到大姑在吃饭时说，赵黎黎这个小丫头，只长心眼不长个儿，也不知道她在想些什么。好像怕她回去就向姥姥家的人告状似的。

黎黎看了大姑一眼，她新烫的卷发蓬松着，永远是一副刚睡醒没打理的样子。都说大姑命好，找了脾气好又能干的大姑父，大姑父是满族旗人，却也任由她指挥，这多少让大姑觉得自己在这个家更加神气。

有些时候，大姑父也会嘟囔一句："你嚷嚷什么，我们祖上厉害着呢。"可大姑的大眼睛一瞪，大姑父就什么都不敢说了。黎黎再长大些，甚至想在大姑父说这句话时，给他扣上一个毡帽："我们先前，比你阔得多啦。"

堂哥佟浩也是一样，只有在和黎黎抢电视的时候才像个男孩子。

从小就有人说，黎黎长得像奶奶家里的人，都是大眼睛。说者带着七分寒暄与三分夸奖，但对黎黎来说，却是骨鲠在喉。如果基因可以被筛拣的话，这一部分的相似，就是她最希望被剔除出去的部分。

“哎，你上什么兴趣班了没有？”堂哥问。黎黎皱了皱眉，他从来都不叫自己的名字，只用一个“哎”代替，后来黎黎便选择性地屏蔽掉了他所有在自己看来毫无意义的“哎”。

“黎黎，哥哥问你话呢。”爸爸说。

“没有。”黎黎说完就继续埋头吃饭。

“你姥姥家的人怎么对孩子不上心啊，没人管。”大姑漫不经心地批评道，“你看我们佟浩，下个月小提琴就要考级了。”

家长是一种很神奇的生物，总是会把爱好与金钱画上等号，仿佛成本越高，就越配得上兴趣这两个字。因此，读书这种成本最为低廉的获取快乐的方式，在很多家长眼中，根本称不上什么兴趣爱好，更有甚者，还会冠以可怕的三个字：看闲书。

“浩浩，你给家里人表演一个。”大姑还没说完，堂哥就从椅子上弹了出去，然后咿咿呀呀地拉了起来。奶奶刚要鼓掌，就传出了几个极不和谐的音符。黎黎没忍住，笑了。

“哎，你笑什么？”堂哥用琴弓远远地指着黎黎。

“这里的故事真奇妙，这里的人儿真好笑……”黎黎没理他，自顾自地边唱边离开了餐桌，她最近迷上了动画片《小神仙与小仙女》。

“要我说，这孩子在那边待着可不行，像个疯子似的。”大姑拿起碗筷想要再挑几棵菜来吃，“她妈就没什么本事……”

“你说什么？”黎黎冲着大姑大声问道。

“黎黎，怎么跟大姑说话呢？”爸爸不但没有保护她，反倒和大姑一起教训起了自己。

“我妈怎么没本事了？”黎黎想要和电视里理直气壮的大孩子一样，却红了眼睛。

“你妈有本事，怎么去广东打工啊？”大姑扔下筷子指着黎黎便嚷了起来，“扔下你这么个小拖油瓶，没人管也没家教。再说了，广东人可多了去了，谁知道你妈做的是什么事儿啊……”

“你闭嘴。”黎黎顿了顿，慢慢地说出了那句一定会让她挨揍的话：“你算是个什么东西……”

话音未落，黎黎便听到啪的一声，耳边嗡嗡作响，脸也跟着烧了起来，爸爸第一次因为大姑一家人打了她。当她跑到外面时，面对的是正午时分炙热的马路，路面上升腾着团团蒸汽，眼前是车水马龙，黎黎这才意识到一件事——她还不会过马路。

“如果我妈妈在就好了。”黎黎站在马路边想，想着想着竟哭了起来。她想到了过世的爷爷，爷爷是那么慈祥，又与世无争，总是笑呵呵的，像动画片里的老糊涂神一样，尽管奶奶总把这种性格毫无逻辑地概括为窝囊。如果爷爷还在的话会怎么办？会替自己说话，还是会和大姑父一样只是远远地看着呢？

“赵黎黎，你怎么在这儿站着啊？”

黎黎听见有人在叫她，抬起头时，却恨不得像《动物世界》里面的鸵鸟一样把头钻到地下去，再也不抬起来。

“妈，这是四班的赵黎黎。”陈晨介绍道，“黎黎，这是我妈妈。”

“阿姨好。”黎黎擦了擦眼睛说。

“真好，长得真可爱。”陈晨的妈妈拍了拍黎黎的头，又四处看看，“你爸爸妈妈呢？”

“我一个人走，自己回家。”黎黎说。

“妈，黎黎住她姥姥家，我们送她过去吧。”陈晨赶忙说。

走在路上，黎黎忽然想到小舅舅刚回来的时候说，北京那么大，怎么可能天天都遇到熟人。她还没去过北京，但已经坚定了一个信念，就是要和小舅舅一样，去北京上学，或者是更远的地方。

这样就不会在落魄的时候遇到熟悉的人，徒增尴尬。离老房子越近，这种尴尬就越强烈。于是在走到实验小学门口的时候，她便主动告别。

“黎黎，你真的挺酷的，”陈晨说，“我妈现在都不敢让我一个人回家呢。”

酷是一种绝佳的伪装方式，这种伪装方式让所有的羞耻心、自尊心、不甘心都能顺理成章地找到一个排解的出口，甚至有些时候还能自我麻痹，以为自己真的可以什么都不在乎。

当黎黎出现在老房子里时，姥爷非但没有表现出一丝愉快，反而皱着眉头问黎黎怎么提前回来了。

“他们说我妈妈。”黎黎这才想到临走之前姥姥叮嘱了无数遍要有礼貌，要问好。

“然后你就自己跑回来了？”姥爷问。

“陈晨的妈妈送我回来的。”黎黎想了想又问什么是“小拖油瓶”，姥爷一怔，说小孩儿别瞎问问题，摔了门就出去，直到很晚才回来。

黎黎吓坏了，以为自己做了错事，只好趴在窗台前，看着楼下的集市上来来往往的人群。她打开窗子，叫卖声传进耳朵里。来了老房子的这一年，黎黎长高了不少，不用踮脚，就能看到楼下的样子，可她却比任何时候都更加怀念起那些踮脚才能张望到这个世界的日子。

晚饭时，姥爷铁青着脸坐在饭桌旁，张了几次口，终于对黎黎说，以后不愿意去就不必再去了。

“那人家说我们教得不好怎么办？”姥姥还是担心。

“随他们说去，孩子放到谁家，就是谁教育。他们管不着！”

姥爷一挥手，黎黎也就放下心来。很多年以后，她才知道那天下午，姥爷走了很长的路，去和奶奶家的人理论，全然不似黎黎刚搬进老房子时那样，因为女儿的离婚感到羞愧。

“谁都不能瞧不起我老程家的女孩儿，”姥爷说，“我们明敏和我们黎黎，都优秀着呢！”

这天十分闷热，黎黎却兴奋异常，因为可以不用再去看大姑和堂哥的脸色，而是拉着小嘉言和阿姝一起去文化宫。黎黎知道李主任担心孙女，从家走到文化宫的路上，都把小嘉言的手攥得紧紧的，生怕她变成一阵烟，风一吹便消失了。

阿瑾姑姑给三个小伙伴买了西瓜冰棒，带着她们进了电影院之后，便说有事出去了。电影还没开场，阿姝吃得又慢，冰棒便化成水滴到了手上，她只好穿过一排排的座位出去洗手。刚走到拐角，她便听到阿瑾姑姑在和黎黎的小舅舅明远说话。

如今大学生不再包分配，明远思考再三，决定回家工作，如果能进大中专院校教个中文，也是不错的选择，用他的话说是，父母在不远游，另一层意思，则是为了回来和阿瑾在一起，尽管他本可以在就读的学校寻得一份还算不错的教职工作。

而阿瑾呢，小小的身躯里一样流淌着江河湖海，她不甘在此，这里疆域之大，平原可跑马，却惟独是她的牢笼，只能不甘心地栖居在自己那棵孤独的树上，只待有机会考到北京的美院。至于为什么是北京，当然也是为了明远。她希望明远留在北京，学校也好，出版社或报社也好，那才是他应该去的地方。因此对于明远要回来的决定，她有一万个不情愿的理由。

两个人的命运交汇在一栋和他们年纪相仿的老房子里，又在不断地分离与汇合之中转换着模样，所有的举步维艰，都仅仅因为两件事，放不下与舍不得。于是就这样僵持着，直到阿姝洗皱了手，又偷偷溜回放映厅，都没有一个结果。

电影的最后，沉香见到了妈妈，是最好的结局。而有些人却有了心事，心里也揣了一个为他翻山越岭，却无心看风景的人。

从文化宫回来的路上，三个小伙伴走在前面拉着手，明远和阿瑾走在后面。小嘉言兴奋地讲着孙悟空是多么神通广大，阿妹想着刚才洗手时偷偷听到的话，而黎黎，也陷入了一种终究不得排解的思念。

走到老房子楼下的时候，小嘉言挣脱开了黎黎的手，向着楼下两个提着行李的人跑去。黎黎这才想到，上个礼拜小嘉言对她俩说，爸爸妈妈下个礼拜就能从深圳回来。这一刻，想念变得更加具象，也更加悲伤。黎黎心里突然像是空了一块，这种感觉很不好，不好到就连燥热的夏季都增添了一丝荒凉。

“阿妹，明天和我去一个地方好不好？”

阿妹拉了拉黎黎的手，点了点头。

这一晚，黎黎没有睡好。第二天一早，她就偷偷地从衣柜里拿了五十块压岁钱，小心翼翼地塞进了那条口袋上有拉锁的短裤里。姥姥姥爷很好，从来不像宝音的爸爸妈妈一样，替孩子存压岁钱，而是都交给她自己。他们对黎黎格外信任，当然也格外严格。

姥爷在看报纸，黎黎说去找阿妹玩，姥爷应了一声。黎黎在隔壁的门上先敲两下，又敲了三下，等了一小会儿，阿妹就出来了。

“去哪儿？”阿妹小声问。

“先去买卡，再去打电话。”黎黎早就想好了，不假思索地说。

“带钱了吗？”阿妹掏了掏兜，“我还有五块钱。”

“嗯，放心吧。”黎黎点点头，仿佛是要去做什么了不起的大事。

“你们去哪儿？”小嘉言刚巧下楼来找黎黎玩。

“陪黎黎出去，打电话。”阿妹把手指放在嘴边上，示意小嘉言小点声。

“IC卡吗？”小嘉言压低了声音问。

黎黎和阿姝一齐点点头。妈妈上一次打电话时，黎黎还没放假。妈妈打电话并不像小嘉言的妈妈一样频繁，在黎黎的理解里，大概妈妈也有自己需要过的生活，离开了老房子，就不再只是女儿或妈妈了。正因如此，她也不想让家里人知道自己想给妈妈打电话，想来想去，只好跑到外面去听妈妈的声音。而最近的一部电话机，距离老房子还要过两个路口，再左转。黎黎不敢自己过马路，只好叫阿姝陪着自己。

“走，我跟你们一起去。”小嘉言想都没想就拉着黎黎与阿姝向外面走去。

仅仅是两个路口，对于三个小伙伴来说，也是怀揣着心事与想念的冒险。黎黎时不时地用手摸一摸兜里，好在那五十块钱一直都在。买了卡，再走几步，就看到了磁卡电话。

“这怎么办啊？”小嘉言踮了踮脚，发现根本够不到听筒。

“我抱你试试。”阿姝试着抱了抱黎黎，还是不够高。

“有了。”阿姝眼前一亮，搬了两块砖头，站上去试了试，觉得不够，又搬来两块，还把白裙子上蹭了一块儿黑。黎黎正要上前给阿姝拍一拍，阿姝却满不在乎地说没事。黎黎甚至觉得，阿姝比自己更希望能打通这个长途电话。

黎黎从口袋里掏出一张叠得方方正正的纸，上面记着自己昨天晚上偷偷抄好的电话号码。她深吸一口气，按下了一连串数字。

听筒里嘟嘟地响着，却无人应答。黎黎回头看着同样看着自己的两个人，有些紧张，心突突地跳着。阿姝让黎黎再打一次，依然无人回应。

黎黎从砖头上面蹦下来，装出一副无所谓的样子，准备回家。

阿妹安慰黎黎："你妈妈可能刚才在忙呢。"

"没事儿，反正过几天我妈妈就要往家里打电话了。"黎黎无精打采地说，却努力装出一副很酷的样子。

"黎黎，你想妈妈吗？"小嘉言问。

"还行吧。"黎黎满不在乎地说。

"我猜你一定很想你妈妈，"小嘉言抱着黎黎说，"因为我也是。"

"我给你们看我妈妈的照片。"黎黎用力眨了眨眼睛，不想让自己表现出太多的情绪，然后从兜里掏出一张小照片来，递给小嘉言和阿妹看："我妈妈最好看了。"

"你也好看啊。"阿妹拿过照片仔细看着，"在你妈妈眼里，你肯定是小公主。"

"我不想当小公主，"黎黎摇摇头，脑海里都是昨天看过的《宝莲灯》，"我要当沉香，保护我妈妈才行。"

黎黎小心地把照片收好，刚要走，却又忍不住回头张望着。

"再试一次吧，黎黎。"小嘉言说。

黎黎点点头，又一次把磁卡插了进去，然后屏住呼吸。在提示了四声之后，电话那边传来了一句"您好"。

"妈妈，我是黎黎。"黎黎站在四块砖头上，手紧紧地握着听筒。

小嘉言与阿妹静静地坐在旁边，一同分享着这份相隔数千公里的想念。回去的路上，她们发现不远处要建一座新的公园，一排排高大的云杉被接连不断地运送到这里，它们从邈远的青山被送到了城市的中心，在这里生根发芽，绵延新的生命。即便三个人回到家都挨了训斥，也不再感到委屈与伤心，因为总有一个人，值得你翻山越岭，倾吐全部的想念与忧愁。

绥远烧卖馆

黎黎从没有这么迫切地想让一个人知道，她们都没有被遗忘，
而是被这个世界真切地爱过。

绥远烧卖馆

老房子的众多邻居中，黎黎最不喜欢的，就是小四子叔叔。

叫小四子叔叔，究竟是因为他住在四楼，还是因为排行第四，黎黎不愿深究。她只是觉得，相比于其他踏实工作的叔叔阿姨来说，小四子叔叔的发财之路，显得不够磊落。

一开始，小四子叔叔只是在实验小学的门前摆一个地摊儿，卖些便宜物件。有时看见姥爷来接黎黎，还说要送她一张贴片，或是一个塑料毛毽子。姥爷执意要给小四子叔叔钱，小四子叔叔不肯收，黎黎看着两个人推来让去，硬是把一个小地摊儿变成了抢着结账的饭局。

耗到最后，往往都是姥爷掏钱买下了那些黎黎根本就不需要的小玩具，小四子叔叔还特意给姥爷算“便宜”了一点。

“姥爷，我们上礼拜已经在小四子叔叔那里买过一个毛毽子和一个沙包了。”回去的路上，黎黎终于忍不住和姥爷说了起来。

“嗨，谁都不容易，”姥爷一副满不在乎的样子，“你小四子叔叔啊，能吃苦。不论天冷天热，人家天天都出摊儿呢，就让人家挣点辛苦钱，没什么的。”

“可是……”黎黎想了想，还是没忍心说出贴纸本来只卖一块五，小四子叔叔却要价两块的事实。

做生意似乎是一件讲天赋的事情，黎黎始终想不明白，为什么校门口这么多的小地摊儿，只有小四子叔叔的越做越好，后来她学会了一个词，叫“玄学”。每天放学时，小四子叔叔都被一群小学生团团围着。只有黎黎和小嘉言目不斜视地从摊位旁边走过，她们都不喜欢小四子叔叔，还不知从哪儿听来了顺口溜：

小四子，钱串子

城管来了吃官司

小四子叔叔听了也不恼，只是笑嘻嘻地问她们要买些什么。笑归笑，价格却是一分都不会让的，那个看似慷慨的小四子叔叔，只在有家长的时候才会出现。

再后来，小四子叔叔在老房子附近盘下了一个小卖店，从赚小孩子的钱，变成了赚老邻居的钱。当黎黎发现小四子叔叔竟然学着她把甲虫涂上白点赚了钱之后，恨不得站在店门口，对每一个光顾小四子便民商店的人都说上一句“小心奸商”。

总之，在黎黎很长一段时间的记忆里，只要出现“不法商贩”

四个字，脑海里都会不自觉地浮现出小四子叔叔用舌头抵着牙齿，小心翼翼地点着计算器的样子。

不知是巧合，还是黎黎的预测成了真，在小四子便民商店即将变成小四子超市的前一个月，上面下达了文件：为了迎接检查，老房子前面的自建门市全部拆除。

“那赔偿呢？”小四子叔叔问检查员。

“嗬，不罚款就不错了，还想要赔偿？”检查员匆匆记了几个数，扯下一张单子递给小四子叔叔，转身上了汽车。

有那么几天，黎黎同情起了小四子叔叔，但这一点微弱的同情，在小四子叔叔上门的时候消失得一干二净。

黎黎和小嘉言趴在门上仔细听着，小四子叔叔说他想来想去，决定东山再起，在餐饮业杀出一条血路——开餐馆。

不仅是开餐馆，小四子叔叔还兴致勃勃地说：“我们要开烧卖馆，开全内蒙古最有文化的烧卖馆。我都想好了，就叫绥远烧卖馆。一来呢，显得正宗，老字号；二来呢，是纪念我爷爷。当年我爷爷随着傅作义的军队来到咱们这儿，这才有了我们家族……”

听到这儿，黎黎撇了撇嘴，小四子叔叔最喜欢说的，就是当年他爷爷跟随傅作义的故事，仿佛他爷爷是功勋显著的大英雄。后来她才听人说，哪里是什么大英雄，只不过是伙头兵而已，还是只负责生火的那种。

“这次我来，主要是想征求一下二老的意见，以及有没有入股的意向。”小四子叔叔的语气，像是要做成什么了不得的大生意，小嘉言忍不住想笑。

“入股？”姥姥一时半会儿还没理解这个对她来说有些陌生的词汇。

“程叔程姨，这个很简单，就是我开店，您投资，年底赚了钱，我们分红。”小四子叔叔一边比划一边解释道。

“那万一赔了呢？”程师傅问。

小四子叔叔愣住了，一时半会儿回答不上来，只好说让二老考虑考虑，然后便匆匆道别，向楼上走去，说是还要去问问六楼的老两口。

“妖精，快放开我爷爷！”

话音未落，小嘉言就匆匆向楼上跑去，生怕爷爷陷进小四子叔叔的迷魂阵。

最终，老房子里没有人想和小四子叔叔一起开烧卖馆。有人说，小四子这一次要认命了。在居委会帮忙的常家奶奶还专门找了小四子叔叔，问他愿不愿意做实验小学的保安，还说自己有关系，可以活动活动。

谁知还没等常家奶奶活动清楚，小四子叔叔的绥远烧卖馆就开了起来。

开馆子的钱从哪里来，没有人知道。当黎黎一家人坐在新开张的绥远烧卖馆里，就着砖茶吃羊肉烧卖的时候，距离小四子叔叔上门那天才过去了三个月。

“各位亲朋，各位邻居，”小四子叔叔穿一件骆驼祥子式的对襟褂子，胸前戴着一朵只有结婚时才有人戴的塑料红花，正经而又滑稽，“感谢邻里邻居的大力支持，绥远烧卖馆正式开张了。”

小四子叔叔故意停顿了一下，等着大家鼓掌。掌声稀稀落落，小四子叔叔也不尴尬，从兜里掏出了一张纸，清了清嗓子念了起来：“相传，烧卖在成吉思汗征战大漠时便有雏形。后来，傅作义的部队与日军在绥远交战，没有时间吃饭，便命厨子将羊肉剁成馅儿，包在面里，食用后精力大增，绥远烧卖因此得名。作为绥远烧卖的第三代传人，我们将在此，将烧卖文化发扬光大，做大做强。”

“卖个烧卖而已，哪有这么多讲究……”程师傅忍不住小声嘀咕了一句。

“别吵，听人家讲呢。”姥姥最喜欢听别人讲这些真真假假的传言，对于邻里街坊之间的闲话却兴致不高。

小四子叔叔的演讲持续了好久，黎黎听得无趣，便自顾自地观察了起来。厨房的正面是两扇大大的玻璃窗，包烧卖的师傅也穿着和小四子叔叔一样的对襟白褂子，轻巧地用手拈起一张半透明的薄面皮，再用长筷子挑起肉馅儿，接着用手指沿着边儿飞快地转了几转，这便成了。另一边有烧卖刚刚起锅，一只只小笼屉依次显露出模样，蒸汽散去，就能上桌了。

起初黎黎并不明白为什么小四子叔叔要把厨房做成玻璃的式样，一天早上，三个小伙伴在烧卖馆听到两个奶奶在小声说，先锋道上的一家早点铺用羊油泡了死猫肉来卖，一般人根本尝不出来，而绥远烧卖馆，厨房都是玻璃的，用什么材料，和什么肉馅儿，一清二楚。黎黎虽然不服，却也对小四子叔叔有了三分敬佩。

“老板，一两烧卖一壶砖茶。”

听到声音，两个奶奶不说话了，表情讪讪的，看着一个二十几岁的女人径直坐在了黎黎旁边唯一空着的位置。顿时，一阵脂粉香气盖过了烧卖的味道，黎黎嗅了嗅，是万紫千红润肤膏。不知是不是错觉，黎黎觉得烧卖馆里的人都压低了声音，仿佛一瞬间都知晓了一个秘密，却又迅速掩盖了过去。

“阿姨没有座位，跟你们坐一起好不好啊？”

黎黎和两个小伙伴对视了一眼，点点头，小嘉言还从筷子筒里递了一双筷子给她。阿姨很漂亮，即使烫了最近流行的那种有些俗气的细密卷发也依旧清秀，只是看起来很累，长长的睫毛下面投射出一片阴影。

“真乖。阿姨也有一个小孩，和你们差不多大，小名叫毛虎蛋儿，读书很好，眼睛大大的，梳盖儿头，从不生气，也从不想很坏很坏的事，真的气了、恼了，就自己偷偷地掉眼泪，性子软软的，从不欺负人。”阿姨的脸上，是说不出的温柔。

“那毛虎蛋儿也读实验小学吗？”小嘉言问。

阿姨笑了笑，把一次性筷子掰开，摩擦了好久，玫粉色的指甲闪闪发亮。

“读五小。”阿姨一边说，一边从笼屉里夹起一只烧卖。

黎黎想着，报到那天，如果没有去实验小学，而是去了五小，会不会现在坐在她身边的人就不是阿姝，也不是小嘉言，而是从没见过面的毛虎蛋儿？毛虎蛋儿大概是响当当那样的男孩，冒冒失失的，长得还有些像宝音，闯了祸也不会挨骂，因为毛虎蛋儿的妈妈看起来是很温柔的人，毛虎蛋儿一定是在一个温暖的环境里慢慢长大的。

“小姑娘想什么呢？”阿姨指了指黎黎碟子里吃了一半的烧卖，“羊肉可不能凉了吃啊。”

黎黎应了一声，红着脸吃剩下的半个烧卖。还没等她吃完，阿姨就包好了剩下的烧卖，匆匆走了，临走之前还对她们说下次再见。

黎黎夹起第二个烧卖时，隔壁桌的奶奶走了过来，小心翼翼地对她们说，离那个阿姨远一点。

“那个阿姨啊，就在前面那条挂粉灯的街上做事呢。”两个奶奶说完，就出了烧卖馆。黎黎这才发现，馆子里的人都在看着她们，眼神闪烁。

那条街上为什么会挂粉灯，她们谁都不知道，也没有人回家去问大人。每个人都隐约觉得，这条街上一定有着小孩子知道了就会挨打的秘密。

“那天我妈带我回家的时候，路过那条街了，”阿妹说，“我仔细看了看，没看出什么不一样的。除了……”

“除了什么？”黎黎和小嘉言异口同声地问道。

“有个大人喝醉了，要去亲一个阿姨。”阿妹有点难为情地说。

“太不像话了！”黎黎生气地握紧拳头大喊一声。

“这有什么不像话的？”小嘉言被吓了一跳。

“因为这样，”黎黎深吸一口气，鼓足勇气说，“是会生小孩的。”

那是一个早上，姥爷带黎黎去绥远烧卖馆吃早点。店里人声嘈杂，都是附近的老街坊。小四子叔叔在旧货市场淘了一台旧电视，悬在中央，只放黑白老电影。屏幕上，一个老财主猥琐地笑着，强行亲了一个扎长辫子的姑娘，还摸了她的脸蛋，接着镜头一转，隆冬腊月，姑娘大着肚子，眼里闪着泪花。

从那以后，黎黎便再也没敢抬头看过一眼那台旧电视上放映的黑白电影。电影播久了，人们也就腻了，小四子叔叔闲不住，又马不停蹄地想着新法子。

“人家小四子，爱‘刨闹’[1]着呢，谁像我们家那老爷子，”顶楼的常家奶奶跟黎黎的姥姥说，“每天就是听那几段相声贯口，《开粥厂》《报菜名》的，我说你要是有本事，你就当着大家伙的面儿来上一段，一个‘结巴颏子’，学别人说什么相声啊你说。”

黎黎听着厌烦，不住地催姥姥赶快走。常家奶奶她早有耳闻，听说常老爷子在家都不敢大声说话，有邻居取笑他怕老婆时，常老爷子也只是笑笑，生怕说多了，露了“结巴颏子”的怯。

常家奶奶看到黎黎，又大着嗓门问她要去做什么，黎黎冷冷

① 刨闹：山西、内蒙古方言，意思是想办法弄到。

地说了一句“给小舅汇学费”，便拉着姥姥向银行走去。她已经认得很多字，又写得工整，每次去银行帮姥姥填单子时，都有叔叔阿姨夸她聪明又乖巧。

常老爷子真的是“结巴颏子”吗？黎黎问姥姥。常老爷子出门次数不多，也不爱讲话，听小嘉言说，他最大的爱好，便是听相声。常家奶奶数落他的声音越大，收音机也就放得越响，像一串连珠炮似的抗议。

“听他们车间的人说，常老爷子刚来机械厂的时候不这样，自从结了婚，有了孩子，这结巴的毛病就越来越厉害。”姥姥悄悄对黎黎说，还叮嘱她不要和楼里的小孩子瞎讲。

黎黎点点头，一笔一画地把存折号码写在汇款单上，又仔细对照了好几遍，才踮着脚小心翼翼地塞进了玻璃窗下面的窗口。

回来的路上，路过绥远烧卖馆，小四子叔叔在忙着装话筒，说是从明天开始，每周日早上八点都有专人表演。有人问表演什么，小四子叔叔神秘兮兮地说，来吃烧卖不就知道了。

黎黎觉得新奇，姥姥却不以为然，还说羊毛出在羊身上，哪有白看的道理。

程师傅爱热闹，周日一早便带着黎黎来看演出。店里和往日一样坐满了人，黎黎冒险抬头张望了一眼，电视上没再放黑白电影，这让她大大地松了一口气。

最靠近话筒的小桌上坐着常家奶奶，她正使唤常老爷子从隔壁桌子上拿两双卫生筷。不等常老爷子再次落座，小四子叔叔就抓起了那支同样是从旧货市场买来的话筒吆喝了起来：“接下来，请大家欣赏本店的特别节目，单口相声。”小四子叔叔依旧中气十足。

“都是听相声，你看看人家……”

不等常家奶奶数落完，就见常老爷子站起身，向前一步走到了话筒前面，话筒发出蜂鸣声，常老爷子紧张地把话筒擎在胸前。

“我是一单元六……六楼常师傅，今……今天给大家伙说一段刘宝瑞的单口相声，《珍珠翡翠白玉汤》。”

常家奶奶忘记了数落，也忘记了碟子里的烧卖，惊讶地看着常老爷子。店里前所未有的安静，谁都想不出来，治好“结巴颏子”的良药究竟是什么。

“感谢各位赏脸，下周我将和三分厂老工友庞师傅一起，为大家表演对口相声《开粥厂》，欢迎各位光临。”

有人说，常老爷子就是绥远烧卖馆背后的投资人，不然好端端的，小四子叔叔怎么可能让他在店里说相声？但也有人反驳，说是小四子叔叔专门请的常老爷子。常老爷子在进机械厂做工之前，就跟着师傅学过几年相声，后来遭了批斗，受了惊吓，这才成了“结巴颏子”，加上常家奶奶又是远近闻名的凶媳妇，常老爷子这“结巴颏子”的毛病就始终好不了。真真假假，谁都说得有鼻子有眼，却又不那么可信。

只是有一点，黎黎和小嘉言都能证明，从那以后，常家奶奶就再也没数落过常老爷子，不仅如此，常老爷子那“结巴颏子”的毛病也再没犯过。

黎黎和小嘉言成了常老爷子最忠实的听众，每周日早上，两个人都要跑到绥远烧卖馆，合点一两烧卖，津津有味地听常老爷子说相声，再回去照猫画虎地演给阿妹看。

阿妹的妈妈不喜欢她去听相声，说是耽误了练钢琴，可是黎黎从没听阿妹在早上八点钟弹过钢琴，这个时间弹钢琴，是会被邻居们数落的。

没有特长，黎黎反倒乐得自在，优哉游哉地过着不好不坏的日子。

这天一早，刚听完相声，黎黎就在绥远烧卖馆遇到了毛虎蛋儿的妈妈。

“哎，是你们两个。”毛虎蛋儿的妈妈远远地看到了黎黎和小嘉言，急忙走了过来。

“阿姨，您又来吃烧卖啊？”小嘉言问道。

毛虎蛋儿的妈妈摇了摇头，从手里提着的大手提袋里掏出两件薄外套，一件粉红，一件淡紫，要黎黎帮着试一试。

“阿姨，这是给谁买的啊？”黎黎一边系扣子一边问。

“给毛虎蛋儿啊。”

“毛虎蛋儿是女孩子？”小嘉言惊奇地问道。

阿姨点点头，说毛虎蛋儿不到八个月就生下来了，起这个名字好养。她还给黎黎和小嘉言看手提袋里剩下的东西，有衣服，也有玩具，都是女孩子喜欢的式样。

“那您怎么不直接带毛虎蛋儿去买衣服，那多方便啊。”小嘉言说。

毛虎蛋儿的妈妈没有回答，小心翼翼地把衣服叠好，仔仔细细地放回手提袋里，还说要买一两烧卖给毛虎蛋儿拿回奶奶家吃。

“阿姨，烧卖要趁热吃，下次您还是带毛虎蛋儿来店里吧，”小嘉言指着绥远烧卖馆的那支话筒说，“常老爷子还在那里说相声呢。”

毛虎蛋儿的妈妈脸上掠过了一丝不安，却又很快消散了。

“她喜欢在家里吃，店里人太多了，不方便。”毛虎蛋儿的妈妈说完，又问黎黎和小嘉言叫什么名字，读几年级，黎黎刚要问毛虎蛋儿的大名叫什么，就看见小四子叔叔麻利地把一笼烧卖装进塑料袋里，递到了毛虎蛋儿妈妈手上。

“你们两个，吃完了就赶快走，别占着座位。”没有家长，小四子叔叔瞬间变了脸。

“哎，老板，明明是我先来的，你怎么先给她啊！”

“还不是因为人家是个女的……”有人说着不痛不痒的风凉话。

毛虎蛋儿的妈妈也不计较，拎着两只手提袋就出了馆子。黎黎捅了捅小嘉言，两个人一起对着小四子叔叔的方向做了个鬼脸，也跟着走了出来。临走之前，小四子叔叔还大声吆喝着，叫她们早点回家。

“多管闲事儿。”小嘉言小声嘟囔着。

毛虎蛋儿的妈妈没有直接走，而是盯着她们看得出神，看着看着，竟然哭了。

“阿姨，您是想毛虎蛋儿了吗？”小嘉言怯怯地问道。

毛虎蛋儿的妈妈点了点头，从黎黎手里接过一条皱皱巴巴的旧手绢擦了擦眼睛。

“那您怎么不去看她？”小嘉言问。

“阿姨忙，不方便。她爷爷奶奶也不让。”毛虎蛋儿的妈妈整了整头发，黎黎这才看见，她的手臂有一排圆形的伤疤。

“这个啊，这是客人不小心弄的。”毛虎蛋儿的妈妈注意到了黎黎的目光，“你们要好好学习，以后去政府上班，坐办公室，记住没有？”

黎黎和小嘉言听话地点点头。听阿姨说毛虎蛋儿的爷爷奶奶不许她们见面，毛虎蛋儿只能趁着放学的时候偷偷在外面的电话亭往阿姨工作的店里打电话，有时候不方便接，就错过了。阿姨还说等她以后有钱了，就要把毛虎蛋儿从爷爷奶奶那里接回来，两个人回老家生活。

“阿姨每次看到你们，就能想到我的毛虎蛋儿。阿姨每天都装着她的照片呢。”毛虎蛋儿的妈妈小心地从钱包里抽出一张小照片来，照片里的小人儿撒娇似的把手环在阿姨的身上，两个人都很幸福。

“阿姨，毛虎蛋儿一定也很想您，我保证。”黎黎认真地说，“因为我妈妈说过，想妈妈的时候，就看看照片，因为我想念她时，她也一定很想念我。”

毛虎蛋儿的妈妈不哭了，轻轻地抱了黎黎一下，那种感觉，就像是自己的妈妈一样。

“哎，你，做什么的！”

常家奶奶急匆匆地跑过来，一把将黎黎和小嘉言拎了起来，一路拎回了老房子。黎黎气坏了，踉跄地挣扎着，却于事无补。当她和小嘉言坐在家里的沙发上时，依然横着眼睛瞪着常家奶奶。不一会儿，小嘉言的爷爷来了，什么都没说就把小嘉言领走了。

“你们是不知道啊，我看到那会儿，那女的，就这么抱着黎黎哪！”常家奶奶扯着嗓子，绘声绘色地学着毛虎蛋儿的妈妈抱黎黎的样子。

“哪个女的啊？”姥姥被常家奶奶说糊涂了。

“还能有哪个，前面那条街上开洗头店的那个啊，”常家奶奶压低了声音说，“挂粉灯的。”

“到底挂粉灯的店是什么店啊？”黎黎终于忍不住了。

无人回答黎黎的问题。从那天开始，黎黎和小嘉言就再也没去绥远烧卖馆听过相声，更确切地说，大人们不许她们再单独出现在烧卖馆了。新的人渐渐补充进了细微而又琐碎的生活，毛虎蛋儿的漂亮妈妈也就渐渐被遗忘了。只是偶尔听人说，上面要开始严查，粉灯街上的粉灯快要挂不住了的时候，黎黎才恍惚地想起有个阿姨曾经对她们说过，有钱了就把毛虎蛋儿接到自己身边。想到这里，她心里就暗暗希望粉灯街上的店铺都能开得再久一点。

至于为什么挂粉灯，又都是些什么店铺，黎黎并不在意。每当她穿着妈妈从广州邮寄来的衣服时，都能想到毛虎蛋儿的妈妈看她试衣服时眼里的温柔，这让她觉得，即使相隔数千公里都不再是什么残酷的事情，只要被人记挂着，就是一件好事。

“你说，阿姨把毛虎蛋儿接走了吗？”小嘉言悄悄地问黎黎。

黎黎点点头，无比确信。

黎黎没想到，再一次见到毛虎蛋儿的妈妈，竟然是在实验小学对面的文具店里，那是暑假前的最后一个晴天。

毛虎蛋儿的妈妈拎着一个崭新的美少女战士翻盖书包，是买给毛虎蛋儿的礼物。她还对黎黎说，她明天就要带毛虎蛋儿走，回老家。

老家是哪里，毛虎蛋儿的妈妈没有告诉她，只说她和毛虎蛋儿偷偷约好，明天早上八点，她们在绥远烧卖馆门口见，毛虎蛋儿最喜欢小四子叔叔店里的烧卖，她们要买一笼，在路上吃。

“那你们可要小心常家奶奶，她眼睛可尖了。”黎黎赶忙提醒毛虎蛋儿的妈妈。

“放心吧。”毛虎蛋儿的妈妈摸了摸黎黎的头，从兜里掏出一面小巧的镜子递给黎黎。黎黎起初不要，但毛虎蛋儿的妈妈执意塞进了她的口袋，还祝黎黎早日见到妈妈。

路过绥远烧卖馆的时候，黎黎感到说不出的亲切，她仿佛已经看到，一个和自己一样小小的人儿，背着那个美少女战士的书包，和妈妈一起，永远地过上了幸福的生活。

毛虎蛋儿，你和你妈妈一定要幸福啊，黎黎心里暗暗地想着，说不出来地羡慕。

直到现在，黎黎都记得姥姥第一次动手打她的那天晚上。毛虎蛋儿的妈妈送她的小镜子被摔得粉碎，原来是小四子叔叔看见了毛虎蛋儿的妈妈在文具店和她说话，就跑回来告诉了姥姥。黎黎从没见过姥姥这么生气，可是无论怎么打，黎黎都不哭，只是倔强地重复着“她不是坏人”。黎黎越倔，姥姥越生气，用常家奶奶的话来说，再不打就要被带偏了。

“不过明远妈，你也别担心，我刚才听说啊，今天晚上大清查，那条街上的人，全都被带进局子里啦。”常家奶奶绘声绘色地说，“你都想不到，做那事儿的人能有那么多，现在这世道，乱得很哪……”

黎黎忽然大哭了起来，怎么劝都劝不好，哭到后来再也落不下泪来。姥姥和姥爷看着心疼，不停地道歉，以为是把孩子打坏了。姥爷问黎黎是不是有别的心事，黎黎不说，只是小声地啜泣着，说不出得难过。

后来怎么睡着的，黎黎自己也不清楚，在梦里，她和毛虎蛋儿手牵着手，妈妈和漂亮的阿姨在身后微笑地看着她们，眼前是广袤的原野。不知怎的，妈妈的声音越来越远，当黎黎回头看时，却再也看不到妈妈的身影。当她惊醒过来的时候，额头滚烫，小桌子上摆满了零食和玩具。看了看表，八点三刻，她猛地从床上爬起来，吵着要去烧卖馆，结果脚下一软，筋疲力尽地瘫倒在了床上。

“这孩子，都这样了还想着烧卖呢。”姥爷说完就出了门，回来时带的烧卖还冒着腾腾的热气。

小四子叔叔听说黎黎病了还吵着要去烧卖馆，专门来程家看了黎黎。黎黎很想问小四子叔叔，早上看没看到一个和她一般高的女孩在绥远烧卖馆的门口等妈妈，梳盖儿头，眼睛大大的，像无害的小兔。

“这次彻底清查，您二老可以放一百个心了。”小四子叔叔对黎黎的姥姥姥爷说。

黎黎躺在床上，滚烫的眼泪流到枕头上，她忽然很想妈妈。黎黎心里始终抱有一丝侥幸，希望毛虎蛋儿的妈妈昨天没有被抓走，今天准时地出现在绥远烧卖馆的门口，带着毛虎蛋儿去了一个谁都不知道的地方。

绥远烧卖馆关门的那天，下了很大很大的雨，从黎黎搬进老房子的那一天算起，恰好整整一年。

和小卖店关门不同，这一次，小四子叔叔笑着说了再见。有人看中了绥远烧卖馆的名气，想要全部买下来，做成一家连锁店。小四子叔叔得偿所愿，用卖掉绥远烧卖馆的钱开了一家梦寐以求的超市，用他的话来说，零售才是他的理想。也是从那年起，每个区都有了一家新的绥远烧卖馆。

绥远烧卖馆这么多，毛虎蛋儿该去哪家等妈妈呢？黎黎问响当当。

响当当不说话，和黎黎一起坐在窗边，看着一片云被月色分成两半，一半挂在夜空中，一半落在青山上。

后来的很长一段时间里，黎黎经过曾经的绥远烧卖馆时，都会四处张望，姥姥问她在找什么，黎黎不语。姥姥叹了口气说，好端端的姑娘去做那种工作，也是没办法的事，还劝黎黎不要再看了，被抓走的人，怎么可能轻易回来呢？

只是姥姥不知道，她不是在找那个漂亮的阿姨，而是在找一个和她一般高的小女孩。黎黎从没有这么迫切地想让一个人知道，她们都没有被遗忘，而是被这个世界真切地爱过。

幸运小姐

“赵黎黎，我把赢来的幸运全都给你。”

幸运小姐

透过窗户，就能看到不远处的花园。花园不大，针叶居多，北方干燥，植物也大多生得挺拔遒劲。花园中间是一组每年都会粉刷的雕像，是一位老师领着两个孩子读书，旁边蹲着小鹿和兔子。现在已是初秋，雕塑上的爬山虎也褪成了斑驳的红黄色。黎黎坐在窗边，偶然听到啪的一声，向外看去，硕大的松果敲在了地上，这些都是她在原来的教室里看不到的景象。

黎黎所在的班级终于在全体同学的泪水里宣告解散，五十个人被随机分到了剩下的五个班里，去适应新的班级，去疏远曾经的群体，去遗忘过去的同学。对于是否真的随机这一点，黎黎无比肯定，清贫使人清醒。可是尽管来了实验小学的实验班，她还是不知道究竟要做什么实验。

“接下来，老师要介绍几个新朋友给大家认识。”三班的班主任张老师说。

“大家好，那个……我是宝音，今年八岁了，来自实验小学二年四班……”宝音还没说完，就引来了一阵笑声。

“不对，现在是三班了……”宝音不好意思地挠了挠头，偷偷看了一眼后面的黎黎，吐了吐舌头。

“宝音同学是蒙古族，一会儿让他给大家讲讲那达慕的故事。下一个同学。”张老师说。

“张老师，我还有一句。”宝音想了想说。

“怎么了？”张老师问道。

“张老师，您真好看，像个小公主。”宝音傻头傻脑地补充道。

全班又是一阵哄笑，没有人会不喜欢宝音。只有黎黎没有笑，而是紧张地坐在座位上，反复回想着练了很多遍的自我介绍。

“好了好了。”张老师也笑了，指了指黎黎说：“下一个同学。”

“我叫赵黎黎，是早晨的意思，”黎黎一股脑儿地说，“我喜欢看书和看动画片。”

张老师点点头，没有继续问下去，转向了下一个同学。被忽视也是一种关照，这让黎黎觉得十分轻松。和妈妈打电话就像是有魔法一样，从那天开始黎黎就变得越来越幸运。第一次在大大泡泡糖里拿到了两张皮卡丘的卡片，还把其中一张分给了小嘉言。就在开学的前一天，姥爷告诉黎黎她被分到了实验班。

所有微不足道的幸运就这样汇聚在了一起，就像安徒生的童话故事里幸运的贝儿随手捡到了那颗心形的琥珀。

“你们里面有一个幸运小姐，很有福气的。”住在一楼的太婆看着三个刚刚放学的小姑娘说。

原本兴奋地拉着手的三个人突然不说话了，紧张地看着太婆。谁都没想到，太婆会从一楼的房子里出来，还坐在槐树下晒太阳。

太婆年纪很大，没人搞得清楚她的辈分，所以只好叫她太婆。太婆独自住在老房子的一单元一号，没有孩子，太公是她在这里唯一的亲人，还没等黎黎出生，太公便去世了。和李主任一样，太婆也不喜欢和老邻居们多说话，大多数的时间就是在阳台上站着，怀里抱着那只据说是太公捡来的黄猫。有邻居路过，也仅仅是招招手而已。

“太婆，那谁是幸运小姐啊？”小嘉言怯怯地问。

“让我仔细看看。”太婆眯着眼睛细细看着，怀里的那只黄猫龇着牙叫了一声，露出了尖尖的爪子。

“我们先……写作业去了。”还没问出个所以然来，阿妹就忙不迭地拉着两个小伙伴往楼上跑去，把太婆远远地甩在了楼下。

“你不想知道谁是幸运小姐吗？”小嘉言问道。

“抱着那黄猫，怪吓人的。”阿妹一向很怕猫，尤其是那些能把身子抻得很长很长的猫。更何况这只猫的主人还是独居的太婆。阿妹甚至觉得，太婆搞不好会在晚上骑着扫帚飞起来，掠过实验小学的操场，越过机械厂冒着蒸汽的烟囱，向着远处的青山飞过去，肩头的那只黄猫咧嘴笑着，眼睛放着幽幽的绿光。

“我觉得，幸运小姐肯定不是我，”小嘉言摇摇头，“如果我真的幸运的话，就不用去医院，也不用再喝药了。”

黎黎没有接下去，而是忽然握了握自己手里的一小叠口袋妖怪卡片。一切都在变得好起来，最好的班级，最好的朋友，最好的同桌，还有最好的卡片。虽然她们都有点怕上了年纪又不那么爱和人交谈的太婆，但人人都希望自己是太婆口中的那个幸运小姐。只不过这种设定，一定不能从自己嘴里说出来。黎黎觉得，如果主动承认自己就是，那大概会把这些好不容易才送上门来的幸运全部吓跑。

“黎黎，你想知道是谁吗？”阿妹问她。

“一般般。”黎黎把那张皮卡丘的卡片放到最上面，故意让小嘉言和阿妹也看到，然后若无其事地揣进了兜里，用无声的语言宣告自己就是太婆说的那个幸运小姐。

“黎黎你真酷。”小嘉言不禁赞叹道。

正在这时，阿瑾背着画板进了家门，还给了三个人每人一袋里面有卡片的大大泡泡糖。

泡泡糖的乐趣从来都不在糖果本身，这是一种本质上来说最能体现“喧宾夺主”这个词真正含义的零食，从图画纸到各式玩具与卡片，作为糖果的意义早就在玩乐之间被彻底忽略，而无法从一而终的甜蜜也不再那么重要，人都是善于遗忘的。

拆包装的时候，三个人都屏住呼吸，人人都想要自己不曾拥有的好看卡片。其中稀有的金卡更是成为各年级同学争先恐后追逐的对象，如果在课间的走廊里逛一逛，基本就能知道《宠物小精灵》的动画播到了哪里。

程师傅一家给黎黎的零花钱不多，李主任则觉得这些卡片让人玩物丧志，还不如亲手写的烟盒纸片来得有滋味，因此黎黎与小嘉言两个人手里的卡片加起来都还没有阿妹一个人的多，换来换去，也只有薄薄的一摞，其中还有很多重复的卡片。

重复的卡交换不出去，两个人都犯了难。有一天，宝音拍卡的时候输掉了所有的卡，垂头丧气地坐在座位上时，黎黎忽然眼前一亮，从书桌里掏出三张卡片递给宝音。

“给你了，”黎黎说，“你可别再输了。”

不知是因为黎黎就是那个幸运小姐，还是宝音真的否极泰来，一个课间，三张卡片就变成了十张。当宝音拿着十张卡片要和黎黎对半分的时候，黎黎装作满不在乎地抽出自己早就看中了的卡片，其中有一张是她最喜欢的百变怪。

这次“善举”给了阿姝和小嘉言新的灵感，从那天起，三个小伙伴便开始在班里偷偷做起了出租精灵卡，并从中抽成的生意，不出一个星期，手里的卡片就十分可观地厚了起来。将近一半的男生都来借过卡，有了幸运小姐的加持，她们的卡片也往往能令持有者迅速翻身，带来更多的收益。很多年后，黎黎在课堂上学到了资本的原始积累与扩大再生产，脑子里一闪而过的竟然还是那些闪闪发光的精灵卡片。那时的《宠物小精灵》已经被叫作《精灵宝可梦》，她们已经长大到羞怯于承认自己迷恋过皮卡丘的事实，而真新镇的小智，却倔强而自信地停留在了那个永远长不大的时空。

可即便是幸运小姐，偶尔也会有全军覆没的时候。而这个叱咤小学生拍卡界的人，就是陈晨。

“陈晨有一张宝卡，怎么拍都翻不过去。”刚刚输光了卡片的宝音气急败坏地对黎黎说。

黎黎摇了摇头：“那我就更不能租给你了。”

“我们都要结安达了，你就不能大方点儿？”宝音振振有词地说道。

“不能。”三个小伙伴一齐拒绝道。

姥姥从来不让黎黎拍卡，说秋冬空气燥，手天天露着会皴了。姥姥格外关注黎黎的手。更何况，一个女孩子扇来扇去的像什么样子。可从来都没拍过卡的黎黎，也从别人那里听说，只有新出的金色暴鲤龙卡才能拍过陈晨的那张宝卡。可是从来都没人见过金色的暴鲤龙卡长什么样子，甚至有人说，这只是商家为了卖泡泡糖乱说的而已，金色的暴鲤龙卡根本不存在。

“暴鲤龙，给我一张暴鲤龙吧。”小嘉言在打开泡泡糖的包装袋之前念念有词地小声说，打开的一瞬间便泄了气，是早就有的妙蛙种子与喷火龙。

“没事儿，喷火龙也很厉害的。”阿姝安慰小嘉言，然后打开了自己那一袋，是波克比与皮皮。和其他人不一样，阿姝从不看战斗力，在童话故事里生活的阿姝只有一个信条，便是可爱。对小小的阿姝来说，没有比可爱更重要的事情了。

“黎黎，看看你的，”小嘉言说，“看看太婆说的幸运小姐是谁。”

黎黎屏住呼吸，撕开了自己那一袋的包装，两张卡片叠在一起，小火龙的下面闪过一道金色，就像幸运的贝儿那个苹果一样闪闪发光。黎黎轻轻地把两张卡片分开，一张金色的暴鲤龙卡片散发着光芒。

“真好啊，幸运小姐。”阿姝轻轻地赞叹道。

自从抽出了暴鲤龙卡片，黎黎就真的成了老房子里的幸运小姐。课文背得越来越顺利，口算课也鲜少出错，每天回家写完作业，都正好能赶上《动画城》的开场音乐。时间一长，她心里就升腾起一种希望，觉得只要幸运，一切都可以变得轻松。而这一切，都是从新学期随机分班就进了实验班开始的。对于黎黎来说，实验班究竟能不能做实验根本不重要，重要的是这是一个新的开始，这对一向不那么幸运的自己来说至关重要。

“我来宣布一下这次听写全对的同学，”张老师说，“一共三个人，都贴两朵小红花，陈晨、陆悠鸣、赵黎黎。”

黎黎抬起头，看到宝音冲她竖起了拇指，小嘉言也跟着笑了，张老师从来都没有一次性给过两朵小红花。

“黎黎，下午运动会举牌子的女生可能也会选你呢。”小嘉言课间跑过来对黎黎说，除了小嘉言和其他几个太高或者太矮的女生，其他人下午都要去操场上参加选拔。

“嗯，我也觉得肯定选你。”宝音对黎黎说。

黎黎点点头，不再假装对什么都不在乎，幸运是消解酷这一属性的最佳方式。

当黎黎站在操场上，接过体育老师手里那个方方正正的木牌时，她感到十分平静，有了幸运小姐的加持，她不再感到紧张，举着牌子稳稳地走了一个来回。

“很好，”体育老师点点头，“叫什么名字？”

“赵黎黎。”

“行，你俩留下来，其他人放学。”体育老师又指了指阿姝，在本子上记下了两个人的名字。

“我们都留下来了，真好。”阿姝拉着黎黎开心地说，还在原地转了一个圈，裙子像伞一样绽放开来，是最近刚刚流行起来的式样，如果转得快了，能在腰间平平地开成花朵。这样的纱裙，黎黎还没有，她的衣服总是有些大，姥姥说是为了能多穿一年。

体育老师又让她们分别走了一遍，临走之前还摸了摸黎黎的头。黎黎刚走到楼下，就看到六楼的李主任背着小嘉言匆匆地向外面跑去，甚至来不及停下来回应邻居的问候。

“李主任的孙女，下午回来就开始发烧了。听沈老师说，还要住院呢。”晚饭时姥姥对姥爷说。

“姥姥，运气可以送人吗？”黎黎问道。

“这怎么送人啊。”姥姥被黎黎问蒙了。

“如果能送人，我想把我的运气送一半给小嘉言。”幸运小姐赵黎黎认真地说。

“你有多少运气啊？”姥爷问黎黎。

“从这学期开始，我运气变得越来越好了。”黎黎有些骄傲，她想说自己得到了那张金色的暴鲤龙卡，也被选中在运动会上举牌子走方阵，但又觉得这都是微不足道的幸运，未来一定会有更多的好运等着自己，毕竟她是幸运小姐啊。

“运气好多好啊。”姥姥一边说，一边打发黎黎去给一楼的太婆送下午炸好的馓子。听姥姥说，太婆曾经住在东边，家里吃饭早，可是这几日看不到太婆做饭，姥姥便让黎黎送些吃食过去，顺便瞧瞧。

黎黎两手捧着一个磕了边儿的大白瓷盘子小心翼翼地向楼下走。老房子一共六层十八户人家，唯独太婆家黎黎从没去过，阿姝就更不用说了，她是有些不习惯和太婆这样年纪的老年人在一起的，更何况太婆还有一只喜欢伸懒腰的黄猫。

姥姥是老房子里人尽皆知的老好人，总是差黎黎去送自家做好的各式食品，时间一长，除了太婆家，老房子里的邻居家她也就去了个遍。后来黎黎读了《格林童话》里韩塞尔和格蕾特的故事，觉得太婆家就像故事里的糖果屋一样，从此以后，她每次只是站在门口把东西递给太婆，便匆忙地向楼上跑去。至于在害怕什么，黎黎想了很久才想清楚，其实她怕的不是太婆这个人，而是一种最无力阻止的变化，叫衰老。

“太婆，我是黎黎。”黎黎好不容易抽出一只手来，费劲地敲了敲门，无人应声。黎黎把耳朵贴在门上听了好一会儿，这才听到窸窸窣窣的脚步声传来。

“谁啊？”太婆隔着门问。

“是黎黎，三楼的黎黎。”黎黎生怕太婆根本不知道自己的名字，赶忙补充道。

门吱呀一声开了，黎黎向里面望了望，觉得有些暗，里屋的电灯发出霭霭的黄光，并不明亮。

“太婆，我姥姥让我把馓子拿给您。”黎黎举着盘子给太婆看。

太婆接过盘子，手剧烈地抖动着，黎黎赶忙从下面托住，迟疑了一下，还是下了决心，帮太婆把盘子拿进了厨房，这才第一次进了一楼这间鲜少有人问津的房子。

这户人家和六楼小嘉言家是相同的格局，黎黎却仿佛踏入了另一个久远的时空。

家里打扫得很干净，客厅吊着的玻璃灯罩是年代剧中才有的样式，其中三个灯泡黑着，只有两盏亮着黄光，将黎黎小小的倒影映在墙上。木头箱子上盖着绣花棉布，上面摆了一个白色瓷瓶，里面插着的不知是桃树还是丁香的枝条。这个季节早已不开花，黎黎想问为什么不和阿姝家一样放几朵假花进去，佯装开得繁盛，却又生怕打扰了太婆家满载年代感的静谧。

家里没有沙发，只有两把掉了漆的木头椅子，那只黄猫趴在其中一把上面呼呼地睡着，身子一起一伏。椅子很高，也是旧式样，太婆执意要黎黎坐下，她只好爬到椅子上，两只脚离开地面摇晃着。

“太暗了吧？”太婆说着摸了摸墙上的开关，墙上贴着的白炽灯灯管发出光芒的一瞬间，就把黎黎拉回了现实里。灯光太亮，就连黄猫都觉得刺眼，皱着眉头打了个哈欠，从椅子上跳了下来，躲到了白窗帘的后面，仿佛很久没见过这样的光亮。

“这个，前年你姥爷装的。”太婆指了指墙上的那根白灯管。

“回头我叫姥爷来，把这个也给您换了。”

黎黎指着头顶那盏玻璃吊灯，觉得陈旧却好看，也渐渐地不害怕了。姥爷装的灯管，多少有些亲切。

“换什么，留着多好。”太婆说着，从抽屉里给黎黎拿了几块喔喔奶糖，黎黎推说不要，太婆还是塞进了她的口袋。

黎黎好奇地看着太婆家的物件，收音机低低地播着天气预报，信号断断续续的，说明天是一个久违的雨天。墙上贴着一张奖状，字迹斑驳，是颁给一个黎黎没听说过的人的。和李主任家与自己家不一样，太婆的书架上码着磁带和黎黎从没见过的大盒唱片，最下面摆着一个看上去好久不用的唱片机，黎黎伸着头，对唱片机有着无限兴味。

“一直住这儿？”太婆似乎也知道黎黎搬进了老房子的事情。

黎黎点点头，看太婆跟着磁带一边唱歌一边做活计。太婆放的歌她之前从没听过，大约是南方话——黎黎把所有听不懂的方言都一股脑儿地认作南方话——只记得第一句是“我有一段情呀，唱畀拉诸公听”，后面全都学不来。

下次应该带阿妹来听，她一定听得懂，黎黎心想。

日光渐渐散去，太婆的黄猫不知什么时候竟跳上了黎黎的膝盖，毫不怕人。她抚着黄猫，问太婆这只黄猫叫什么名字，太婆说叫宝瑞，黎黎想，这倒像是个人的名字。

“会唱歌吗？”太婆问黎黎。

“我还行。”

“唱来听听？”太婆边绣花边问。

“如果我有仙女棒，变大变小变漂亮，还要变个都是漫画、巧克力和玩具的家……”黎黎唱《机器猫》的主题曲。

“嗓子不错，”太婆点点头，“歌差了点。”

“怎么差了？”黎黎有些不服气，心想太婆懂什么。

“活泼，但不靓丽。”太婆简单地评价道。

黎黎不懂一首动画片主题曲要怎么靓丽，机器猫圆头圆脑没有手指，大雄的眼镜总是被胖虎揍得面目全非，无论如何都无法把这只坐着时光机到处跑的圆脸蓝猫还有它狼狈的小伙伴和靓丽挂上钩。直到黎黎在电视上听到了太婆曾经唱的那首《无锡景》，第一次跟着字幕听懂了歌词，这才知道，真的有一种小调，可以称得上靓丽。

姥姥在楼道里叫黎黎回家，黎黎听到后，赶忙从椅子上跳下来。临走之前黎黎问太婆，自己究竟是不是幸运小姐。

“是啊，怎么不是？”太婆翻出来一把银色的旧式手电，灯罩上的玻璃还裂了一条缝，一定要让她照着上楼梯。

“用功就能幸运的。”太婆说。

运动会结束后的期中考试，黎黎破天荒地考了第一名。张老师公布成绩的时候，就连她自己都不敢相信，曾经那个口算课上频频出错，又总是爱走神儿，爱做白日梦的自己，竟然就这样变成了第一名。

“赵黎黎也是我们年级唯一的一个双百分。”张老师又补充道。

黎黎若无其事地接受着这份赞誉，幸运小姐果然很幸运。

“黎黎你真厉害。”宝音看上去比她自己还高兴，尽管他的语文成绩依旧不理想，不过显然他并不在意。

“今天调整一下座位。”张老师拿出了一张座位表，“我念到名字的两个同学互相换一下。”

一时间，班里挪桌椅和收拾书包的声音让原本安静有序的教室瞬间喧闹、拥塞了起来，不知道谁的铅笔盒也在混乱之中啪地掉在了地上。嘈杂的声音里，黎黎听到张老师念了自己的名字，和她互换座位的，是倒数第二排的一个女生。

黎黎看着倒数第二排的位置迟疑了一下，下了好久的决心，举起手说："老师，我不太想换。"

"为什么呢？"张老师对看上去有些内向的赵黎黎能说出这样的话感到诧异。据她所知，赵黎黎的父母都不在身边，姥姥姥爷是机械厂踏实的老员工，不会弄出太大的麻烦，因此才选择让黎黎去和王主任的女儿换座位。

"因为王秋迪和她前面的同学都比我高。"黎黎十分冷静，丝毫没有收拾书包的打算，完全不像一个二年级的孩子。

"是这样的，王秋迪有些近视了，坐在后面看不清楚黑板。"张老师解释道，"你是第一名，一定也是品学兼优的孩子。来，大家给黎黎同学的乐于助人鼓鼓掌。"

黎黎在同学们的掌声中坐到了倒数第二排，看着一直偏头看向自己的宝音，她忽然觉得，自己从来没有一个瞬间，和现在一样讨厌学校，讨厌人人羡慕的实验班。不过好在她依然是幸运小姐，这是这个不平衡世界里最大的平衡。她把手揣进兜里，想要摸一摸一直带在身上的那张金色暴鲤龙的卡片，却怎么都找不到。

"宝音，你看到我的暴鲤龙卡片了吗？"黎黎一下课就跑回原来的座位问宝音。宝音找了大半天，还是没找到。

"怎么了？"阿妹和小嘉言也来帮忙。

"那张金色的暴鲤龙卡找不到了。"没了那张卡片，黎黎觉得自己没有了当幸运小姐的底气。

"暴鲤龙？暴鲤龙不是什么宝卡，"前排的男生转过头说，"现在最有用的是超梦，很稀有的。"

黎黎不知道超梦长什么样子，她看了看宝音，又看了看阿妹和小嘉言，问道："超梦是什么啊？"

“我也没见过。”宝音摇了摇头，他的兴趣基本都在拍卡上，至于口袋妖怪本身，他并不在意。

“都没见过，那张卡得多稀有啊。”小嘉言感叹道。

“等等，”阿姝掏出一摞卡一张一张翻着，“是这张吗？”

一只淡紫灰色的小精灵赫然出现在阿姝手里的卡牌上，是大家之前都没见过的样子。

“真幸运啊。”身边的同学围过来赞叹着，没有人再提起黎黎那张暴鲤龙卡。

自从丢了金色暴鲤龙卡，黎黎的好运气似乎也渐渐被消耗光了。体育课上跑接力，自己所在的那一队总是最后一名。因为得了第一名，口算课上老师也总把最难的几道题分给黎黎，稍不留神出了错，就会有人说第一名也不过如此云云。

而抽到了超梦卡的阿姝，尽管没有得到第一名，却依然是老师最宠爱的同学之一，也是唯一的一个三道杠，还顺利通过了钢琴等级考试。这样看来，长相甜美又多才多艺的阿姝，才是名副其实的幸运小姐。有些时候黎黎看到一楼的太婆都忍不住想问一问，是不是她认错了人。如果自己真的是幸运小姐的话，那幸运小姐真的不幸运。

“今天去开家长会，黎黎怎么调到后面去了？”姥姥悄悄地问姥爷。

“犯错了吗？”姥爷问。

“没听说，这不卷子也拿回来了，第一哪。”

“唉，”姥爷叹了口气，“可是我们送不起了啊。”

黎黎在自己的小房间里写作业，不小心听到了姥姥和姥爷的对话，这才明白，其实所谓的幸运，都是身边的人努力给自己粉饰出的假象。

实验班是姥爷花了钱，托了关系，才“随机”获得的幸运。而她能在运动会上举牌子，也是因为不愿一人被注视的阿姝求当副校长的妈妈去找体育老师，才把原定一个人的表演，变成了两个人。幸运小姐这种光环或许真的有，但从来都不属于抽到一张暴鲤龙卡便沾沾自喜地做起白日梦的女孩。

幸运永远有代价。

当陈晨出完水痘退了烧，再次回来上课的时候，他回过头看到的不再是那个给他分享过响当当的故事，也分享过口算课烦恼的赵黎黎，而是一个比自己高好多的女生。他皱了皱眉，趁着早自习背诵课文时偷偷转过头问宝音，黎黎去了哪里。

宝音指了指最后排站在凳子上整理图书角的女孩。她整理结束后径直走向了倒数第二排的座位，又顺势扯下了脖子上的红领巾，塞进了书包里，依然看上去什么都不在乎。

“她怎么了？”陈晨问宝音。

“她没怎么啊，”宝音用书挡着脸，“赵黎黎多酷啊。”

“不可能。”陈晨摇摇头，转过头继续看书，脖子上的红领巾整整齐齐，压在条纹连帽衫的下面。这件衣服是为了电视台来拍摄学校宣传片专门买的，陈晨和阿姝的照片还会挂在学校一进门的橱窗里，没有任何不妥。

“陈晨，玩儿卡吗？”刚下早读就有人跑到三班问。陈晨好几天没来上课，人人手里都能积攒一大摞口袋妖怪卡片。

“不玩了，不玩了。”陈晨说着便看向赵黎黎的方向，她不再是那个课间忙着出租卡片的幸运小老板，又变成了坐在课桌前看书或发呆的酷女孩。

“我现在也有宝卡了，看看谁的厉害啊。”隔壁班的男生还不泄气，从塑料盒里抽出一张卡来，是一张金色的暴鲤龙卡。

“这卡你哪儿来的？”陈晨想起了“小老板”黎黎那张从不借给别人的卡片，他听宝音说，那是她的幸运卡。

“我在楼道里捡的啊，问了两声，没人要，我就拿走了。”

“我跟你换。”陈晨掏出自己的卡盒，里面大多都是赢来的卡片。“快龙加喷火龙，换不换？”

“不换。”男生拒绝得很干脆。

“这张呢？”陈晨拿出了最稀有的超梦卡。

“这是我的宝卡，我才不换呢。我靠着这张卡赢呢。”

“行，课间我跟你玩，”陈晨下定了决心，“玩多少都行。”

黎黎被阿姝拖到操场上时，看见一群人围成了一个圈。她对拍卡兴趣不大，正要走，就听见有人说，一向玩得很好的陈晨，这次不知道怎么了，接连输给了对手。而对面那个男生，始终在用一张金色的暴鲤龙卡。

一阵惊呼后，陈晨手里只剩下最后一张卡片，对方的暴鲤龙卡依旧像粘在操场上了一样，纹丝不动。

“这一张也是我的宝卡。”陈晨把卡片正面向下，没人看得清是什么口袋妖怪。

“输了你就没卡了，还玩？”对面的男生都有些替他着急了。

“没事儿，我还有呢。”陈晨最好的朋友陆悠鸣拍了拍他的肩膀。

“放心吧，我的宝卡一定能赢。”陈晨点点头，丝毫不担心。

当陈晨下课后拿着那张好不容易赢来的金色暴鲤龙卡走到黎黎面前时，她正在重新摆放图书角被弄乱的画册，怎么都想不到陈晨会把这张金色卡片送给自己。

“你的宝卡是什么啊？”黎黎故意岔开话题，不愿意与陈晨说自己曾经拥有一张一模一样的卡片。

“想知道吗？”陈晨小声说，“只告诉你一个人。”

他摊开手掌，卡片上画着一只翻着白眼，还戴着小皇冠的红色鲤鱼。

“怎么会是鲤鱼王？”黎黎感到惊讶，所有人都知道鲤鱼王是最弱的口袋妖怪。

“你知道吗，鲤鱼王最弱了，可是我最喜欢鲤鱼王了。”陈晨说。

“为什么？”

“因为鲤鱼王无论在什么样的水里都能存活。”陈晨小心翼翼地把鲤鱼王卡收了起来，“如果它足够努力，也足够幸运，总有一天会成为最强的暴鲤龙的。”

“赵黎黎，我把赢来的幸运全都给你。”

旧人灼灼

“没有什么是比遗忘更难过的事情了。”

“记忆永远不会消失，他们只是躲了起来，如果你需要，他们就一定会出现的。”

旧人灼灼

阿妹背会《桃夭》的那天，刚好是她的生辰。小嘉言递给她的烟盒纸片上画着几瓣桃花，是用软水笔沾着红墨水画的，墨迹未干，不小心蹭到了，便染成了灼灼的一片，配上李主任的字与诗，倒也好看。

阿妹生在春天，可惜青山脚下只有春日，鲜有春意。北方的春总是被相邻的冬与夏抢去风头，就像一个连接冬与夏的通道，稍不留神，就换到了另一个季节。老房子里的老邻居们对春的感知也是滞后的，只有在楼下的槐树上能望见绒绒的绿色时，才惊觉春天早已过了一半。

东风不来，雨水跟着迟到，越接近北方，春天就越容易被遗忘，为了迎接稍纵即逝的春，老房子里的每户人家都有着属于自己的习惯。单单是去邻居家借两头蒜，阿妹就被楼上的周奶奶拉着啃了两口去年储冬菜时就存好的萝卜，辣得眼泪汪汪。

“这叫啃春，啃两口一年都不得病。”周奶奶又顺势塞给她两根萝卜。阿妹把萝卜拿回家，无人啃春，最后只好炖了汤喝。周奶奶的热情，也同样波及了黎黎与小嘉言，面对送上门的啃春萝卜，两个人只好硬着头皮啃了几口。

“辣就对啦，越辣越见效呢！”周奶奶见自己亲手放进菜窖又亲手拿出来的萝卜有了去处，最重要的是，放了一个冬天，依然很辣，可见菜窖是多么经济实惠，于是心满意足地回家和面，烙起了春饼。

然而让周奶奶失望的是，啃春显然没有什么实质性的作用。开学还不到一周，实验小学里就此起彼伏地响起吸鼻子的声音。一天早上，张老师拿来了一口电锅，倒了两袋陈醋进去，走廊里消毒液的气味与教室里煮醋的气味融合在一起，有那么一瞬间，黎黎和阿妹甚至羡慕起了请假在家养病的小嘉言。

当这种难以名状的味道渐渐消散后，班里空着的座位也逐渐填补了起来。小嘉言回来上课的第二个星期，女生之间流行起了一种可以换衣服的贴纸玩具。

这种贴纸玩具的主角大多都来自《美少女战士》的动画片，以月野兔的形象居多，衣服贴纸从水兵月战斗服到倩妮迪公主的礼服，应有尽有。轻轻一撕就是另一个梦境，与其说是换装贴纸，倒不如说是只属于女孩子的造梦机器。

总有那么几个女孩子能在实验小学外墙的一排文具店里买到

最新款的贴纸，阿姝就在此列，而黎黎与小嘉言则不谙此道，只是把手里那几张贴纸反复地贴来贴去，也玩得不亦乐乎。

“哎，阿姝，你的手。”小嘉言看着阿姝用粉红色的指尖轻轻挑起贴纸，再仔仔细细地盖到水兵月的身上，忍不住叫了一声。

“好看吗？”阿姝伸出手，指甲上依次开着粉红色的花瓣，灼灼其华，“小姑姑给我涂的。”

“真好看。”小嘉言摸了摸阿姝的指甲，平整而又光滑。

“改天让小姑姑给你俩也涂。”阿姝提议道。

“这不行，我爷爷肯定不让。”小嘉言赶忙摇了摇手，又多看了几眼阿姝的指尖。

黎黎坐在桌子旁静静地玩着换装贴纸，没有说话。阿姝瞧见了，便问黎黎是不是不开心，黎黎摇了摇头，贴纸玩腻了，就从书架上拿书来看，仍旧不语。

“黎黎，你有心事吗？”小嘉言见状也问。

黎黎摇了摇头，咽了咽口水，像是要把所有的不开心都吞进肚子里。

上学期的期中考试之后，黎黎便觉得有些事情悄无声息地改变了原本的走向。第一名并没有给她带来多少切实的好处，反而令她在学校的生活变得更加举步维艰。

有一类老师成就感的来源不过是三个字：被需要。被望子成龙的家长需要，被急功近利的学校需要，被迷信权威的孩子需要，也被自己浑然不知抑或心知肚明的虚荣心所需要。这种虚荣心驱使他们陷入一种极其不真实的自我崇拜，心安理得地接受着家长们出于功利的馈赠，沾沾自喜地认为自己是不可或缺的一环。一旦这种崇拜被消解，他们便会陷入一种因可有可无而产生的惶恐。

赵黎黎从不在课间围着张老师问东问西，也从不主动跑进办公室打扫卫生，甚至连敬队礼问声好，都是出于教养而非谄媚。在赵黎黎的身上，完全看不出任何被父母雕琢过的痕迹，她也太不像一个生长在人群里的女孩。

“期中考试之后，家长着急了，自然会来找你。”隔壁班的老师在目睹了张老师对这个分了班家长便再无任何示好的学生的不满之后，漫不经心地说道。

当卷子上两个鲜红的一百分摆在张老师面前时，她便陷入了一种被忽视的愤怒。不依赖老师取得的好成绩是对虚荣的教师最大的讽刺，何况还是一个从普通班转来，父母全都不在身边的小学女生。于是她安排赵黎黎独自一人整理图书角，把她的座位调到最后面，两两分组时让她变成最后落单的那个，期待着赵黎黎和家中的老人哭诉，最终毕恭毕敬地送上一份中国式家长的谦卑。

可张老师不知道的是，程师傅不是不懂，而是无力承担。在黎黎第一次面对分班的时候，程师傅想了一晚上，第二天一早取钱买了礼品，托了层层关系才送到学校，得以让外孙女进入最好的班级。可是程师傅两口子不知道，这仅仅只是一个开始，没有什么能比把一个家境清寒的孩子送进最优越的班级更让她痛苦的事了。

“赵黎黎，两次家长会怎么都没人给你开？”张老师挑了课间人最多的时候问道。

“老师，是我姥姥来给我开的家长会。”黎黎用一种在张老师看来丝毫没有愧疚的语气解释道。实际上也并没有任何人需要为此而感到抱歉。

“不行，以后让你爸妈来。”张老师一边说一边改卷子，佯装不知她的家庭情况。

“老师，我妈妈在外地，不一定回得来……”

“你爸妈怎么回事儿啊，为了挣钱连孩子都不要了啊。”

张老师用一种不咸不淡的语气放大音量说道。教室里一片安静，所有人都在盯着赵黎黎，仿佛她犯了一个天大的错。第一名就像一个放大镜，会把所有的小问题都无限制地放大。

“好的，老师，我知道了。”黎黎说话的语气就像什么都没有发生过一样。她转身继续整理图书角。图书角必须时刻保持整齐，这是张老师定下的规矩。

张老师的一句话成了许多人攻击一个小女孩的工具，放学后，当黎黎和最后排的吴鹏说看完书要放整齐时，男生极不情愿地把书放在了书架上，却在黎黎转过身要走到自己座位上时脱口而出一句“有妈生，没妈养”。

“你说什么？”黎黎转过身来，依然没有显露出强烈的情绪。此时教室里没什么人，黎黎的声音清晰地回荡在教室的每一个角落。一边等黎黎一边玩换装贴纸的小嘉言和阿姝也赶忙抬起头来。

“我说你没妈养……”还没等他说完，黎黎就拿起水杯冲着他的脸泼了上去，接着把杯子扔进他怀里，回到了座位上，若无其事地收拾书包准备回家，却听到身后哗啦一声，转过头去，只见一个铅笔盒不偏不倚地砸到了挡在黎黎前面的小嘉言头上，铅笔和橡皮全都撒在了地上。

“你干什么呀！”阿姝狠狠地推了一把吴鹏，跑到小嘉言身边。小嘉言把手从额头上移开，头上红了一块儿。

还未等小嘉言和阿姝反应过来，黎黎就冲到了想要逃走的吴鹏面前，用最大的力气把他抵在了墙上。劫后余生的吴鹏后来回想起此事，总觉得那天像小豹子一样的赵黎黎是自己惊慌之下产生的错觉。

“你可是第一名，还打人？”吴鹏挣扎着说。

"谁告诉你第一名都是好学生的。"

黎黎用力揪着吴鹏的领子，再也不是平时那个只会翻翻书，出租几张口袋妖怪卡片的小姑娘。一旁的阿姝和小嘉言也吓坏了，她们见过很多个不同的赵黎黎，但今天这个红了眼的小豹子，还是第一次见。

"那边那两个，怎么还不回家？"走廊里传来了教导主任的声音，黎黎手一松，吴鹏就挣脱掉逃出了教学楼。

"黎黎你没事儿吧？"阿姝和小嘉言跑向了背对着她们的黎黎。当黎黎转过身的一瞬间，她们才看到她哭得多么伤心。

"我妈妈没有不要我啊，她也不想这样啊。"黎黎哭着说，她想到那天站在砖块上，用手紧紧地握着电话的听筒，趁着小嘉言和阿姝看向远处绵延的青山时，飞快地说了一句"妈妈我想你了"。

"黎黎，"妈妈停顿了一下，"你要学会坚强。每个人都是靠自己慢慢长大的。"

妈妈没有说一句想念，她只是告诉黎黎，要学会坚强，仿佛坚强是消弭想念的唯一良药。

走在回家的路上，黎黎惊觉一件事，拐进了小四子叔叔的小卖部，出来的时候塞给小嘉言一支白糖冰棍。

"我喝中药，奶奶说不能吃凉的。"小嘉言一边揉头上肿起的包一边拒绝。

"不是让你吃的，"黎黎指了指她的额头，"是给你敷脑门儿的。"

阿姝接过冰棍，小心地敷在小嘉言的额头上。小嘉言撇了撇嘴，如果不需要考虑老师的脸色和残酷的分数，这件事一定会被她写进名为《一件难忘的事》的作文里去，第一次发怒的黎黎，第一次保护别人的自己，这比扶老大爷过马路要难忘几百倍。小嘉言又想起为了写作文，三个人蹲在老房子的楼下，无论见到谁都要扶一扶，这样写起来也显得理直气壮。甚至有那么几次，小嘉言为了冲上去扶四楼的周家奶奶，还摔了一个跟头，最后还是周家奶奶把她送回了六楼，这件事对于小嘉言来说，也同样难忘。

黎黎红着眼睛，小嘉言肿着额头，都不敢回家。正当三个人无处可去，坐在路边的时候，住在一楼的太婆叫住了她们。

“还不回家啊？”太婆走近一看，才看到黎黎红着的眼睛和小嘉言额头的冰棍，阿妹一向有些怕太婆，只是问了声好，就不再说话，悄悄地躲在黎黎身后。

“你们几个小囡还学人家打架啊。”太婆说着就指了指自己家的窗户，“来我家吧。”

“黎黎，我害怕。”阿妹抓着黎黎的胳膊悄声说。

“没事儿，太婆很好的。”黎黎握了握阿妹的手。

和上次来时一样，太婆依然习惯性地开了那盏只有两个灯泡亮着的玻璃吊灯。大概是家中许久未来过这么多的人，黄猫也不睡觉了，围着三个人绕了一圈又一圈。阿妹怕猫，只好紧紧地挽着黎黎的手臂，小心翼翼地向里面走。

“你，洗洗脸吧。”

太婆打开柜子，递给黎黎一块儿丝帕。丝帕的颜色早已不鲜艳，上面绣了两只鸟，她并不认得，只能看出褪色的金线闪着隐隐的光芒。几年后在六楼，李主任教大家背了一首《菩萨蛮·小山重叠金明灭》，黎黎才猛然想起，那两只鸟，大约就是鹧鸪。黎黎从来没在北方见过鹧鸪，但却记得那天用帕子擦拭眼角时，两只隐约可见的金色鸟雀，鬓云欲度香腮雪。

黎黎凑上去闻了闻，是樟脑混合着檀木的气味。用带着刺绣的丝帕洗脸，还是第一次。

“太婆，这是您绣的吗？”小嘉言看着那块儿丝帕，一时间忘了额头上的疼，凑上前去看那些精致的针脚。

“是啊，”太婆一边说一边从书架上取下一本旧册子，里头是各式绣花图样，松鹤翠柏，丹桂腊梅，寒山古寺，烟波画船，随手一翻就是一首诗。

“真好看啊。”阿妹都看呆了，甚至没注意到那只叫宝瑞的黄猫已经蜷在她脚下打起了呼噜。

“宝瑞它爸出差，从南方带来的花样子。”太婆指着下面的铅笔字说，“都写着呢。”

“宝瑞是谁？”小嘉言问。

“就是它。”黎黎指着阿妹脚下那团起伏的黄色毛球说，小嘉言和阿妹对视了一眼，谁都想不到黄猫有个人的名字。

“太婆，您教我们绣花吧。”小嘉言依依不舍地看着太婆把册子收进了书架。

“可以是可以，但以后可不能打架了。小囡打架像什么样子嘛。”太婆说完还抬眼看了看小嘉言的额头。

“太婆，我们是在保护黎黎啊。”小嘉言说着，就拉着太婆的手臂撒起娇来。从小和老人住久了，小嘉言总能十分自然地讨老邻居们的欢心。

黎黎听到这话，感到十分愧疚，却没有答应太婆以后不会打架，或是不会起冲突。她太需要被保护，而能保护她的人，她希望就是自己。就像妈妈说的，总要独自一人慢慢长大的。

“绣花啊，要先描样子。”太婆看了黎黎一眼，叹了口气，打开了程师傅安的白炽灯，戴上老花镜说：“你们先画个花瓣看看。”

阿姝专心致志地画着，指尖上的粉红色指甲油脱落了一点，太婆看到了，指着阿姝的手问这是什么。“这是我小姑姑给我涂的，这颜色今年流行得很呢。”阿姝看了看手指说，“就是太容易掉了。”

太婆没说话，开门走了出去，不消一会儿，便捧着几朵红彤彤的花回来了，趁黎黎她们还在画花样子的时候，把花瓣放进一只小瓷碟子里碾碎，再捏一小撮盐放在里面，然后拉过小嘉言的手，把碾碎的花瓣覆在指甲盖上，用树叶包好，上面再系上一根绣花用的黄丝线。

“这叫凤仙花，明天早上拆下来，指甲就红了。”太婆说着又拉过黎黎的手涂了起来，“不掉色的。”

黎黎看着太婆给自己染指甲，忽然有了很多疑问。从光滑的丝帕到头顶那盏式样老旧的玻璃吊灯，还有墙上的奖状与旧唱片，太婆怎么看都不像老房子里住着的其他老邻居们。但有一点三个小伙伴都能确定，太婆年轻时，一定是个漂亮的姑娘。

“太婆，这花怎么种啊？”阿姝看着手上剥落的指甲油，决心回家就让阿瑾姑姑全都帮自己洗掉。

“在那儿呢。”太婆指着外面一个黎黎之前从未注意过的小院子说，那原本只是太婆家储冬菜的小平房前面的一块儿空地，如今有了两面围墙与一扇木门，外面挂着一把小巧的挂锁。

“宝瑞它爸之前弄的。”太婆走到木门前面，掏出一把小钥匙，木门吱呀一声开了，一片红彤彤的凤仙花抢着冒了出来。

“这么多啊。”小嘉言惊叹道。

“我们搬到这里之前，宝瑞它爸就种啦，说是专门染指甲用呢。”太婆瞧了瞧花盆里的土，浇了一些水。“现在不染了，再染就要被笑话了。你们喜欢，就送给你们侍弄吧。”

“太婆，那我们要最小的那一盆行吗？”小嘉言指着角落里一盆只挂着三朵半开花苞的凤仙花问。

“不是花，”太婆说，“是这个院子。”

三个人看着太婆，露出了生平最不可思议的表情。她们从没想过，老房子附近有这样的花，这样小巧的院子，还有这样的太婆。

“你们自己装饰，花也给你们养，”太婆说着，就把装钥匙的荷包递到了黎黎还缠着凤仙花叶片的手上，“姑娘家的，怎么也不能坐在马路边哭啊。”

第二天一早，黎黎拆了手上的树叶，见十个指尖都晕上了淡淡的水红色，喜欢得不得了。看着看着，她一下子想到了太婆家那盏玻璃吊灯，忙问姥爷能不能修。

“那吊灯啊，不是不能修，是你们太婆不愿意修。”姥爷说，“前些年，你姥姥就让我去一楼帮着修电灯，可一听说要把零件换下来，人家就说什么都不愿修了。没办法，这才装了那根灯管。”

“也难怪，老人家念旧嘛。”姥姥说着也过来看了看太婆给黎黎染的指甲，这才发现黎黎的眼睛肿了。

姥姥忙问是不是在学校被人欺负了，黎黎摇摇头，不愿说起学校的事让家人伤心，赶忙岔开话题，问家里有没有不要的喷壶。家中好几年不种花，自然没有。姥爷给了黎黎五块钱，让她放学后去对面的小店买一只塑料喷壶回来浇花。

“太婆交给你了，就要养好，知不知道？”姥爷再三嘱咐黎黎。

黎黎答应了一声，把钱揣进口袋就去了学校。

前一天的那番对峙起了作用，吴鹏再也不敢去破坏图书角了。一天下来，黎黎轻松了不少，不用费心整理书架，心情也好了很多，就等着放了学去买小喷壶，回去照料太婆交给她们的花草。

当黎黎用新买的喷壶浇完了花，已是傍晚。阿姝被送去了钢琴班，小嘉言要在家练够一百个字才能出门，她便独自一人坐在得到不久的小院子里，盯着满院的花草发呆。她想起了太婆书架上好看的绣花图样，便折了几只花，用发辫上的丝带绑好，去敲太婆家的门。

“太婆，我是黎黎。”黎黎轻轻地敲了三声门，姥爷说过，太婆年轻时遭遇过变故，最怕有人急促地敲门。

“太婆？”太婆未开门，黎黎就又敲了几下，觉得有些不对，便绕到一楼的另一边，踮着脚向里面看。太婆家有些暗，黎黎把脸贴在玻璃上，这才看清太婆倒在了地上，黄猫在一旁束手无策地转着圈。

“太婆，太婆！”黎黎吓坏了，用力地敲着玻璃窗，记忆中第一次有了一种源自生命的恐惧。她赶忙向楼上跑去，姥姥刚一开门，黎黎就哭喊着叫姥姥去救救太婆。

当程师傅和阿姝的爷爷一起撬开太婆家的门时，李主任早已叫了救护车，大家七手八脚地把太婆抬上了车。阿瑾和刚刚放假回来的明远听到消息后，图书馆也不去了，轮流去医院陪床。原来太婆早上下床时血压低，一不小心滑了一跤，老人家身子骨脆弱，就摔坏了腿。

黎黎碰巧的一次拜访救了太婆的命，老房子里人人皆知程师傅的外孙女黎黎救人有功，程师傅也十分骄傲，嘴上不说，却跑到书店，给黎黎买了一套精装版《少儿百科全书》。

“爸，谁是宝瑞啊？”明远陪床结束回家吃饭的时候问程师傅。

“宝瑞？”程师傅被问住了。

“太婆睡着的时候，一直在念叨宝瑞呢。难道太公叫宝瑞？”

明远好奇地问。

“当然不是，”正在一旁翻看百科全书的黎黎说，“宝瑞就是那只黄猫。”

“原来是这样，”明远拍了拍脑门儿，“我当是谁呢。”

“你们有空了，也去照料一下那只猫。”姥姥对黎黎和明远说，又递给明远一个大保温壶，里面装着要拿给太婆喝的骨头汤。

“宝瑞一定很幸福吧，被人这样惦念着。”明远说。

“今天我们玩什么？老师和同学，还是格格和皇后？”小嘉言坐在太婆的小院子里问。

“你们想去看看太婆吗？”黎黎问，“带着宝瑞。”

“又去医院？”小嘉言听到医院两个字就犯怵，对她来说，这是学校之外最熟悉的地方。

“我觉得行，”阿姝一改往日怕猫的样子，“我小姑姑从医院回来的时候说太婆总念叨着宝瑞呢，可是她们都不知道宝瑞是谁。”

“你们说去我就去。”小嘉言咬了咬牙，下定了决心。

中午睡觉的时候，黎黎偷偷从家里拿了太婆交给姥姥的备用钥匙，还背了一个最大的书包。宝瑞似乎知道要去见主人，在小嘉言抱起它装进书包里的时候，一声都不吭。阿姝推着自己的小自行车站在外面，黎黎把宝瑞带出来之后，就把它放进车筐里，偷偷地向医院走去。

太婆在机械厂附属医院的住院处，离老房子不远。三个小伙伴背着宝瑞来到住院处的时候才发觉，她们根本就不知道太婆住在哪间病房，只好站在住院处一楼的服务台旁面面相觑。

“我一闻到这个味道，屁股就好疼啊。”小嘉言嘀咕着。

"小朋友，你们找谁啊？"一个好看的护士姐姐问。

"那个，我们……找一个前几天来的太婆。"小嘉言说着就站到了黎黎的身后，想要把背包挡起来。

"太婆？在哪个病房呢？"护士姐姐蹲下来耐心地问，黎黎闻到了一股消毒酒精的味道。

"不知道……太婆摔断了腿，头发全白了，讲南方话，"黎黎努力地回忆着，却发现没有太多细节，她们甚至说不清太婆叫什么名字，从哪里来，"来陪床的是我小舅舅和阿瑾姑姑……"

"我大概知道了。"护士姐姐站起来，要帮黎黎拎那个看起来很大也很重的背包，"来看太婆啊，真乖。"

"我们自己背就行！"小嘉言赶忙说。

不知是因为消毒液的味道，还是宝瑞太想见到已经一周没见过的太婆，在包里动了起来。

"你们这包里是什么呀？"护士姐姐好奇地左看右看，还摸了摸。这下宝瑞忍不住了，喵喵地叫了起来。

"来看太婆行，动物可不能带进来。"护士姐姐严肃了起来，还要把黎黎她们往外赶。

"姐姐，你就让我们进去吧，"小嘉言央求道，"太婆可想宝瑞了。"

"医院有规定的，不行就是不行，"护士姐姐斩钉截铁地说，"你们回去吧。"

"这下怎么办啊？"小嘉言问背着宝瑞的黎黎，三个人走在住院处的小径上，垂头丧气地准备回家。

"只能回家了。"黎黎说着就要把背包放进阿妹的车筐里。

"阿妹，你们怎么来了？"阿瑾姑姑推着太婆出来晒太阳。

黎黎眼睛一亮，赶忙从背包里把宝瑞抱出来，急匆匆地捧到

、

太婆面前，生怕护士姐姐追过来赶走她们。

“这不是宝瑞吗？”太婆一眼就认出了宝瑞，抱在怀里不断地抚着。宝瑞懒洋洋地打了个哈欠，满足地躺在太婆怀里晒着太阳。

“太婆，我们知道您想宝瑞了，专门从家把它带来了。”小嘉言高兴地说。

“你们，都是谁啊？”太婆困惑地问。

“太婆，您不记得了吗？”小嘉言晃了晃手指，指尖的凤仙花依旧明媚，“我是小嘉言啊，这还是您给我涂的呢。”

太婆摇了摇头，自顾自地抚摸着怀里的黄猫，黎黎和阿姝对视了一眼，又看着对方手指上彤彤的红色，有了一种前所未有的失落与惶恐。

“你说，会不会有一天，我也忘了你呢？”黎黎趴在窗台上，看响当当把玩着几颗紧实的松果，松香伴着微风，吹散了惶恐的夜。

“我以前有一只白色的小狗，叫大眼睛。我总是冒冒失失的，别的小朋友都不愿意跟我玩，可是大眼睛不一样，无论我走到哪里它都跟着我。再后来，大眼睛被车撞死了。我哭了好久好久，却并不是彻头彻尾的伤心，有眼泪证明我还记得它。可是直到有一天，我不再为了大眼睛而哭泣，能继续去摘星星，捉蝴蝶，去过平常的日子，那一刻，我才真正觉得伤心，没有什么是比遗忘更难过的事情了。”

“可是黎黎，”响当当把一只松果递给她，“后来我又见到一只小狗，它向我走来的那一刻，我还是想到了我的大眼睛。记忆永远不会消失，他们只是躲了起来，如果你需要，他们就一定会出现的。”

一起回家
好吗

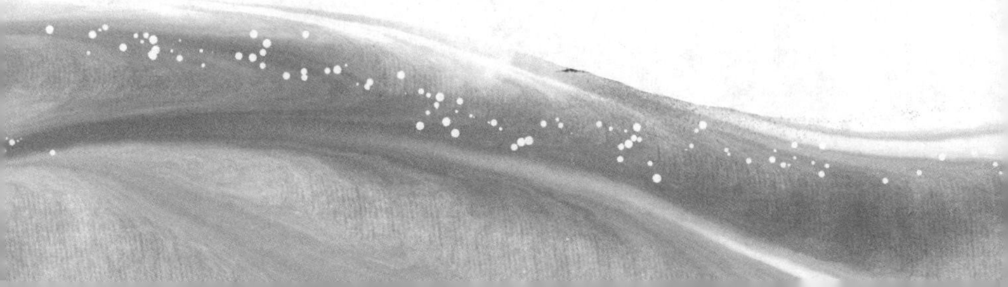

一生太长，要做的事情太多；一生太短，能做的事情太少。

一起回家好吗

当太婆出了院，站在阳台向外看时，三个小伙伴正坐在树下，听小嘉言的爷爷念刚刚发给她们的烟盒纸卡片。

“茅檐低小，溪上青青草。醉里吴音相媚好……”

李主任念一句，三个小姑娘也念一句，手指尖上都染着晕开的红色。身后的小院子开着门，凤仙花彤彤地开着，正是时日。

小嘉言有了伙伴，李主任也渐渐地从楼上坐到了树下，自此树下除了柴米油盐，又多了平仄韵律。老邻居们知道李主任裁烟盒纸教孩子们念书识字，都把自家的硬纸盒送到六楼去，小四子叔叔送的最多。黎黎听姥姥说过，小四子叔叔这两年商店开得极好，听说明年还要盘下隔壁一家更大的店铺，开大超市。

小嘉言第一个背会，抬眼看到太婆抱着宝瑞站在自家阳台上，赶忙招了招手，又把手缩了回来，生怕太婆依旧不记得自己。

太婆的精神大不如前，她偶尔会记不住小嘉言，也记不住姥爷和黎黎，但却始终记得那只叫宝瑞的黄猫。

自那天从医院回来，每个人都陷入了一种困惑，一种因为记忆的累积与消逝而产生的困惑。在太婆的世界里，回忆就像一个被人把玩的沙漏，在捡拾与遗忘的两端被任意筛拣。时间把记忆的孔隙冲刷得越来越稀疏，稀疏到总有一些人和事能在其中来去自如却毫无察觉，而有些沙砾，却有恃无恐地躺在一个忘不掉的角落里，无动于衷地旁观着时间细小的变化。

讲故事的能力和爱的能力一样，要么与生俱来，要么一辈子都学不会。当黎黎第一次在张老师办的课外写作班上读自己的故事时，教室里很安静。她站在讲台上，从窗帘的缝隙间倾泻下的阳光里，缓缓浮动着粉笔落下的灰尘。窗台上落着一只麻雀，喳喳叫着，却无人问津。整个下午都浓缩在了手中那个贴着水野亚美贴纸的横格日记本上。

“我的朋友响当当曾经对我说，他去过一个很神秘的工厂，”黎黎依旧倔强地讲着响当当的故事，“这是一个什么都可以制造的工厂，从细小的零件，到汽车坦克，甚至一些神秘的东西，就像你们看到的，响当当的家人，全都在这里工作。一天，爸爸带着响当当穿过一道道铁门，一座座厂房，来到了工厂里。响当当觉得新鲜，到处都想看看。突然，他看到一只机械手臂上的灯亮了，对他眨了眨眼。响当当回过头，向身后张望……”

黎黎停了下来，宝音正盯着自己，津津有味地听着故事。而推荐黎黎念自己作品的陈晨，正微笑看着她。黎黎忽然想到搬进老房子的下午，她做的那个长长的梦。她在一个夜晚告诉过响当当，响当当认真地说，这样的梦他也做过。一样斑驳的铁门，一样跳着无声芭蕾的机械手臂，背后是一样的山脉与青烟，唯一不同的，就是这段冒险的前缀是单枪匹马。

“你爸爸没有来救你吗？”黎黎问响当当。

响当当摇摇头：“只有孤独的冒险才能令人长大。”

黎黎盯着手里的日记本，一瞬间对这段记忆里的梦境产生了疏离感。

张老师把头抬起来，轻轻咳了一声。黎黎放下日记本，继续讲了起来。

“身后空无一人，爸爸也不知去向。响当当只觉得身子一轻，就被机械怪物抓到了空中，像一只被螳螂抓住的蝉。他急中生智，打碎了机械怪物的眼睛，向工厂外面跑去。机械怪物没了眼睛，四处乱撞，最终掉进了巨大的烟囱里。那座烟囱就在那儿——”

黎黎用手指着窗外很远的地方那座巨大的烟囱，烟囱依旧不疾不徐地冒着青烟，像是吞噬了一只巨大的机械怪兽后在悠闲地晒着太阳。最终落点在真实世界的故事果然吸引了所有人的注意，宝音带头鼓起了掌。掌声之中，陈晨皱着眉头看着讲台上的女孩，怎么都想不明白，她为什么会讲一个完全不同的结局。

“很好，我们今天写的题目是《一个难忘的梦》，”张老师说，“赵黎黎同学的这篇文章用了比喻的手法，把机械怪物比喻成生活中遇到的困难……”

黎黎没再听下去，这是一个连阿姝和小嘉言都不曾听过的故事，她一直埋在心里，生怕被人看出任何与自己相关的蛛丝马迹。回忆不仅可以被记录，也可以被粉饰成任何想要的模样。所以她有两个日记本，一个写着事实，而另一个做着梦。待到自己变得和太婆一样时，就拿出所有梦境来读，把时间都花在自己编织的梦境里，掩盖掉所有不愿回望的过去。

“黎黎，你讲得真好，”宝音在黎黎走回座位的时候小声说，“特酷。”

讲故事的天分让黎黎成了最受欢迎的故事大王，不仅是张老师的写作班，班会课上偶尔也会有人提议让黎黎讲故事，这个人多半是宝音。就连小嘉言和阿姝也能看出来，宝音对黎黎有一种特殊的崇拜。

“赵黎黎，你讲得真好，我妈让我问问你都看什么书，还上什么兴趣班。”

一个从未跟她说过话的男生跑过来问黎黎。自从当上了故事大王，和她说话的人也渐渐多了起来。小孩子对人的好，来得快去得也快。

“我没上别的兴趣班了。”黎黎说完，低头继续写响当当的故事。

“那你家在哪里啊，我放学能跟你一起回家吗？”男生依旧不依不饶地问黎黎。

“我家挺远的。”黎黎拒绝道，没有人去过黎黎家，就连要和黎黎结安达的宝音，都从来没去过。老房子很凉快，天花板很高很高，橄榄色的青砖一路蔓延到每户人家，旧玻璃窗上映衬着浅浅的倒影，时间把老房子打磨成了一颗泛着微光的琥珀，封存在每一个人的记忆里。黎黎从来都没有不喜欢这栋老房子，她不喜欢的，只是被同学发现自己寄人篱下时，那无计可施的狼狈。

程师傅问过黎黎，要不要上兴趣班，学跳舞或是唱歌。黎黎想了想，说自己都不喜欢，也不会唱歌，只要像现在这样看看书就可以了。

后来有一天，黎黎在作文班的名单上看到了自己的名字，便去和张老师说，自己从来都没有报过名，一定是弄错了。

“这怎么会弄错，你姥爷专门来过学校的，说是我们的作文班教得好，要多关照关照你呢。”张老师顿了顿，对黎黎说：“有些人想报名都进不来的。”黎黎明白，言外之意就是在说她不知好歹，于是点点头，不情愿地接受。

晚饭后，黎黎在小房间里听到姥爷对姥姥说，都报了张老师的兴趣班，她一定会对黎黎好一点的。只是程师傅不知道，除了要参加钢琴比赛的阿姝,其他人都报了张老师的兴趣班,无一例外。

黎黎曾经在张老师讲评作文的时候异想天开，想要办一个只看书的兴趣班，不需要点评，不需要写读后感，一切理解都在自己的脑内完成，不用计较某句话的中心思想，也不用挖空心思去揣测一个从未见过面的作者的用意到底是什么。她正想把这个想法告诉宝音，就发现宝音两眼直勾勾地盯着自己的作文本，思绪早就不知去了哪里，便迅速地打消了这个念头。

后座的同学捅了捅黎黎，递过来一张纸条。黎黎打开一看，是小嘉言：

下课我们第一个走。

小嘉言的字很好看，不是那种常规意义上的工整，而是一种超乎年龄的力透纸背与水到渠成。李主任曾带她去拜访一位书法家协会的老师。老师很严格，用小嘉言的话来说，像旧社会的教书先生，戴一副比李主任的镜片还厚的眼镜，看人的时候把眼镜向下滑到鼻尖上，再直勾勾地看，仿佛一个渊博的宿儒，看得她怕极了。

第一次练字，老先生掂了掂小嘉言的毛笔，轻飘飘的，旋即将自己的一支加健羊毫递了过去。小嘉言拿着笔，只觉得手腕使不上力，稍不留神，就洇开一团墨迹，只好用手肘抵着宣纸写字。先生看了，依旧不满意，坚持要她悬腕。起先她觉得苦，时间一长，就连自己都觉得笔下渐渐有了山河。

笔力有了长进，老先生不言语，只是身子像寿镜吾先生似的拗过去，再拗过去。这就是对自己有些满意了。

这一日，李主任来接孙女回家，碰巧老先生得了三张俄式餐厅的招待券，自己不情愿吃，觉得油腻，索性都给了李主任。李主任一看，这家餐厅，正是当年自己刚刚做上技术顾问时，机械厂招待苏联专家的那家店。

沈老师退休没几年便被学校返聘，要带毕业班的物理课，李主任想了想，邀三楼的黎黎同去。程师傅起初不同意，可耐不住小嘉言再三央求，只好答应。姥姥拿出了黎黎的一套新裙子，把她的头发先编成两条，再盘到耳朵两侧，夹两只明远舅舅从北京买的树脂太阳花发夹，像是画片上的姑娘。黎黎很少梳这种复杂的发式，揪得头皮很疼，忍不住哎呦了一声。

“别乱动，再动就散了。”姥姥用透明皮筋绑头发，黎黎最讨厌这种皮筋，每次都要把头发扯下来好几根。

“这也太紧了，您以前都不这样的。”黎黎只在姥姥面前才偶尔撒娇。

“以前你妈在，有人给你梳头，现在你妈不在身边，我可不得管着你嘛。”姥姥在黎黎头上忙活着，生怕因为一丁点儿的不利索被外人看轻了，这是姥姥能给一个女孩最大的自尊。

“黎黎，你今天真好看。”宝音趁张老师背对着大家时小声说。宝音从没说过她像个小公主，她也并不在意。

“来，统计一下，下个月还上写作班的同学举手。”张老师说。几乎所有人都齐刷刷地举起了手。黎黎犹豫了一下，也举起了手，一半因为姥爷，另一半因为故事大王带来的成就感。

曾经并不感兴趣的写作班，却让她成了最受欢迎的同学。这种用有趣和好奇心换来的受欢迎和阿姝的受欢迎不同，是用马不停蹄的想象力做交换的筹码。

记得刚刚转到三班的一个早自习上，张老师要求大家用“朋友”这个词来造句，有一多半的人都说“我和郑姝懿是好朋友”。

尽管在黎黎和小嘉言看来，很多同学都没有和阿姝说过几句话。这种被喜欢里包含着一种与生俱来的骄傲，所以阿姝才能在全班同学的注视下甩了甩柔顺的马尾，俨然一个真正的幸运小姐，有恃无恐。

“好了，手放下吧。”

黎黎看了看妈妈从广州给她买回来的手表，还有二十分钟下课，正要给小嘉言写纸条，就听到张老师点了几个名字，示意他们出去，其中就有自己。

“老师觉得你们已经写得很好了。”刚一出教室，张老师就对大家说，“你们几个以后就不用学了，可以花时间在其他的科目上。”

“老师，我们还想跟着您继续学。”几个同学赶紧附和道。

“你们真的写得很好了，下个月的钱就不用交了。”

有两个女生哭了起来，黎黎却忍不住偷偷松了一口气，她喜欢写故事，却并不喜欢什么都说出个所以然来，更不喜欢煞有介事地分析其他人的主题思想，对她来说，这始终像在自作聪明。

更重要的是，不上写作班，压岁钱就又要回到自己手里，怎么想都是一件值得兴高采烈的事。更何况，就连一向挑剔的张老师都说了，她写得很好，并不差。于是她回班收拾好书包，蹦蹦跳跳地出了教室，临走前还不忘和张老师敬个队礼，之后便跑去小花园，一边写响当当昨天的故事，一边等小嘉言下课。

“赵黎黎，你真的不想回去上课吗？”刚才哭泣的女生揉着红肿的眼睛问黎黎。

“老师不是说了吗，我们写得够好了，应该花时间在其他科目上……”

黎黎没有继续说下去，她记起了昨天晚上在姥爷看的报纸上瞥到一个标题——《我市小学生兴趣班人数超标亟待整改》。

透过窗子看去，讲台上的张老师像一个拙劣的演员。黎黎想起了一种熟悉的感觉，那天一早，她穿着红裙子和白衬衫兴冲冲地第一个来到教室，却没能第一批戴上红领巾。这种所谓的优秀就像一件用漫不经心的恭维编织的新装，到头来还是周身褴褛，一无所有。

她听到张老师在安排回家之后的思考题，这是她曾经最喜欢的环节。

黎黎没听到思考题是什么，径直向外走去。她这才意识到自己面临着一个更加复杂的思考题：该如何向姥爷说这件事？至少得让他们不那么难过。

操场上的风筝活了，吞下一片云，阳光从那个洞里照下一束光，响当当就顺着那束光溜到了地面上。黎黎问响当当，云的后面有什么，响当当不说话，招手让黎黎跟着他一起向上爬。这时有人拍了她一下，把她从幻想里拉了回来。

“普通平常，没有苦难。”

黎黎只记得响当当临走前说的最后一句话，连“幸福地生活在一起”都忘了说。

“黎黎，想什么呢？”小嘉言问她。

“没什么。”黎黎想了想，决定不对任何人说之前发生的事情。

“真好，你这周都不用写思考题了。”

“这周的思考题是什么？”黎黎还是对讲故事有一种强烈的渴望。

“优胜劣汰。”

黎黎愣了一下，有些想哭，她忽然很想去广州，很想去看看妈妈。

不知从什么时候开始，大脑中控制情感的部分总会下一个错误的判断，将生气、失望、懊恼与恐惧统统转化成另一种叫想念的情绪，这种情绪出现得多了，心上就会出现一个缺口，久而久之，就成了一个无法愈合的印记。黎黎读高中时，有人问她最常有的情感是什么。她想了想那栋住了很多年的老房子说，是想念。

没有什么比想念更温柔，也没有什么比想念更残忍。

当他们走进市中心的俄式餐厅时，黎黎远远地看到有人冲她招手，是陈晨。小王子一样的陈晨。

“阿妹没来真是太可惜了。”小嘉言压低了声音，只有黎黎一个人能听到。

和英语课一同进入四年级的是课间不经意的坏笑和毫无恶意的绯闻。不知道从哪天开始，阿妹和陈晨就自然而然地被推上了这个话题的浪尖。有几个男生会调皮地把陈晨推到阿妹身上，阿妹也不恼，只是笑笑，反倒是陈晨总是红着脸辩解着，生怕传到老师的耳朵里。

“赵黎黎，他们都是瞎说的，你可别信。”陈晨忽然跑过来说，又一溜烟回到妈妈身边，像什么都没发生似的继续吃黑面包，耳朵红得发亮。

陈晨的妈妈回头张望着。黎黎想起几年前陈晨的妈妈拉着自己的手，穿过马路送她回家的事情，快速低下了头，生怕被认出来。

“他跟你说这些干吗，你又堵不住别人的嘴。”小嘉言津津有味地看着菜单问。

“不知道。”黎黎摇摇头。这是她第一次来俄式餐厅，不知道该点些什么，此时小嘉言轻车熟路地点好了自己那一份。李主任总是用退休干部的招待券带她去尝各种菜式，尝来尝去，她身子依旧弱，嘴巴却刁了起来，觉得哪种菜式都不过尔尔，生病的时候只想吃黎黎家偶然一次送来的自制红果罐头。姥姥知道了，带着成就感用最大的玻璃罐装了满满一罐红果，让程师傅送到了六楼。

“嘉言哪，你别光点自己的。”李主任看出了黎黎拼命隐藏的不安，索性让小嘉言把三个人的全都点好，这样便不会让其他人看出黎黎的犹豫和局促。

黎黎喝着小嘉言给自己点的红菜汤，刚要叉一块熏鱼，就看到陈晨又在回头看他们。黎黎以为自己拿反了刀叉，赶忙看了一眼小嘉言，没有拿反，就放心地吃了起来，不去看前面。

“他怎么总看我们这边啊？”小嘉言悄声问。

“可能因为阿妹没来吧。”黎黎理所当然地回答道，这是全班都知道的事情。

“两客冰淇淋。”穿着绣花布拉吉的服务生端上来了两只贝壳形状的杯子。

“我们没点啊。”李主任疑惑地说。小嘉言肠胃不好，黎黎和阿姝怕她馋，每次都是站在楼下吃完，才跑上六楼去玩。

“那边点的。”服务生指了指前面，陈晨正伸长了脖子看着他们，还挥了挥手。

“今天我生日，拿压岁钱请你们吃冰淇淋。”陈晨经过他们身边时说。

“这怎么好意思呢。”李主任站起来，执意要把钱还给陈晨的妈妈。

“我们儿子说，这是他在学校的好朋友，就让他自己支配吧。”陈晨妈妈说，还对黎黎和小嘉言笑了笑，她已经记不清楚黎黎就是那个不会过马路的小女孩了。

真好啊，压岁钱可以想怎么花就怎么花，黎黎心想。从报了写作班的那学期开始，黎黎的压岁钱就都交到了张老师手里。这是姥姥的主意，也是自己的主意。

“你们有空去我家玩，”陈晨说，“赵黎黎，我也去你家好吗？”

习惯性的那个“不”字还没有说出口，陈晨就蹦跳着出了餐厅，上了一辆黑色的小轿车。当她回过神的时候，就听到小嘉言在央求爷爷：“就尝一口行吗？这次绝对不会生病了，我保证。”

宝音在发新订的英语光盘时，看到黎黎在一个皮面日记本上刷刷地写着，周遭的事情似乎都与她无关。多日以来，黎黎产生了一种从未有过的惶恐，生怕自己会和太婆一样，记不住阿姝，也记不住小嘉言，甚至忘了老房子里的所有人。她没有黄猫可供留恋，只好把所有值得记住的事情都工工整整地写在一个本子上，无论快乐还是悲伤。

宝音伸出手，想要把黎黎弄乱的马尾抚平，又觉得不妥，一种奇怪的情绪在他心里蔓延开来，欣喜又紧张。

“宝音，什么事？”似乎感到了身后有人，黎黎转过头，合上了日记本。

“没什么，就是发英语光盘。”宝音慌忙地躲开视线，生怕被黎黎，或是被其他同学发现。无论是看到了别人的日记本，还是整理女孩子的头发，都不算什么英雄好汉。

“那个啊，我没订，用磁带就可以了。”黎黎依旧用一种毫不在乎的声音说。上个星期，宝音在学校附近一个刚开不久的新超市买饮料，遇到了黎黎和同班的李嘉言。当时黎黎大概很快乐吧，至少比在学校里快乐，宝音想，不然为什么那时的语气和上学时完全不同呢？

“你真的不上写作班了吗？”宝音没走，抱着一大摞光盘站在倒数第二排黎黎的旁边。

“嗯，不上了，”黎黎说，“我可以自己写。”

“那个……我觉得你讲故事特别好，”宝音由衷地说，“我还想和你一起上呢。”

“我姥爷说，我如果不高兴，就不用上了。”黎黎认真地看着宝音，丝毫不觉得有什么损失。

“那你给我讲讲之前的那个故事，”宝音索性不发光盘了，坐在前排的座位上，听她讲接下来的故事，“响当当从工厂逃出去之后呢？”

“那个啊，”黎黎想了想说，“就过着普普通通，不好不坏的日子呗。”

“就没了？”宝音显然不满意这个结局。

黎黎点点头，看着宝音懊恼地抱着那摞光盘向其他人走去。看谁都像是小公主的宝音怎么能明白，对于有些人来说，过得不好不坏，其实都需要一番努力。

“我点两个明天早上领读课文的人，”新来的英语老师站在讲台上张望着，“这排第三个，最边上那排，第七个。”

黎黎数了数，心里紧张起来，第七个恰好就是自己。不幸的是，她不仅没有订光盘，就连家里小舅舅那台录音机都坏了。

“李嘉言的光盘，”宝音又跑到黎黎座位旁说，“你给她拿上吧。”

吃不吃冰淇淋，对小嘉言来说几乎没有任何影响。去完俄式餐厅的第二天晚上，小嘉言又去了医院。当姥姥让黎黎把一罐新做的红果罐头送到六楼时，黎黎甚至产生了一种下次一定要让小嘉言尝尝冰淇淋是什么滋味的冲动。既然总归要生病，又何必要次次都有遗憾呢？

“你快点好起来，好了给你尝尝冰淇淋。”黎黎把红果罐头和英语光盘一齐递给小嘉言。

“快跟我说说，英语老师怎么样，好看吗？”小嘉言迫不及待地问。

“嗯，好看。”

“英语难吗？”小嘉言说着就把光盘插进碟片机，看了起来。

黎黎陪着小嘉言一起坐在沙发上，看着电视上的两个小人不停地重复着单调的语句，都是之前学过的内容。小嘉言跟着电视上那只鹦鹉一句一句地读着，就像刚刚放学回家完成作业一样。黎黎曾经问过姥姥，小嘉言究竟得了什么病，但没人说得清楚，只知道她自出生那天身体就不好，满月那日还咯了血。有的邻居背地里曾说，李主任家的小孙女活不到读小学。从那之后，黎黎就懂了为什么小嘉言要吵着早一年上学，早一点背乘法表，早一点认字，早一点背诗。

一生太长，要做的事情太多；一生太短，能做的事情太少。

电视上播到了自己明天需要领读的部分，黎黎仔细地听着，试图用短短的几分钟记住全部的读音。

英语课让黎黎感到了前所未有的压力，几乎三分之二的人都在三年级乃至更早就开始上剑桥英语班。她不止一次听到阿姝问陈晨晚上 Miss 刘考不考单词，去年期末时，他们还合唱了一首英文歌。就连宝音，都能在第一节英语课上对答如流，还说出了一个谁都不认识的单词——princess。

黎黎转过头去，想看看和自己一样被请出作文班的李晓唐，却发现她已经拿着一本原版故事书和英语老师请教 mermaid 该如何发音了。阿姝之前就说过，李晓唐的妈妈在国外工作，她比谁都更早地接触英语。

“我去过她家，她跟她妈打电话，都会讲几句英语呢。”阿姝说。

除了老房子，黎黎只在一年级的时候去过一次宝音家。姥姥不允许黎黎随便去别人家玩，而另一个原因就是，她也不希望有同学来自己家，撞破自己在这偌大世界之中唯一一处简陋的荫蔽。任何一个无心的提问，都会成为她不便解释，也无法回答的难题，于是索性全盘拒绝，安心地当一个特立独行的个体。

“很好，今天这两名同学都读得很好，”英语老师点点头，在名册上记下了两个人的名字，“陈晨……赵黎黎……名字很类似啊。”

陈晨回过头，对黎黎笑了笑。之前运动会上，他就说过这样的话，并且又一次邀请黎黎去自己家玩，黎黎拒绝他，他也不生气，还带了一本《哈利·波特与魔法石》给黎黎看。

“你还想看吗？我可以借给你。”陈晨又问。

“不用了……”黎黎生怕他又邀请自己去家里玩，依依不舍地把书合上，直到冬天妈妈从广州回来带她去书店，她才知道了奇洛教授头巾之下的秘密。

“今天开始，就指定这两名同学当领读员，每天带领大家读课文，”英语老师温和地看着黎黎说，“就是下一次声音要大一些。”

黎黎看着阿姝的脸从期待凝固成了一个她看不懂的表情，这种事情一向都应该轮到阿姝的，或是本来英语就很好的李晓唐，总之怎么都不应该是自己。

几天之后阿姝在放学回家的路上对黎黎和小嘉言说，她不喜欢英语老师今天穿的牛仔裤，也不喜欢她新做的离子烫发型。尽管在小嘉言和黎黎眼里，英语老师是全校最温柔漂亮的女老师。

黎黎没有继续这番对话，急匆匆地进了家门就开始用旧录音机听下一课的录音。录音机的按钮还是会在按暂停键的时候弹出来，一不小心磁带还会绞在一起，这时只好停下来，用圆珠笔塞到磁带的两个洞里不停地转。旧录音机让她充分地掌握了修复磁带这个几乎要消亡的技能，有一次在英语课上，录音机出了问题，黎黎都能轻而易举地修好，若无其事地接受宝音的夸赞。

一天早自习，他们俩刚刚领读完，就听到后排有人在鼓掌，跟着进来的还有几个从没见过的老师。陈晨看了一眼，脸忽然红了，这对见惯了大场面的他来说实在太过罕见。

“读得很不错，很标准，女孩子声音再大一些就更好了，”为首的一个老师说，“就选这两个孩子吧。”

“陈局长，您看这个孩子怎么样。郑姝懿来，你再念一遍。”张老师越过英语老师对阿姝招了招手，阿姝站起来，晃了晃马尾辫，头上戴的水钻发夹晃得站在讲台上的黎黎睁不开眼。

“这个你们定，我看跟陈晨一起读课文的女同学就很不错嘛。”陈局长随口说道，摆摆手示意阿姝坐下。阿姝怏怏的，黎黎顿时有了一种奇怪的感觉，但又说不好，生怕自己揣摩错了这种稀薄地在教室上空蔓延的情绪。

一夜之间，没有多少人再说陈晨和阿姝是一对了。人人都知道会和陈晨一同当全市小学生新年晚会英语主持人的是三班的赵黎黎，一个不爱说话的清瘦女孩，头发长长的，不爱笑。谁都不明白为什么会选她，而不是阿姝，真正的小公主。

“陈晨，我昨天看见你和赵黎黎放学一起走的，你怎么回事儿？”有人坏笑着问陈晨。

“别瞎说，没这回事儿！”陈晨和宝音异口同声地喊道，又同时转过头去看黎黎。宝音急忙挡在黎黎前面，就跟有人要欺负她似的。

“我昨天都看见她去你家了，你这样，阿姝可要生气了。”几个胆子大的女生也咯咯地笑着。黎黎皱了皱眉，不耐烦地看了眼手表。

令人生厌。

“说起这个，”陈晨像没听到似的跑到黎黎身边，“真不好意思，我忘带钥匙了，今天去你家好吗？”

“不行。”黎黎想都没想就断然拒绝，“我姥姥爱干净，不喜欢有人来。”

“赵黎黎，你喜欢跟我一起排练吗？”看陈晨的表情，像是要用一个巨大的秘密来与这个答案交换一样。

“我不喜欢排练。”黎黎不假思索地说，“我也不愿意讨人喜欢，浪费时间。”

陈晨脸上的微笑消失了，就像有人故意使坏戳破了一个吹了很久的气球，后悔与懊恼交替地出现在原本像童话故事中的主角一样的脸庞上。

“你们还排练吗？”阿妹和小嘉言凑了过来。

“不排了。”陈晨无精打采地说。

“那去我家，好吗？”阿妹赶忙邀请道。

“阿妹……”黎黎揪了揪阿妹的衣角，不愿让陈晨知道她也住在老房子，还恰好在阿妹家隔壁。

“我们都住在那边。”阿妹又补充道，没有注意到黎黎的提醒。

“都住在那边？”陈晨眼睛又亮了起来，“你们三个？”

“对啊，如果你来玩，我很高兴的。”阿妹爽朗地说，就像电视剧里才会出现的完美小姐。

如果陈晨来玩，阿妹一定会觉得快乐，就像那只满怀希望，从三点钟就开始等待的小狐狸一样。和自己一同长大的人能快乐，黎黎觉得，即使自己有千百个不愿意，都显得不那么重要。于是便做出妥协，走在人群的后面。

“黎黎，这个你拿去，”刚进家门，阿妹就从书架上取下几盒崭新的磁带递给黎黎，“你没有 CD 机，这个你肯定需要，还得领读呢。”

黎黎接过磁带，觉得无地自容。自己曾经有那么一瞬间质疑过阿妹的用意，质疑过她会不会因为一次微不足道的登台机会而产生嫉妒。说到底，都是因为自己心里有那么一个光芒永远无法覆盖的死角而已。

“你们排练得怎么样？”阿妹打开钢琴盖问道。

“特顺利。”陈晨胸有成竹，还现场背了一段台词。

“真好啊，我也想当主持人呢。”阿妹惋惜地说，“我妈专门带我去做了两身衣服，准备今年演出时穿，可惜穿不上了。黎黎，借给你穿吧，好不好？”

黎黎拒绝了阿妹的好意，坐在阿妹家的沙发上，看着阿瑾姑姑画的那些画发呆。她喜欢沉浸在一个人的世界里，而阿姝生来就是明媚的完美小姐，碰巧的一次领读，却让每个人都猝不及防地陷入了不快乐。姥爷一直告诉黎黎，如果一件事会让任何一个人觉得不痛快，即便再好，都不值得。

“黎黎，我问你，”陈晨凑过来问，“那天你念故事的时候，结尾为什么变了？”

“我觉得这样更好，不是吗？”黎黎翻看着阿姝递给她的画册说道。

“嗯，我也觉得这样挺好的，”陈晨赞同道，“自己救自己，这才是你写的。”

“你喜欢？”黎黎有些好奇，为什么他会对这个故事记忆如此深刻。

“我想一直和你一起排练，你愿意吗？”陈晨没有正面回答，而是在阿姝弹琴的时候问道。

黎黎没回答，她想到第一次因为排练去陈晨家的样子。陈晨的妈妈学校没课，给他们买了小蛋糕，沙发软软的，整个人都能陷进去。陈晨家的书房挂着一副泛黄的字，看上去曾经折成了很小的方块，黎黎凑上前去看，有几个字她还不认得，但有一句，她记忆犹新，“叶上初阳干宿雨，水面清圆，一一风荷举”。西北有高楼，却无南塘景，黎黎想不出这样的意境，就一直记着，打算回家就问问李主任，或是小舅舅。

陈晨的妈妈用 CD 机给他们放德彪西的《牧神的午后》。他们一起坐在地毯上安静地听着，明明应该是满园馥郁的花朵与林泽嬉戏的仙女，黎黎却忽然很想哭，与其说害怕凋零，她更加害怕的是盛开，盛开本就是消亡的倒计时。得到多少就意味着失去多少的话，那还不如始终一无所有，总好过空欢喜一场。

“黎黎，你愿意吗？”陈晨以为她没听见，又问。

黎黎摇摇头，本想说不愿意，却只推说了一句累了。楼下集市的叫卖声传进了房间里，她知道该回家了。推开门，躺在床上，还能听见隔壁阿姝在弹钢琴。阿姝弹钢琴的时候眼睛亮亮的，他们一定很快乐。英语老师总是想要黎黎再笑得开心一点，可她总是说着说着就忘了笑。如果一定要笑的话，黎黎对着镜子看了看，自己都觉得有些僵硬。假装快乐比假装难过要难几百倍。

“姥爷，能给我写请假条吗？”黎黎吃饭时问。

“怎么了？”姥爷停下筷子看着黎黎。

“我不想主持了，”黎黎装出一副无精打采的样子，“我不舒服，嗓子痛。”

“叫你喝水你不听，这肯定是上火了。”姥爷一着急，说话声音就不自觉地大了。

“你小点声，孩子病了你还嚷。”姥姥赶快给黎黎倒水，还说第二天一早就去挂门诊。

黎黎交上请假条的那一瞬间，张老师立刻叫来了阿姝，没有任何怀疑与惋惜。黎黎从阿姝身边走过的时候，还冲她眨了眨眼，不过阿姝沉浸在失而复得的兴奋里，丝毫没有注意到有人擦肩而过。

让给阿姝，就不算失败，而是成全。

鹿神与春

在各自安好的故事里，总有人要假装当个坏人的。

鹿神与春

天光熹微，鹿神隐匿在半山处，山泉汩汩。无名山的朝晖夕阴，莺啼芳树，都由鹿神掌控，四季更迭，从无差池。朝为鹿，夜为人，不言不语，盈盈顾盼，从不寂寞，也从不想残忍的事情。

是日，山气弥漫，鹿神躲在山中，见一少年采药，累了倦了，就倚在山石上，读孔孟。

“朝闻道，夕死可矣……”

鹿神窃笑，不是童子，原是个书生。刚要转身离开，不想被藤条缠住了角，挣脱不开，却引来了书生。鹿神怕人，怯怯地看着。

书生解开藤条，抚了抚鹿神，转身离去，云深不知处。

鹿神望着书生曾经坐着的地方，山气日夕佳，头顶的鹿角上竟然不知不觉开出了花朵。鹿神惊觉，忙趁夜色摘了花朵，深秋时节，本不该万物生长。

每隔两天，书生便上山一次，每次都是天清气朗。书生采了药，便回家温书。鹿神就躲在山里瞧着，只是鹿角上开的花越来越多。鹿神生平第一次觉得寂寞。

入冬后，山中应下大雪，鹿神贪恋书生，始终不忍心下雪。等了两日，三日，五日，书生始终没来。无奈之下，只好赶着冬末，下了一场薄雪。

来年春天，鹿神在山中小憩，窸窣中走来一少年，是书生。鹿神大着胆子走过去，任凭书生抚着鹿角上不待时节到来就竞相绽开的花苞，俨然一只毫无戒备的小鹿。

日光透过云杉照到地上，人们都说，这一年的花开得比以往早了三个节气。

江仕奇再一次翻看着学生画的这组《鹿神与春》，想要点头，却忍不住叹了气。

“这是你准备参展的画？”江仕奇问。

“不可以吗？”阿瑾扬了扬眉毛，“山水有了，鹿也有了。要我说，拿去展览都可惜了些。”

“那该拿去做什么？”江仕奇看着自己唯一的一个女学生，觉得好笑，又忍住了。他没带过女学生，生怕话说得重了。

“该拿去送人，挂在宿舍墙上，要么就自己偷着看。”阿瑾说，“展览有什么意思，看来看去，不就是说画得像不像而已，就跟说唱得高就是唱得好一样，没趣儿。”

江仕奇还是笑了。阿瑾从入学那天起，就是油画系最让人捉摸不透的学生，每一幅画都像在讲一个十分复杂的故事，倒更像是一个学中文的跑来画画了。最糟糕的是，她丝毫不觉得有问题，只说有个人一定懂，至于这个人是谁，系里谁都不知道。同一个办公室的女老师都祈祷这个郑之瑾千万不要选自己的方向，最好如她所愿，赶快考到北京去。推来推去，还是江仕奇收下了这个烫手山芋。

“江老师，这组画还差一幅，我去鹿苑瞧瞧。”阿瑾收了画具就准备出门，江仕奇也不阻拦，任由她去。教书这么多年，他从未带过女学生，好在这学生勤奋，天赋也不差，便容忍了她的那些怪念头。

自阿瑾出生起，这座城市就有了鹿苑，开始只有几只鹿，后来慢慢多了，十几只，二十几只。她上一次来这里，还是和明远一起，带着三个孩子。从鹿苑回来的第二天，明远就去了北京，之后越来越忙，回来的次数就越来越少。

鹿苑外的草坪在施工，新的鹿广场即将建成，以后几十只鹿都会散养在广场上。阿瑾觉得很好，总归比之前自由。她在鹿苑的对面支起画板继续作画。这些画都会摆在广场对面的长廊上展览，这是好事，但对阿瑾来说，明远看不到，便毫无意义。

《鹿神与春》的最后一幅依旧没有灵感，阿瑾草草地画了一阵，就回了家。

“黎黎，我再弹一遍，你听听。”

阿瑾刚进家门，就听到阿妹在练琴。明远的小外甥女黎黎坐在钢琴旁边，耐心地听着，手里拿着一册《哈利·波特与密室》，已经看到了一半。

阿姝叮叮咚咚地弹着，总是在中间一小节断开，黎黎听得出来，却并不介意。

“听说毛毛也开始学琴了？”阿姝问黎黎。

“对，刚练不久。”黎黎的视线依旧在书上，她屏住呼吸，看着洛哈特一不小心抽走了哈利手臂里全部的骨头。

“他练得好吗？”阿姝翻着琴谱，假装不在意地问。

“还行吧，听我姨说，不好不坏，没怎么被表扬，也没人说他不好。”黎黎一周只能见毛毛一次，大多数的时间两人都在抢电视遥控器，毛毛弹得怎么样，她并不清楚，也懒得去比较。

阿瑾想到前几天哥哥因为新开的工厂很忙，无暇顾及阿姝，便托自己去钢琴班接阿姝放学。阿瑾去得早，看到阿姝努力练琴的身影，也不去打断，就远远地站着，看着阿姝频繁地在同一个小节停顿下来。

“小姑姑？”阿姝回过头皱着眉看着自己的小姑姑，“怎么你来了？”

越长大，阿姝对小姑姑的情绪就越复杂。她面对阿瑾时渐渐有了一种不自信的惶恐，小姑姑是太容易洞察别人天赋的人，阿姝从来不敢问她，自己在她眼里是什么样子，怕得到一个否定的答案。

“是郑姝懿的家长吗？”钢琴老师笑着走了过来，亲切地把手搭在阿姝的肩膀上，还理了理阿姝的头发。阿姝显然是老师最喜欢的学生之一。

阿瑾不理会，寒暄了几句，就要带阿姝回家。老师在一旁说，阿姝是她很看好的学生，天赋极高，考级曲目全都很熟练，听话又漂亮。阿姝转过头，急切地想要小姑姑表扬自己，再和妈妈一样，半嗔怪半炫耀地和老师交谈一番。然而阿瑾只是道了谢，就离开了教室。

“小姑姑，老师说我接下来可以准备继续考级了。”阿姝走在路上，鼓足勇气对小姑姑说。

“弹钢琴累吗？”阿瑾问。

“不累，怎么会累呢。”阿姝摇摇头，露出一个标准的微笑。

“你喜欢吗？”阿瑾牵过阿姝的手，轻轻地揉着她泛红的手指。

阿姝没有说话，似乎从没想过会有人问自己这个问题。渐渐长大，她发现并不是人人都能支撑起学习钢琴的费用，上个星期六，她去钢琴教室的时候看到一个小孩子被家长带了回去，那是他最后一次钢琴课。她至今都记得，那个孩子在她身边路过时说的那句“妈妈我还想继续学”。

老房子里学过乐器的不止阿姝一人，小嘉言曾经学过一段时间手风琴，却还是因为频繁地生病最终放弃。而她，享受着殷实的家境与健康的身体的馈赠，如果再谈喜欢与否，在外人看来，都只能叫不知好歹。

因此，无论喜欢还是不喜欢，她都只能学下去，不带任何感情地学下去。好在老师喜欢她，且认为她天资聪慧，这是极大的安慰。

“要我说，你喜欢比什么都重要。”阿瑾姑姑不止一次这样对她说。可是喜欢这种情感太奢侈了，靠努力根本行不通。

“广场建好了，去喂鹿吧。”阿瑾对两个小孩子说。

黎黎点点头，她早就听说下周鹿广场就要建好，班里很多同学都在电视上看到了新闻，没人能拒绝眼睛里闪着光的小鹿。

阿姝迟疑了一下。妈妈担心喂鹿伤了手指，影响钢琴考级，昨天吃饭时还强调绝对不能去广场喂鹿。妈妈对她的手指极其保护，就连有次撞到她和黎黎侍弄太婆的凤仙花，都数落了她好半天。

“实在想去，你就站在远处看看吧，不许伸手。”妈妈做了最大的妥协，她只好接受。

鹿广场建成的那天，每个孩子都做了同一个梦，梦里他们跟着鹿群穿过街道，也穿过青山脚下的厂房，向远处走去。自然就像无形的花衣魔笛手，引诱着他们去探索，去远离城市中心的一切声响。阿姝在梦里第一次摸了最小的一只鹿，小鹿怯怯地看着她，眼睛明亮，对她无比信任。阿姝在梦里笑了，微笑挂在脸上，直到第二天一早闹钟响起，她才察觉到这是一个绵长的梦境。

“小姑姑，下周你还能带我去看鹿吗？”阿姝放学回了老房子，偷偷地对阿瑾说，“我只看看。”

“你不知道吗？”阿瑾放下画笔对阿姝说，“画展不办了，广场上也不会有鹿了，流感来了。”

还没等阿姝搞清楚为什么一个流感能严重到这种地步，第二天上学时老师就留了满满一黑板的作业，还没等大家抄完，就擦掉写了更多。除了抄抄写写的作业，还多了一项谁都看不懂的功课，就是每天量一次体温，打电话汇报给小组长。接着学校便匆匆放假，什么时候开学，就连张老师都不知道。

当阿姝和黎黎做完值日从教室出来的时候，楼道里弥漫着消毒液的刺鼻气味。她们却丝毫不在意，兴奋地计划着如何挥霍这意料之外的假期。

直到晚上播了新闻，黎黎才知道，这根本不是什么普通的流感，是一种从来没听说过的传染病，从南方开始一路北上，越过北京，也越过呼和浩特，随着人流来到了这座原本平静的城市。起初没人知道这种疾病的蔓延是因何而起，一时间各路传言四起，像隐形的瘟疫，找不到源头，更无法控制。

广场上的鹿真的消失不见了，没人知道是去了哪里。宝音说，这些鹿一定是被拿去祭长生天了，保佑人们顺利度过这场劫难。还有人说非典就是动物传染给人的，所以这些鹿一只都不能留，要全部杀掉。一时间人心惶惶，广场上空空荡荡。

有那么几天夜里，黎黎一想到广场上的鹿忽然全部消失，就觉得害怕，整夜梦见的都是那群鹿向着黄河的方向走去，最终消失在一片茂盛的芦苇丛里，再也看不见了。

随着学校停课，非典型肺炎带来的恐慌开始在老房子里迅速弥漫。放假的第一天早晨，黎黎刚醒来，就听到有人在敲自己家的门。姥姥破天荒地没有挂门帘，每户人家都大门紧闭，像是预防疾病，更像是在防着一个窃取他人隐私的窃贼。

“程师傅，问您几个事儿，”在居委会做事的常家奶奶戴着口罩进了门，看到黎黎还躲了躲，生怕黎黎从学校带回来什么病似的，“闺女、儿子，都在外地？”

“对啊，都在外地。”程师傅没明白这是要做什么。

“儿子在北京哪？”常家奶奶热络地确认过后，还在本上记了几笔。

“黎黎，来，我问你，你妈妈什么时候回来啊？”

听到别人问妈妈，黎黎有些兴奋，听说妈妈的生意越来越好，人人都说黎黎要过上好日子了，前些日子，妈妈还托人给她买了新的 CD 机。

“我妈妈说下个月就从广州回来……”

“黎黎，进屋量体温去吧。”

黎黎话还没说完，就被程师傅打断了，仿佛她在说什么不好的事情。

“程师傅，那长话短说，您家有什么情况，我们再来。”

常家奶奶说完，就向楼下走去，听她的意思，是要去一楼的太婆家看着太婆量体温。老人和孩子，都是她们重点检查的对象。听着常家奶奶急促地敲着太婆的门，黎黎心里升腾起一阵厌恶，太婆最怕有人急促地敲门。

老房子一夜之间没有了秘密。家里来的客人，姓甚名谁，从哪里来，是不是疫区，都会有人迅速上门盘查，仿佛有一只无形的眼睛在看着每一户人家。黎黎始终想不通，常家奶奶到底是如何知道这些事情的。又或许“常家奶奶们”一直都知道，只是在等待这样的一个契机。

疾病带来的恐慌远不如人自身带来的恐慌深切，除了学生和老师，其他人依然要上班，黎黎趴在窗子上，从来没在路上见过这么多的人同时戴着口罩。四楼周奶奶的女儿是中心医院呼吸科的护士，每个孩子都被再三叮嘱，绝对不能进周家的门，就连邻居上楼下楼，都是飞也似的经过，仿佛看一眼就会染上非典型肺炎。

刚上一年级的表弟毛毛也被放进了老房子，每天都和黎黎抢着电视遥控器。黎黎迷上了一个喜欢低着头唱歌的台湾男歌手。那是放假前的一天下午，同班的李晓唐在做值日的时候偷偷放了一首歌，刚听了几句对白，她就喜欢上了这首歌。

“哎，小姐，请问一下有没有卖《半岛铁盒》……”

从那之后，每周看音乐排行榜就成了她必做的事情，每天还要哼两句歌词，程师傅跟邻居们说了很多次，搞不懂现在的小孩子都在喜欢些什么东西，但看黎黎高兴，也就随她去了。

可随着毛毛也住进老房子里，电视引发的矛盾每天都要上演一次，无非是今天到底该看音乐排行榜，还是看《蓝猫淘气三千问》。黎黎甚至在这个漫长的假期里形成了条件反射，听到任何人说出蓝猫的那句“小朋友你们知道吗”，就会突然紧张，开始四处寻找起遥控器来。

有天下午，黎黎正在写作业，还偷偷放起了音乐。姥姥忽然推开门进来，吓得她和毛毛都忘了关音乐。姥姥并不在意，递给两个人一人一碗中药，盯着他们喝了下去。

“姥姥，这是什么啊？”黎黎赶忙喝了一口糖水，还不忘给毛毛也冲了一杯，依旧苦得呲牙咧嘴。

“偏方，治非典的。”姥姥说完，又急忙去熬给姥爷和自己喝的。

偏方都是从哪里来，又是谁开的方子，没有人知道，也没人去深究。不知从哪天开始，楼里除了消毒液，还弥漫起了各种奇怪的药味。机械厂停了工，烟囱不再呼吸，天格外地蓝，似乎对疾病的蔓延毫不知情，肆意展示着近似透明的蓝色。

唯一没有被疾病影响到的人，是周奶奶家隔壁开超市的小四子叔叔。在实验小学还未被迫放假的时候，小四子叔叔就进了十几箱米醋，还有大约几百袋板蓝根，老房子的邻居都觉得他应该是疯了。没想到不出一个星期，那些说小四子失了智的老邻居们几乎搬空了超市里所有的米醋和板蓝根。有人后知后觉再去买的时候，板蓝根翻了将近一倍的价格。就连小四子自己都没想过，自己就这样靠两样平日再常见不过的东西发了一笔小财。

后来有一天，又听说板蓝根和米醋根本不管用，有人便着急了，冲到超市问小四子，为什么不管用还卖。小四子一边点着计算器一边说，管不管用，也不是他说了算的。

疾病将恐惧与蒙昧迅速地放大，任何风吹草动都会造成盲从与声讨。

量体温成了每天的必修课，黎黎所在小组的组长是陈晨。每天早上九点，陈晨都会准时把电话打到黎黎家里来，除了体温，还聊些别的事情。将近一个月过去了，情况依然没有好转。听他说，他最好的朋友陆悠鸣还在他家住了一阵子。陆悠鸣的妈妈是市中心医院的大夫，已经被隔离，连家都不能回。陆悠鸣得知这件事后，急得哭了起来。

“对了黎黎，那些偏方中药，陆悠鸣妈妈说都没用的，你可千万别喝，太难喝了。”陈晨再三叮嘱道。

一天晚上，毛毛被接回家后，黎黎和程师傅在看新闻联播，疫情依旧肆虐，北京高校的外地生节假日将被限制出入。程师傅坐不住了，正要去给妈妈和小舅舅打电话，就听到拿钥匙开门的声音。程师傅出去一看，是刚刚从北京回来的儿子程明远。

“小舅舅，你怎么回来了？”黎黎看见舅舅，兴奋地要扑上去，却被程师傅一把抓了回来，还让她进屋去。

“你说说你，偏挑这种时候回来。”程师傅急得团团转，声音却压得比任何时候都小。

“我学校没事了，就回来看看啊。”明远理所当然地说着，还去接了一杯矿泉水喝。

“你这几天，安安静静地在家待着。”

程师傅想了想，还是不放心，拿出个体温计递给明远让他自己量一量。

“爸，车站都检查过了，我没事儿，您就放心吧。”

“万一你从车站到家的路上感染上了呢？”程师傅说得句句在理，声音依然很小，生怕居委会的“常家奶奶们”有了顺风耳似的。

“大姐呢？还回来吗？”明远问道。

“怎么回，根本回不来的，这传染病就是从南方来的，厉害着呢。”姥姥说着就递给明远一大杯冒着热气的偏方中药，捏着鼻子给他灌了下去。

“黎黎，”程师傅再三叮嘱道，“别跟阿妹她们说你舅舅回来了，听见没？”

“那阿瑾姑姑呢？”黎黎冷不丁地问道。

“不用，我这就去找她。”明远喝了一大杯水把药味压下去后就要开门，却被程师傅一把拉了回去，说什么也不让他出去。

“明天开始，你们两个都不许出门。”程师傅斩钉截铁地说完，冲了一杯小四子叔叔卖的板蓝根喝了下去。

还没等明远把行李收拾好，急促的敲门声响了起来，是居委会的常家奶奶。看到小舅舅回来，她兴奋得跟什么似的对同行的人说，从北京回来的就是他。

还不等程师傅说什么，小舅舅就被带去了门诊部呼吸科的隔离室，据说要隔离四十八个小时。姥姥和程师傅放心不下，都要跟着去，却被支了回来。

“好好一个人，回来的时候没病，隔离时染了病可怎么办啊。”

姥姥急得一晚上没睡着，第二天一早连偏方中药都不熬了，戴着加厚的棉口罩就要去门诊部。刚一出门，就撞上了阿瑾。

“姨，您也是去看明远的？”阿瑾焦急地问。

“那可不是嘛，他刚进家门饭都没吃就被带走了。”姥姥说。

“依我说，常家奶奶她们唯恐天下不乱，平日里闲过头了，遇到点事情，下放点权利，就拿着鸡毛当令箭，蹦得三尺高。说是为了邻居们好，谁知是炫耀些什么呢。传染病不吓人，她们这做派倒是吓人多了。”阿瑾一边说，一边陪着姥姥向门诊部赶去，任凭阿妹的爷爷怎么叫都不回头。

黎黎忽然想到，已经两天没见过小嘉言了，正要上六楼看看，就听到阿妹哭着敲门。

“黎黎怎么办，小嘉言已经发烧两天了。”

阿妹和陈晨一样，也是小组长。小嘉言从前天起，体温就始终退不下来。小嘉言本就身子弱，阿妹便当作普通的发烧来对待，没有告诉张老师。可早上听爷爷说隔壁的明远叔叔昨天晚上被带去隔离观察了，阿妹这下慌了，生怕小嘉言也被带去隔离，越想越怕，就哭着来找黎黎。

黎黎和阿妹两个人，顾不得传染病，就向六楼跑去。小嘉言的爷爷奶奶出门买药，门反锁着，像是在防着“常家奶奶们”一样。

“小嘉言，你在家吗？”阿妹隔着门小声地说。

“嗯，我在。”小嘉言站在门的另一面，声音虚弱，还轻轻地咳嗽着。

“你还……那个吗？”阿妹不敢说发烧，生怕被人听见了，告诉常家奶奶她们。

“不烧了，”小嘉言趴在门上说，“我只是怕极了，怕他们把我带走，怕张老师不让我回去上学了。”

“不会的，你好起来就不会有事的。”黎黎也趴在门上说。

无人应答，隔着一道铁门，黎黎只能听见小嘉言轻轻的啜泣声，和楼道里消毒水的气味混合在一起，压抑得像是仲夏午后尚未落雨的天空。过了很久，小嘉言才慢慢地说：“其实我读幼儿园的时候就偷偷听别人说过，我可能活不了很久。从那时候起，我就很努力很努力地读书认字，无论什么都想赶在别人前面，只要我把别人一小时做完的事情用半个小时做完，那就相当于比别人多活了整整一倍。我以为只要这样，就不会觉得可惜，就是死了也没关系。可是后来我发现，《哈利·波特》真的很好看，柯南还没变回工藤新一，太婆教我绣的荷包我还没学会，小四子叔叔卖的碎碎冰我还没尝过……想要做的事儿怎么做都做不完，我真的还不想死……”

“你别哭啊，”阿姝一边抹眼泪一边安慰着小嘉言，“都会好起来的。”

“黎黎，如果我好起来，你能带我去买碎碎冰吗？”小嘉言忽然问黎黎，还不等黎黎回答，常家奶奶就戴着口罩走了上来。阿姝抓着黎黎的手就向楼下跑去，一边跑一边落泪。

一切担心都太过多此一举，明远第二天下午回了家，新闻里依旧在播放又出现了多少疑似病例，人人都戴着口罩。可茶几上放着几块喜糖，一问才知道，是四楼周家的小女儿结婚了。

黎黎正要拿糖吃，就被程师傅打了手。喜糖全被收进袋子里，放进了平日几乎从不打开的壁橱，直到很久之后才在打扫卫生的时候被拿了出来。

老房子里有老姑娘，这大概是一个标准的配置，周家的小女儿，就是这样的一个老姑娘。从黎黎戴着纸壳做的旗头扮演还珠格格的时候，就听几个人说，周家那个漂亮的小阿姨，又去相亲了。小阿姨是中心医院呼吸科的护士，心思都放在工作上，评过几次先进，还得了几个病人家属送的锦旗。可似乎周家人并没有为此感到骄傲，唯一的念想，就是让小阿姨赶快结婚。据说小阿姨眼光高，相来相去，就相成了大家眼里的老姑娘。小阿姨并不在意，却急坏了周奶奶。周奶奶还曾经托明远给小阿姨介绍男朋友，却被严词拒绝，从此便再也不提这事，只是在心里惦记着。

一天晚上，小阿姨值班，查房时遇到了一个跟自己差不多大的病人，是隔壁市来做石材生意的一个小伙子。小伙子总找小阿姨聊天，晚上担心小阿姨害怕，还陪着她查房。再后来小伙子出了院，还是总往医院跑。时间长了，中心医院的人也就都懂了。

小阿姨有了喜欢的人，周奶奶却还是不高兴。这种不高兴源自一种地区式的偏见，没有任何缘由，就形成了一种共识，提到小伙子的家乡，周奶奶总是皱眉。小伙子来了三次，只进过一次门，前后连十分钟都没有。

这个春天，小阿姨工作更加忙了。疫情依旧在蔓延，所有的疑似病患都被收入了市中心医院的呼吸科进行集中治疗。经过医院决定，最先接触患者的，都是没有家庭的年轻医护人员，自然也就轮到了未婚的小阿姨。

周奶奶这下着急了，也不管什么地区不地区，立刻就同意了小阿姨的婚事，想着只要是已婚，就可以延缓接触病患的时间。这下小阿姨高兴了，更加热情地投入到工作里，至于小阿姨的先生，尽管害怕，却还是一百个支持，心里还美滋滋的，谁让他娶了中心医院最漂亮的护士呢。

周奶奶以为这样至少不会第一批就轮到女儿，结果喜糖发到家里的第二天，小阿姨就进了隔离病房。原来在领结婚证之前，小阿姨就偷偷地在名单上签了字。周奶奶这下急坏了，茶饭不思，生怕女儿被感染。小伙子倒是什么都不怕，每天都来给周奶奶做饭，时间一长，周奶奶也没那么讨厌女儿找的这个“外地人”了。

小阿姨回来的那天，老房子里消毒液的气味渐渐散尽，小阿姨戴着红花，补办了一场婚礼，又发了一次喜糖。黎黎和刚刚回家的妈妈一起在楼上看着，觉得今天的小阿姨比哪次相亲的时候都好看。

很多年后，黎黎想起那个突如其来的漫长的假期，除了消毒液的气味和写都写不完的假期作业之外，回味最多次的就是小阿姨穿着护士服的婚礼。

关于鹿广场的流言，也随着疫情的结束渐渐消散。那些鹿并没有被杀掉，而是在林业局安然地度过了这场劫难。夏末的一天，它们再次出现在了广场上。广场上依旧鹿鸣呦呦，画展也会如期举行。

“你看，这画你喜欢吗？”阿瑾指着那组自己画的《鹿神与春》问明远。

“瑾瑾画的，我当然喜欢了。”明远仔细看着，仿佛旁边的画都不存在。在他眼里，瑾瑾画得极好，好到山河如绣都像是个贬义词。

“还差一幅，我要想想画什么。”阿瑾指着空白的地方说，“赶在画展正式开始之前画完。”

“就画鹿神和书生在一起。”明远说。

“明远，你在北京过得好吗？”阿瑾换了话题，认真地问他。

“不好不坏，只是觉得累，踩着别人才能爬上去，”明远说，“学校也是如此。”

“往前走的话，野心和同情心，你只能选一样。”

“瑾瑾，我放不下你，”明远说，“我想回来了。”

“我这个人吧，读书画画把眼睛读坏掉了，散光得厉害，一直以为自己置身星河，一转身撞了头才发现，哪里有什么星河啊，只不过是盏最普通的路灯罢了。明白了吗？”

阿瑾背对着明远，远处的广场上亮起了星星点点的灯，北京留不住明远，但她知道明远在北京有更广的天地；这里留不住她，她却拿不到通向北京的通行证。她喜欢画画，也喜欢明远。两座城市，不过几百公里，却在她心里打成了一个结，迫使她做一个狠心的人，把所有的喜欢都伪装成毫不在乎，甚至像逢场作戏。只等他彻底死心，了无牵挂。

在各自安好的故事里，总有人要假装坏人的。

“你走吧，明天一早的车，别太晚了，”阿瑾用力挤了挤眼睛，“这位兄弟。”

两天后，《鹿神与春》有了结尾，阿瑾凭借这组画得了特别奖，却让日报社的记者们犯了难，得奖人不愿接受采访，更不愿透露任何与创作灵感相关的事情。

这组画的最后一幅，书生远赴京城，花朵与藤蔓从鹿角向远处蔓延，无名山从未有过这样的花季。鹿神倚在书生曾经靠着的山石上，再也没睁过眼。

无词歌

留恋过去的只有两种人，曾经快乐的人和现在不快乐、以后也不会快乐的人。

无词歌

“来，钢琴做准备。”

音乐老师把长长的头发扎成了马尾，示意阿妹重新开始。黎黎站在合唱的队伍里，看着阿妹的手颤抖着放在琴键上，轻轻叹了口气。

光芒渐渐地从彩色玻璃窗上褪掉了颜色，黎黎记起曾经听阿瑾说过，实验小学的地下礼堂曾经是个防空洞。可是四楼的小阿姨说，黎黎她们即将就读的市一中地下也是一个防空洞，就在一中那片紫丁香园的正下方。

这两种说法黎黎都半信半疑，但却

十分期待离开实验小学，去市一中上学的日子。和其他会被毕业情绪感染的小学生不同，黎黎对这里并无任何留恋，她只想赶快长大，尽早离开那间教室，离开张老师，去新的环境，一切重新来过。这种情绪不是向往，而是逃离。

留恋过去的只有两种人，曾经快乐的人和现在不快乐、以后也不会快乐的人。黎黎哪种都不是，她只是不好不坏地过着最普通的生活，既不向往，也不怀念。时间把她打磨成了一个早熟的孩子，如果非要说出一个希冀，她希望像妈妈那样，成为强大到可以独自生活的人，除此之外，都只是敷衍。

礼堂的时钟响了，敲了五声，为了毕业演出最后的合唱，他们已经排练了将近两个小时，反复地唱了无数遍《送别》和《友谊地久天长》。合唱本身没有问题，除了原本该唱第二声部的宝音偶尔会被第一声部牵着鼻子走，其他都再平常不过。

“郑姝懿，开始吧。”音乐老师冲阿姝点点头，阿姝不似平日那样温和而优雅，忙不迭地弹起了前奏。

“怎能忘记旧日朋友，心中能不怀想……”

五十个同学呈扇形站成四排，错落地摇晃着身体。音乐老师点点头，又紧张地看了一眼阿姝，生怕再次出错。

钢琴再次在唱到“举杯痛饮，同声歌唱”时发出了一个不和谐的音符，宝音顿时乱了节奏，两排人撞到一起，人仰马翻。

“同学们，对不起。”阿姝赶忙站起来低头道歉，黎黎算了一下，阿姝在这个下午已经说了六次对不起，每一次都是因为伴奏断在同样的一句话上。

“休息十分钟。”音乐老师说完就瘫坐在了舞台上，始终想不通为什么非要中途加进来一个钢琴伴奏。这是她第一次带合唱排练，越怕出问题，就越会出问题。

“阿姝，你怎么了？”黎黎和小嘉言水都来不及喝就向阿姝跑去。这样的阿姝，她们都很少见到。几个女生也围了上来，所有人都搞不清楚，为什么从不怯场的郑姝懿会这么紧张。

“我控制不了，一到这个地方就会错。”阿姝说。

“别紧张，没关系的。”小嘉言抱了抱阿姝。

“这样的话，考级也没希望了，我妈会骂我的。”阿姝盯着自己的双手看了看，依旧不快乐。

成年人的同学聚会很多时候就像石崇王恺们聚到一起，堂而皇之地把孩子放上一个无形的天平，或是沾沾自喜或是恼羞成怒地暗自比较一番，再挥手道别，各自为了明年增加新的砝码。在这种比较之下，有漂亮女孩，又有几分虚荣心的家庭就像揣着一个稀世珍宝，怕被人看到，又怕不被人看到。所以阿姝自幼便形成了一个习惯，家里来了客人，就顺从地回到自己的房间，有人唤她，就出来弹琴，不论是真心的夸奖，还是冠冕堂皇的寒暄，她都一并接纳。如果当孩子也可以算作一种职业的话，阿姝一定称得上天赋异禀。

“阿姝，给叔叔阿姨们弹一首吧。”这是来客人时妈妈说得最多的一句话。

阿姝点点头，弹起了门德尔松《无词歌》中的一支，这支曲子她练了很久，乐谱都有些脏了。

妈妈点点头，正要半真心半真意地说“练得还不熟”，就听见了一个突兀的音符。阿姝停顿了一下，瞬间就红了脸庞。

“郑姝懿，你下午太让我失望了。”客人刚走，妈妈就立刻变了脸色。

阿姝很怕妈妈叫自己的全名，这样一叫她就知道自己闯祸了。

可是懂事的阿妹能闯什么祸呢，妈妈就像随身带着放大镜一样，任何一个微小的错误都能无限制地放大。

“就这么一个小问题，至于这么说孩子嘛。”阿妹的爸爸嘟囔了一句。

“小问题？郑之瑜，你知不知道她一节钢琴课多少钱，你们老郑家的人怎么都稀里糊涂，胸无大志的啊。”

“你教育孩子就教育孩子，怎么说什么都能数落到我家人呢？”爸爸也急了。

“我说怎么了，你又升职又开厂子是不是我活动的？你那个妹妹阿瑾不是说要去北京画画吗，怎么还不走啊……”

后面的话阿妹没有听下去，只是坐在书桌前翻着乐谱。最不应该羡慕其他人的幸运小姐，此时此刻却羡慕起了总是沉浸在自己世界里的黎黎，和能肆无忌惮地撒娇的小嘉言。从那天起，这首曲子，她就再也没完整地弹下来过。可好在，合唱排练时当领唱，还能给她最后的一点慰藉。

弹错了一个音符就像失去了幸运的魔法，阿妹最近变得不那么幸运，上周得了腮腺炎，耳朵下面的位置肿了好大一块儿，疼得说不出话来。可即便如此，阿妹还是想当领唱，尤其是和陈晨一起当领唱。

“据说领唱要换成李晓唐了，”小嘉言不知从哪里听来了消息，“不过也还行，张老师说让你弹钢琴。”

阿妹点点头，抱着胳膊趴在课桌上，就像掉进了一个永远没有尽头的树洞里。

自此之后，除了比赛需要练的《无词歌》，阿妹还练起了合唱的两支曲目，尽管并不情愿。

黎黎看着阿妹，忽然觉得心疼，从她搬进老房子的那个秋天开始，阿姝就在隔壁练起了钢琴，会弹的曲子越来越多，她却越来越不快乐。可是在阿姝的妈妈眼中，只有钢琴这种乐器才配得上她，才能让她在这栋老房子里显得和其他孩子不一样。大人永远更加实际，如果你说你喜欢李斯特，喜欢德彪西，他们会不以为然，但如果你说你会弹钢琴，他们就会感叹，多好的孩子啊！在这些人眼里，钢琴是像汽车或者房子一样的东西，他们几乎忘记了，学钢琴的地方，本来应该叫兴趣班。

音乐老师召集大家排练最后一遍，阿姝顺从地再次坐到钢琴旁边，等待老师示意她开始。

“最后我们不加伴奏清唱一遍，”音乐老师转过头对阿姝说：“郑姝懿，你休息一下，明天再练吧。”

“老师，我之后还能继续学钢琴吗？”阿姝坐在钢琴教室里，在老师和妈妈的注视下弹完了《春之歌》的最后一个小节。

“当然要继续坚持了，你很有天赋的。”老师每次都这样对阿姝说。阿姝喜欢问钢琴老师这样的问题，也需要这样的答案。学得久了，她就容易产生自我怀疑，这种自我怀疑强烈却又短暂，像一不小心被针刺痛了手指一样。几句鼓励过后，就忘了刚才的疼痛，又能继续弹起琴来。

“还不快谢谢老师。”阿姝的妈妈说，还捅了捅阿姝的肩膀，看着她露出十分标致的微笑。

阿姝蓦地有了一种十分怪异的落差感，无论在学校，还是在家里，妈妈都是高高在上的权威，唯独在面对钢琴老师的时候毕恭毕敬，甚至像在恭维，还有几分羡慕。妈妈说过很多次，当年她读书的时候，学校里只有一台旧钢琴，连摸的机会都没有。

“这是十节课的学费。”

妈妈从包里掏出厚厚的一摞钞票，递到老师手里。阿姝轻轻叹了口气，看着教室里贴着的海报。妈妈总是喜欢给她找寻各种各样的榜样，可无论李斯特还是郎朗，这个世界上都只能有一个，成功是根本没法复制的东西。阿姝曾经想过无数次，如果见到妈妈给她选的偶像郎朗，她一定要问一问，弹钢琴的人是不是都会怕输。

老师拿回收据的同时，还递上了一张钢琴比赛的报名表。阿姝看了一眼，奖励丰厚，第一名去欧洲访学，第二名可获得一台钢琴。不过她知道，妈妈并不在意这些，她在意的仅仅是一个名次和配得上身份的谈资。

“去了你爷爷那边，也好好练琴，听见了没有？这比赛你得参加，”妈妈临走之前嘱咐阿姝，“少跟着你小姑姑凑热闹。”

阿姝关上门，深吸一口气，觉得钢琴就像一个长着獠牙的怪兽，蚕食着她原本就所剩无几的快乐。直到黎黎来，她才恍惚间觉得，至少和黎黎相比，自己还算幸运。

想到这里，阿姝不禁打了个寒战，为自己有过这样的想法感到一丝羞愧。从小一起长大的黎黎一定不知道，很多时候阿姝对她的好都出于一种不自觉的施舍。这种施舍会让阿姝感到一丝安慰，更多的是一种心理上的平衡，比自己更聪明的黎黎，那个自己曾经有过一丁点羡慕的黎黎，却需要自己的恩惠，这种感觉令人满足。她做得不动声色，没有任何人察觉，就连敏感的黎黎，都心平气和地接受了这些帮助。

“这些，是我小舅舅还给你姑姑的。”黎黎递给阿姝一个纸袋，里头都是些旧东西。

阿姝看了看，有画材，有笔记本，还有几本书，就放在了茶几上。阿瑾姑姑不喜欢有人进她的房间。明远走后，她一个人关在房间里画画，几天都没有出来。画的就是那幅鹿神的结尾。后来得了奖，她也不愿去领，还是江老师送到了家里。阿姝很喜欢江老师，他看起来儒雅，很像最近播的那部民国电视剧里在女子中学教国文的老师。

江老师和阿瑾聊过之后，阿瑾当天就出了房间，还去商场买了一件新裙子，第二天就又回学校上课去了。阿姝很想知道江老师都说了些什么有魔法的话，却不好意思问小姑姑。她已经不再是小孩子了，她和黎黎都隐约觉得，明远和阿瑾的故事，应该有了一个结尾。

跟着黎黎一起来的，还有她表弟毛毛。毛毛是黎黎姨妈家的孩子，比她们小四岁，和阿姝一样，都在学琴。黎黎的姨妈找到了新的工作，在新成立的保险公司做事，毛毛放学就被接到了老房子，和黎黎在一起。

"姐姐给你放《猫和老鼠》。看不看呀？"阿姝对毛毛一向也很好，却不是因为他是黎黎的表弟。阿姝只是习惯于做一个能被人称颂的完美小姐。

动画片里，汤姆喜欢上了一只小母猫，毛毛看得津津有味。背景音乐响起，是那首练了很多遍却依旧不如意的《无词歌》之《春之歌》。

阿姝叹了口气，打开练习册和黎黎一起做题，心思涣散，毫无头绪。

写着写着，她听到了琴声，转过头去，就看到毛毛在用自己的钢琴弹着，弹的就是刚才动画片里的那支曲子。

"毛毛你回来……"

"先让他弹。"阿姝小声地阻止道，生怕吓到毛毛，终止了这场意料之外的表演。人人都知道毛毛也学琴，但谁都没听过。

黎黎看着弹琴的表弟，觉得这根本就不是那个每天和自己抢电视的小男孩。阿姝也不禁愣住了，直到毛毛敲响了最后一个音符，跳下琴凳，拉着黎黎说该回家吃饭了，才回过神来。

“黎黎，你可一定要对他好点，”阿姝十分笃定地对黎黎说，“他以后会有大出息的。”

“毛毛，你用什么钢琴？”阿姝问道。

“我家没钢琴，我只有在学琴的时候能练上琴。”毛毛一边喝水一边说，“阿姝姐姐，我真羡慕你有自己的钢琴。”

阿姝想起了那个钢琴比赛，却又忍住了，她担心比自己小很多的毛毛也参加，还得了比自己更好的成绩，于是又把报名表塞回了书包里，看着黎黎姐弟回了家。一想到毛毛就在隔壁，阿姝就一个音符都弹不出来，生怕被这个小弟弟发现任何错误。

说好了是追求艺术，为什么还要分个输赢呢？阿姝想到了妈妈，也想到了得知自己学钢琴时邻居们的期待。比赛、考级、特长加分，除了小姑姑，从来都没有人问过她到底还喜不喜欢弹钢琴。阿姝合上了琴盖，整整一个周末都没有再打开过。

“阿姝，黎黎，你们看这个，”小嘉言指着新发下来的少年报说，“这奖品太好了，第一名去欧洲，第二名是一台钢琴呢。”

阿姝凑了过去，像是刚听说这个消息。她看了看报纸，又看了看黎黎，心里开始有了一丝担心。她怕自己弹不好，白白辜负了老师对她的期待。但现在她更怕的不是失败的狼狈，而是家里连钢琴都没有的毛毛。

“真好，我回去就告诉毛毛。”黎黎小心地把报纸折起来放进书包。

“你跟毛毛和解了？”小嘉言笑嘻嘻地问。

“当然没有，”黎黎毫不犹豫地说，“他去练琴就没空抢电视了。”

住在老房子里的人都知道，三楼程师傅家的外孙女黎黎和小外孙毛毛是绝对无法调和的矛盾。程师傅管他俩叫“两小时姐弟”，顾名思义，就是只要在一起超过两个小时，就一定会打起来。打架的原因多种多样却又无关痛痒，像是抢遥控器，抢零食，抢新筷子，甚至抢着出门。程师傅觉得奇怪，一向对什么都不在乎的黎黎，为什么会因为两块泡泡糖和毛毛吵得不可开交，就像《动物世界》里两只打架的袋鼠一样，谁都不愿意让着谁。

可是毛毛一走，就算有再多的零食，再多的玩具，黎黎都不愿意正眼看一下。有些时候毛毛没来，黎黎还会不自觉地问他什么时候来，可来了之后依然是无休止地吵架，和好，再继续吵架。程师傅被吵得头痛，就在楼下的槐树下面坐着，看着楼道里新装的感应灯因为两个人吵架亮了又亮，心里暗自祈祷小儿子能有一个脾气好一点的孩子，男孩女孩都不重要，只要不吵架，怎么都行。

黎黎刚进家门，就看到毛毛坐在沙发上看动画片，依然是《蓝猫淘气三千问》。她翻了个白眼，从书包里掏出了那张报纸。

“猴子，你看这个。”

毛毛伸手去拿报纸时，一个不注意，就被黎黎把遥控器抢了过去。

“今天轮到我看电视了。”毛毛振振有词地说。

“先看那报纸，看完你就不想看电视了。”黎黎悠闲地换着台。

“你这人以大欺小，说话不算话。”

毛毛嘟囔着，不耐烦地看了一眼报纸，上面的很多字他还不认得。黎黎偷偷看着他翻了好几页也没翻到，心急地直接找到钢琴比赛那页给他看。

“怎么样，想不想参加？”黎黎问毛毛。

“我得问我妈。”毛毛一个字一个字地看着那张报纸上的所有字，中间不认识的字就含混地跳了过去。“我还没参加过比赛呢。”

“我对你有信心。”黎黎拍了拍毛毛的肩膀。自从那天听了毛毛弹钢琴之后，她就对自己这个在班里一直站排头，还缺了两颗门牙的表弟刮目相看。

“第二名真好啊，”毛毛终于读完了全部的文字，“我想当第二名。”

“猴子，有点儿信心，要得就得第一名啊。”黎黎一向管毛毛叫猴子，因为毛毛总是喜欢穿一件棕色的外套，从远处走来活像一只猴子，尤其是最近他又迷上了《西游记》，黎黎一凶他，他就学着孙悟空呲牙，让猴子这个外号更加名副其实了起来。

“得了第二名，不就有钢琴了嘛，”毛毛指着报纸上的字说，“我一直都想要钢琴呢，真羡慕阿姝姐姐啊。”

“猴子，我问你，你喜欢弹钢琴吗？”

黎黎想到了上周合唱排练时阿姝的样子，一向平和的阿姝，在碰到钢琴的时候总是显得不快乐。

“当然喜欢了。”毛毛露出了比抢到遥控器还高兴的表情。

“等你得了钢琴，就别跟我抢电视了。”黎黎说。

“小气鬼。”毛毛学着动画片里的淘气摇了摇头，把报纸叠得整整齐齐，放进了棕色外套的口袋里，揣着兜的样子，更像一只猴子了。

黎黎觉得，阿姝和毛毛一定互相羡慕着对方，想着想着，她竟然替毛毛难过了起来。隔壁传来了阿姝练习钢琴的声音，是合唱的曲目，黎黎关了电视静静地听着，阿姝这次一个音都没有弹错。

外面忽然一阵吵闹，过了一阵，姥姥买菜回来，这才知道是楼上周奶奶家进了小偷，小阿姨结婚时的首饰全被偷走了。原本安静的老房子嘈杂了起来，毛毛好奇，正要开门看看，姥姥赶忙把毛毛抱了回去，还叮嘱黎黎，以后不要自己去开门。

老房子里来了警察，这还是第一次，邻居们都透过自家的门窗向外张望，还有人猜测是不是四楼周家得罪了什么人，不然为什么偏偏只偷了他家。隔壁阿姝的爷爷急得像是自己家丢了东西一样，第二天就急急忙忙地定了新的防盗门，还在窗户上安了铁护栏，围得严严实实的。用程师傅的话来说，老郑家里可是藏着一座金山呢。

阿姝家换了新门窗后，不出一个星期，老房子里除了太婆家，都换上了新的防盗门。黎黎记得，从那年的夏天开始，自家的白色塑料珠门帘就再也没挂出来过。每户人家都揣着不同的心事，楼下坐着的人也渐渐少了。

隔了两天，阿瑾姑姑那辆刚骑没多久的自行车也丢了。从那之后，程师傅每次出门都会把门反锁上，不允许黎黎和毛毛给任何人开门。后来听说，偷东西的人被抓住了，那人以前也是机械厂的职工，现在没了工作。小偷抓住了，黎黎却觉得老房子里缺了点什么，她说不好，但从那时起，邻居们便很少互相串门了。

“昨天接到了通知，我们班的郑姝懿同学入围了本届钢琴比赛小学组的决赛。”

音乐老师在排练时向所有同学宣布。阿姝没有像以往那样在掌声中微笑地甩着马尾，而是红着脸，一副心事重重的样子。曾经对待任何褒奖都有恃无恐的阿姝，突然有些反感这些过度的称赞和期许，这些期许就像一片片沉重的铠甲，压得她喘不过气来，最终倒在万里行军的途中，看着其他人轻装上阵，把自己狠狠地甩在后面。

“我们曾经终日游荡在故乡的青山上，我们也曾历尽苦辛到处奔波流浪……”

为什么要学钢琴？为什么不能跟黎黎一样站在队伍里唱唱歌？为什么一定要考级？为什么一定要得第一名？为什么和陈晨一起唱歌的人不是自己？为什么就连喜欢哪个音乐家都要妈妈来选？

阿姝重重地按下琴键，当着合唱队所有人的面跑出了礼堂。

跑出礼堂之后她才发现，自己根本没有其他地方可去，只好坐在双杠上，看着操场上的人踢足球。

阿姝第一次见到钢琴时，还在读幼儿园中班。那天妈妈来得晚了些，她一个人坐在教室里，看着小朋友们一个一个被接走，最后只留下她一个人。为了哄她，老师弹起了钢琴，阿姝不哭了，走到老师面前，着了魔似的看着。当妈妈来的时候，她正坐在钢琴前面，断断续续地弹起了《小星星》。

“这孩子，很有天赋啊。”老师对阿姝的妈妈说。

第二天，妈妈就买了一架电子琴，每周带她去上两次课。再后来，妈妈做了校长，爸爸也升了职，她的电子琴就换成了钢琴，可是一起学琴的小伙伴也都不见了，老师只教她一个人。

电子琴被收进了壁橱里，每当她想拿出来的时候，就会被妈妈数落，说用电子琴根本练不好基本功。她说只想弹着玩一下，妈妈就点着她的脑门儿说都是浪费时间。有一天音乐课上，老师放了一首周杰伦的《安静》，她看到很多同学都在跟着唱，回家后就偷偷地弹了起来。

“郑姝懿，你考级的曲子都没练好，弹什么流行歌曲啊。”妈妈听到声音，从书房出来说，还没收了她拿零花钱买来的乐谱。

阿姝始终很怀念只有电子琴可以弹的时候，那时没有人说她天赋异禀，她却能从练琴这件事上找到前所未有的快乐。又有多少次，她一边哭一边弹琴，乐谱上还写着“欢快地”，她甚至听不出来那首曲子究竟欢快在哪里。

“怎么在这儿呢？”阿姝看到来接自己的小姑姑走了过来，赶快擦了擦眼泪，还在双杠上翻了两下才下来。

“排练完了，玩一会儿。”阿姝说。

“得了吧。”阿瑾用手一撑，坐到了双杠上面，还招呼阿姝也坐上来。阿姝犹豫了一下，还是坐在了小姑姑的旁边。

“听你爸说，你入围决赛了，”阿瑾问道，“高兴吗？”

阿姝摇了摇头，没有说话，眼泪不停地掉。阿瑾就当没看见，看着远处操场上足球队的同学又踢进一个球。

“小姑姑，我以后如果不能当钢琴家怎么办？”阿姝哭了一阵之后问。

“为什么要当钢琴家呢？”阿瑾把阿姝头上的发夹取了下来，重新别好，“世界上哪有那么多的钢琴家。任何兴趣爱好，不开心的话，就都不算数。”

“小姑姑，”阿姝鼓足勇气问道，“我真的有天赋吗？”

阿瑾没有回答。之前她去钢琴教室的时候就发现，阿姝纤细的手指在碰到钢琴时就会变得不那么灵活，甚至有些笨拙。可是老师一直不停地说阿姝是有天分的孩子，目的只有一个，就是让家长心甘情愿地掏出昂贵的学费，并沉浸在每一个孩子都能成为李斯特的假象里。天赋异禀就像被过度粉饰的广告一样，吸引着家长去极大限度地夸大任何一种才能。人人都怕变成方仲永，但没有多少人愿意承认，其实大多数人生来就只是普通人。

承认平凡，比追逐不朽需要更大的勇气。

钢琴比赛的决赛在市文化宫举行，程师傅全家带着毛毛刚到会场，立刻被记者们拉着采访，他们都记得这个只想得第二名的男孩。当被问及要演奏什么曲目的时候，毛毛说是门德尔松的《无词歌》中的《春之歌》，原因很简单，他在《猫和老鼠》里听到过，他喜欢这个动画片，也喜欢跟他一起看动画片的阿妹和黎黎。

记者又问毛毛的妈妈对孩子有什么期待，妈妈只说他喜欢就好，没有什么特殊的期待。记者悻悻地走了，这是毫无话题度的一家人。临走之前，毛毛还在和一个大一点的女孩拌嘴。

阿妹排在毛毛的后两位，黎黎没有等到阿妹，就跟着家人一起坐到了观众席。分开之前，她拍了拍毛毛的肩膀，毛毛穿着上个礼拜才定做好的小礼服，像大一号的杰瑞。

“猴子，等着你在家弹钢琴呢。”黎黎对毛毛说。

毛毛看了看四周，见没有人，忽然抱了一下黎黎，在她耳边说：“我有点害怕怎么办？”

“嗯……就想着是在《猫和老鼠》的动画片里吧。”黎黎想了想，把刚才毛毛没抢走的糖放进他小礼服的口袋里，回到了观众席。

当阿妹赶到会场的时候，比赛已经快要结束了。看着来往家长们惋惜的表情，阿妹一点都不难过，而是长长地出了一口气，像是放下了一个巨大的负担。黎黎看到阿妹的手上缠了两个创可贴，想问她是不是故意错过了比赛，却听到主持人宣布了喜忧参半的比赛结果。

当毛毛站在第一名的领奖台上时，他听到爸爸妈妈在不停地叫他，让他笑得再开心一点，可台上灯光太亮，他什么都看不清楚。灯光刺得眼睛很痛，毛毛忍不住哭了起来。人人都想当冠军，而他只想要钢琴而已。

阿妹坐在观众席，看着台上不知所措的毛毛，对黎黎说她很羡慕毛毛，也很羡慕黎黎。

“为什么要羡慕我呢？”黎黎有些好奇。没有人会不羡慕这样的毛毛，而羡慕自己，却是她怎么都想不通的事情。

“拌嘴也好，打架也好，至少你有兄弟姐妹啊。”阿妹说，“还是第一次比赛就得了冠军的兄弟姐妹。”

“阿妹，你是故意错过了比赛吗？”

阿妹没有听到，只是向着毛毛的方向走去，给了他一个大大的拥抱。手指依然疼痛，前一天晚上，从不喜欢针线活的阿妹破天荒地拿起了太婆送给她们的刺绣花绷，还故意刺破了手指。妈妈一边消毒一边数落她。那一刻她明白了一件事，她害怕的不是演出，不是被毛毛超过，更不是弹错几个音被嘲笑，而是辜负了那句老师对每一个能负担起学费的孩子都会说的“天赋异禀”。

“我不想学钢琴了，”阿妹说，“我还喜欢弹钢琴，我只是当不了钢琴家而已。”

毕业典礼那天，阿妹穿了一件很好看的淡紫色连衣裙，在礼堂灯光的照射下闪烁着微微的蓝色光芒。阿瑾一早就给她卷了头发，发辫蜷曲着散落在背上，头顶的小皇冠闪闪发亮。

黎黎站在合唱队的第二排，看着阿妹款款上台，鞠躬之后轻轻坐在琴凳上，双手稳稳地放在琴键上，背影笃定而又柔和。

“怎能忘记旧日朋友，心中能不怀想……”

一串流畅的音符从阿妹的指尖流淌出来，比任何一次排练都要好。唱到“举杯痛饮，同声歌唱”时，黎黎看到前排的小嘉言身子不自觉地向前探了一下，这是阿妹每次都会出状况的地方。然而什么都没发生，黎黎有了一种之前看阿妹弹琴时从未有过的感觉，她觉得阿妹和钢琴的关系在这一刻变得越来越紧密，偌大的舞台上仿佛只有她一人，她在挥手告别，却比以往任何时候都更加轻松。这一刻，无论平凡还是伟大，快乐与满足都有着相同的式样。

万籁俱寂

童年和少年之间的划分在这一刻变得无比功利，
童年是用一颗糖换来一点快乐，少年是拿一枚硬币换来一颗糖，
再到后来，就是拿一点快乐换来一枚硬币。

万籁俱寂

黎黎趴在楼梯间的阳台上，看着起重机将那棵巨大的槐树连根拔起，惊起了几只鸟雀，夹带着几声叹息。一阵隆隆的轰响后，就再次静了下来。过了一天，楼下铺起了新的红砖，也换了新的路灯与单元门，户户紧锁，家家依旧灯火通明。听说整片老房子都承包给了新的物业公司，再过几天，还要挨家挨户地收取一笔物业费。

她抽了抽鼻子，什么都闻不到。老房子里的邻居们有个习惯，就是但凡谁家动过土木，不出几天，总会有几家也敲敲打打地做些什么才算安心，谁都不愿意落在后面。小四子叔叔去年装了新的油烟机，紧接着阿姝一家、周奶奶一家，还有其他几户都纷纷装了起来。程师傅一家本是从不扎堆儿的，那天黎黎回家，就发现几个工人也在厨房忙活着。从那之后，各家喜欢吃些什么，每天都做什么，就变得越来越陌生，时间一长，就淡忘了每户人家都自何处而来。

自从老房子遇了一次小偷，各家串门也少了，怕自家无人照料，也怕惹了什么是非。黎黎和小嘉言不以为然，依旧每周去一次太婆家，有时还有阿姝。太婆的记忆时好时坏，像是在播一盘录得稀疏的磁带。时间对于太婆而言几乎失去了存在的意义，她记得小时候坐过乌篷船，也记得做姑娘的时候跟着家里的姐妹一起剥莲蓬，莲子脆生，莲心涩苦。还有江南的小白虾，放在玻璃板上，半透明的躯体伸展蜷缩着，她总是不忍看它们落入滚水里。

可是面对现在，太婆却过得模糊。她时常忘了锅里煮着的玉米，也时常忘记宝瑞才刚刚吃过饭。她经常管阿姝叫黎黎，也问四楼当护士的小阿姨什么时候去北京画画。记忆无序地散落在了每一个边角，就像那棵槐树上原本栖居的鸟儿，时而聚合时而分开，总是组合出不同的形状，但单独看来，却又无比清晰。

黎黎发现，太婆记忆含混的时候，总是喜欢照镜子，神态安详又平静，一旦清醒，却始终绕开镜子，像刻意躲着什么似的。黎黎始终不懂，直到有一天她整理李主任抄写的烟盒纸卡片时看到一句“霜华满鬓，羞看百炼青铜”，才忽然想通了其中的道理。本是英雄暮年自嘲的意思，放在太婆身上，单论字面，也恰如其分。

英雄美人，皆恐垂暮之年。

四楼做护士的小阿姨有了身子，黎黎在楼里见着了都主动让开一条道。小阿姨依旧漂亮，头发卷得极规整，穿各式紧身的牛仔裤，有时下班回来吃饭，还穿着白色的护士鞋，黎黎和阿妹怎么都看不出小阿姨是怀了孕的人。小嘉言极少主动说话，小阿姨身上有她闻了就屁股痛的消毒水气味，她每次都躲在黎黎的身后，怯生生地打个招呼，再偷偷看看小阿姨上楼的背影，心里揣着和其他两个人相同的疑问。

又过了几天，小阿姨见了“三月红”，第三个月见红最是危险，小阿姨只得卧床保胎。后来听说小阿姨的丈夫这几个月外面有了人，周奶奶知道后去闹了一阵。原以为依着小阿姨的直脾气，是一定会离婚的，结果她却忍了下来，夫妻俩言归于好，像是和解，也像是妥协，照旧过着普通日子，仿佛什么都没发生一样。老槐树不在，无人坐在树下闲谈，不消几日，这件事便过去了。

明远回来了一次，又匆匆地走了。在楼道里见到阿瑾，只是点点头，问一句近来可好。阿瑾也不拘束，祝他在北京顺利，之后就去邀等在楼下的江老师上家中小坐。江老师喜欢阿瑾的画，这是全家人都十分高兴的事情。明远鲜少回来，许久未去六楼小坐，阿瑾也就不常去借书，时间一长，李主任也就懂了，依旧写字看书，偶尔看五楼养着的鸽子扑棱棱地向远处飞去。

小嘉言开始有了自己的秘密，烟盒纸片也就日渐式微，李主任偶尔向下张望，总能看见三个人坐在太婆的小院子里说着话，凤仙花依旧彤彤地开着，被三个小姑娘侍弄得很好。这一年流行一种淡淡的蓝紫色指甲油，还要带星星或是桃心的闪片。阿妹得了一瓶，三个人一起涂上，星星在阳光下明晃晃地闪着，也就忘了凤仙花还能用来染指甲。

楼下的集市搬进了不远处的室内蔬菜市场，自此无论中午十二点还是下午六点，都没了叫卖声。集市不在，烟火气少了一半，黎黎已经习惯了卖牛奶的小贩一吹哨，就打开电视拨到《动画城》。小贩一走，她错过了好几次跟着唱《快点告诉你》的机会。

毕业演出之后，阿妹的爸爸就把钢琴转手给了黎黎的姨妈，毛毛终于如愿以偿地有了自己的钢琴。自那之后，黎黎就再也没在老房子里听见过琴声。读小学之前，她便住在一栋这样安静的楼里，后来跟着妈妈搬到老房子，就渐渐忘记了这种逼仄的安静。如今回忆再度随着寂静一起不温不火地向她袭来，撩拨着她自以为早就遗忘的神经。

后来再去那栋房子，是很久之后，姥爷把她送到了楼下才走。当年在奶奶家的那个耳光她没忘，只是时间会让人产生一种错觉，以为小孩子都健忘，也都可以不计任何成本地和解。

开门的是一个她从未见过的阿姨，把黎黎当作很小的孩子来哄着，亲昵得让人觉得生分。爸爸像是全然忘记了之前的一巴掌，若无其事地做饭夹菜。房间里消除掉了所有她曾经住过的痕迹，黎黎发现曾经挂着妈妈照片和自己照片的地方无一遗漏地换成了另一个人的照片，不动声色地炫耀着。她待了一整天，有问必答，依旧陌生。爸爸问她晚上住在哪里，她犹豫了一下，谢绝了阿姨的挽留。他们执意要送她到楼下，走到远远看得到老房子的地方时，她停下来作别。自此只逢节假日去吃一顿饭，从不留宿。爸爸有了新的人生，黎黎心里的天平就更加偏向妈妈。

先开始新生活的人，在小孩子看来，总是令人厌恶的一方。

黎黎去参加了一次生日会，是宝音要“圆锁”。据说是因为十二岁之前的小孩子魂魄是不齐全的，每过一岁便长一分，轮过十二个生肖，魂魄长齐，便是圆锁了。生日这天，由舅舅打开出生时挂的长命锁，就算正式成了少年。这原本是外省带来的习俗，如今无论是谁，皆要操持一番。宝音的爷爷原是不情愿的，但儿子儿媳应酬多，随出去的份子总要收回来，也只好同意。

看着孙子脖子上套着一圈十二生肖形状的面锁，头顶鱼怀抱兔，脚上还要踩一朵面团捏的莲花，露出一副不情愿的表情，说着早就背得滚瓜烂熟的场面话，爷爷摇了摇头。少年的宝音，还是变成了陌生的样子。

宝音穿着蒙古袍，跟着爸爸妈妈穿梭在席间。这样的仪式黎黎已经参加过好几次，没有几个同学是真的快乐，但事后依旧会攀比哪一家的酒席更好。好在程师傅一家与人交往不多，母亲也在南方，家中极少有应酬，因此也不必考虑如何将礼金收回来，这让黎黎大松一口气，也可以慢慢地步入少年，而不是在一场仪式里粗暴地被抛进另一个世界。

童年和少年之间的划分在这一刻变得无比功利，童年是用一颗糖换来一点快乐，少年是拿一枚硬币换来一颗糖，再到后来，就是拿一点快乐换来一枚硬币。这个过程往往不可逆，无动于衷地讲述着时间流逝的悲哀。

起初，圆锁仪式的那天，应当祭祖训示，燃香磕头，以示自此精神独立，再摆家宴。后来礼制逐渐式微，礼金却水涨船高，大人们唯有此时才能把去繁从简贯彻得淋漓尽致。

黎黎回家之后，听姥爷说妈妈打来了电话，说下周就要从广州回来。

黎黎极少崇拜什么人，她看书也听音乐，但仅仅止步于此，并不会对人本身产生依恋。她失去过一些东西，索性不将心情寄托于此，只是普通平常地喜欢着，从不沉湎，只是旁观。可是从小一起长大的阿姝和小嘉言都知道，黎黎唯一崇拜的就是她妈妈。在她眼中，妈妈很了不起，独自一人生活在最南边的城市，从很细微的工作开始，后来做起了生意，越做越大。五六年级的女孩子，已经开始朦朦胧胧地为自己描绘出一个理想的对象，有些来自电视剧，有些来自动画片，还有些就是身边真切存在着的邻居和同学。唯独黎黎，只描绘出一个她自己的形象，而这个形象有一多半都和妈妈一样。

妈妈回来的那天，黎黎自己在房间里试了很久的衣服。妈妈打来电话的次数越来越少，但寄给黎黎的东西却越来越多，都是女孩子用的东西。大概是一种无形的默契，妈妈买的衣服都很合身，仿佛黎黎就在她身边，是跟着她一起去商场试的。

黎黎选了一条牛仔背带短裤，里面配白色翻领半袖衫，还有一双几乎崭新的暗红色帆布鞋，都是妈妈买的。看到自己穿着妈妈给买的衣服，她也一定会高兴，黎黎心里想着，还把头发披散下来，仔细地梳整齐。黎黎的头发已经长得很长，也生得柔顺，从背后看，像是把黑夜铺散了下来似的，安静得好看。

时间对独自生活的人往往很宽容，宽容到几乎看不到任何的消耗与折损。妈妈还和曾经一样，依旧好看。妈妈的目光落在她身上，黎黎等待着妈妈像以往回家时那样夸自己长高了，也更标致了。可是都没有，妈妈什么也没说，转过头埋怨似的对姥姥说，为什么没再购几件新衣服，这几件都是之前的款式了。

黎黎有时会责怪自己过分敏感，在她看来，妈妈这次回来和以往不同，更像是做客。刚刚进家门还没多久，妈妈就要带着黎黎去百货公司买加湿器，说是北方干得很，鼻子眼睛都不舒服。姥爷说哪儿这么多事儿，我们待了一辈子都不觉得干燥哩。妈妈不理会，拉着黎黎就出了门。

刚上出租车，妈妈就打起了电话，黎黎看见妈妈手上戴着一枚戒指，晃得刺眼，心中顿时空了半截，却也略微明白了一点陌生的缘由。回来的路上，她鼓起勇气想问一问，却被妈妈领进了理发店。理发师在妈妈的指挥下一阵风似的把她齐腰的长发修到了后背的位置，还卷了发尾和刘海，从背后看和阿妹的发型很像。

“什么时候去一中报到啊？”妈妈问黎黎。

“后天上午。”黎黎心中始终揣着关于那个戒指的疑问。

“书包文具都一齐买了吧。”妈妈说话变得很快，似乎多在路上停留一会儿都是浪费。

“我和同学约好了，报到之后去买。”黎黎有些想回家了，无形的压力与渐渐凸显的孤独压得她喘不过气。她厌恶起了自己的敏感，明明应该是高兴的事，却像一场空欢喜。

“那我就不管你了。”妈妈从钱包里抽出几张钞票递给她，黎黎嫌给得太多，只拿了两张，妈妈却把剩下的都塞进了她的口袋。

“拿着吧，客气什么。”

黎黎和妈妈都怔了怔，谁都没再说什么，默然坐在出租车里，看外面亮起了路灯。新换的灯泡明亮又温和，给整个城市都染上了金色的光晕。她想起小学报到那天，也是两个人一起，慢慢地走在清白的路灯下，路很短，影子很长。

晚饭时姨妈一家也来了，黎黎无心再与毛毛抢遥控器，任由他换了好几个动画片来看。她内心巴望着有人能在吃饭时问一嘴那枚戒指的事情，其他人却像没看见一样，只是说些日常的闲话。

刚刚吃过饭，阿妹和小嘉言就在楼下叫黎黎一起去太婆的小院子里浇花。妈妈塞给黎黎两盒鸡仔饼，叫她送给朋友们吃，递过来的时候，戒指又在灯下晃了几晃。黎黎当没看见，多拿了一盒黄金糕，送到一楼的太婆家，就去了院子。

槐树的巨大树冠已经消失不见，星辰与月光挣脱了云层，疏朗地照在小院里。槐树不见，知了与燕子也随之搬了家，院子里更加安静。小嘉言和阿妹一人擎一只大喷壶浇灌着院子里的花草，黎黎呆坐在中间，一言不发。

“想什么呢？”小嘉言问道。

“黎黎，你妈妈回来了，还不开心吗？”细心如阿妹，察觉到了空气中些微的不快。

“不是不快乐，”黎黎说，“只是不亲近了。”

电线上落着两只麻雀，一动不动，像画上去的一样。很小的时候，她有一套《十万个为什么》，里面有一章是讲为什么鸟站在电线上不会触电，是妈妈念给她的。她记得自己最好奇的，就是明明叫《十万个为什么》，数来数去却只有一百五十个问题。那时问什么古怪的问题，都不会觉得害羞，而如今妈妈对她的好，却像是在挑剔她有什么不好，越是关心，就越是让她露怯。

“你们说，是不是大人总有秘密？”黎黎问。

“这当然，”阿妹点点头，“我爸偷偷藏了五千块钱，就在衣柜里，他还嘱咐我，千万别告诉我妈呢。”

“对啊，”小嘉言接着说，“我还知道宝音的一个秘密呢。”

“什么秘密？”黎黎问。

“他喜欢你啊。”小嘉言小声说。

“这哪儿是秘密啊，”阿妹摇摇头，“我们都当历史了，你怎么还当新闻啊。”

“我这不是怕黎黎不知道嘛。”小嘉言趁着月光，用手指在叶片上弹了一下，一只瓢虫跟着水珠一起飞了起来。

“这样的秘密，人人都会有吧。”阿姝趁着昏暗的光亮红了脸，等着有人问她。

“你们说，为什么明明已经被人发现了，却还要把秘密藏起来呢？”黎黎无心问阿姝喜欢的人究竟是谁，一心想着下午的电话和妈妈手上的戒指。

“因为害怕有人伤心吧，”阿姝说，“只要是秘密，就总会有人伤心的。”

黎黎没有说话，随手扯下一朵牵牛花叼在嘴里，牵牛花的花柄有些甜，这是宝音之前告诉她的。不知道是虫子还是鸟儿在“呖呖”地叫着，听起来像在叫黎黎。小嘉言心急，已经读了中学要学的很多课文，生怕来了美女蛇，三个人就锁了小院各自回了家。

黎黎刚进家门，就看见妈妈和姥姥正在自己的房间里说话。衣柜开着，衣服都散在床上，妈妈一件一件挑拣着，哪件还能穿，哪件过时了，都逃不过她的眼睛。

“你怎么不穿小背心啊？”妈妈从柜子里拿出了几件吊牌还没摘的小背心，又看了看黎黎胸前微微隆起的地方，惊叫了一声。

“你们干吗翻我东西啊！”黎黎又羞又恼，从妈妈手里拿过小背心，连同其他几件衣服一起丢进了衣柜，砰地关上了柜门。

“是不是不合适啊，不合适咱们再买新的。”妈妈有些惊讶，不敢相信这个自尊心强得甚至有些攻击性的女孩是曾经那个温软娇嗔的女儿。

黎黎没有回答，从书架上随手抽出一本书，哗哗地翻了几页，依旧觉得不自在，就要出房间。

“妈妈觉得你以前不是这样的。”

“您也是。”

当黎黎第一次坐在一中的教室里时，她穿着一件在这个季节显得稍厚的连帽上衣，身子微微向前倾着，生怕被人看到里面小背心的痕迹。黎黎在一班，有将近一半都是熟识的同学，临时座位表上排着每个人的位置，黎黎看了一眼，她的临时同桌叫钱卓，从名字上看不出男女。

“太好了，我们一个班。”

看见老相识，陈晨把手搭在了黎黎肩膀上挂着肩带的位置。黎黎不自然地一晃，陈晨瞪大了眼睛，两个人都脸红了，呆呆地站着。一个假期没见，陈晨长高了很多，还戴上了眼镜，看起来总有些奇怪。

“那个，报到之后，下午要不要去水上乐园玩啊？”陈晨赶忙岔开话题，“还有几个以前的同学呢。”

“我就……不去了。”

黎黎的脸更红了，看得陈晨发窘。他知道刚才摸到的是什么，但没想到她会有这么大的反应，一时间竟结巴了起来。

“那个……改天……你不想去吗？”

“嗯，我不想去。”黎黎不想让陈晨知道自己根本不会游泳，只好说不想去。

“哎，让开一下。”

有人从身后拍了拍陈晨，示意他让开。陈晨知趣地让开了，临走前仍不忘约黎黎下周有空就去水上乐园。

黎黎看着坐在自己身边的女孩，齐胸的头发，刘海厚厚的，还用压板压得笔直，看不清眉眼，穿一件松垮的黑色半袖连帽衫，背一个挂着很多胸章的斜挎包，心想这应该就是钱卓了。

“看什么啊你。”钱卓不耐烦地质问她。

“你肩带掉下来了。”

黎黎说完翻了个白眼，从书包里掏出一本《萌芽》杂志，就再也没和钱卓说话。她心里揣着更重要的事，没有地方再去装一个脾气比自己还差的女同学。

新的班主任姓孙，是一个教数学的中年女老师，戴一副茶色镜片的眼镜，干练而又古板，视规矩为一切。这让黎黎松了一口气，她多少还是有些抵触实验小学那个稍年轻一些的班主任。

“欢迎大家来到市一中，虽然是开学第一天，但我还是要提醒大家，你们进到一中，就只有两个目标。”孙老师拿起粉笔在黑板上写了两个词，一个是育文，一个是崇理，是全市最好的两所高中，听说考取任何一所，就算是一只脚提前迈入了重点大学的门槛。

当孙老师点到钱卓的时候，几个同学不禁侧目，却又迅速地把头转了过去。钱卓趴在桌子上，满不在乎地把一根中性笔转得飞快。

“黎黎你没事儿吧？”孙老师刚一说放学，阿姝就跑了过来。

“我听我旁边的人说，这个钱卓可是个混子。”钱卓刚走，阿姝就小声地对黎黎说。

黎黎没听进去，想的都是有关妈妈的事情。自从妈妈回来，她就不由自主地在夜晚演练着分别的情绪。悲伤就像是装在一个口袋里的空气，黎黎觉得如果每天都能抽出去一点，那到了妈妈走的那天，情绪就会变成一个真空的口袋，就能干瘪而无动于衷地面对任何意义上的分别。她隐约觉得，总有一天，妈妈会有自己的生活。

“黎黎你看，那是紫丁香，”阿姝指着远处一片细枝盘错的灌木说，“阿瑾姑姑说她在这里读书的时候就有了，春天的时候可香了。”

“对啊黎黎，你想啊，如果下起雨来，就是‘丁香一样，结着愁怨的姑娘’了。”小嘉言赶忙说，她总是能记住随意听到的诗篇，这是一种天赋。

“老板，白色的拿八张，谢谢。”黎黎没有加入小嘉言和阿姝的谈话，买了八张一样的书皮，站在商店的门口，看着老房子的方向。她顺利地去了最好的中学，也有足够的零花钱买喜欢的文具，却比之前任何一次开学都要不快乐。

“都一样的，你能分清哪本是哪本吗？”小嘉言看了看她手里那摞白色的书皮，又转过头去和阿姝一起挑新的中性笔。

“没关系。”黎黎掏出钱包，里面装着一张妈妈上次回来和她拍的贴纸照片，还有一张金色的口袋妖怪卡片。卡片颜色已经不再鲜艳，她却一直装着，缘由说不好，只是无比确信陈晨赢回来的这张暴鲤龙卡会带给她幸运。

几个穿着校服的男生也进了店里，一人取了一盒中性笔芯就走，临走前还看了看阿姝。和看上去还像个孩子的小嘉言相比，阿姝已经有了少女的模样。上个星期，阿姝偷偷地在小院子里给她俩看了一个小包，里面装着两片卫生巾。

“你那个……疼吗？”小嘉言好奇地问。

“一点点。”阿姝有些不好意思，但又迫不及待地想要和她们分享，这是比过几次生日、开几次锁都明显的成长痕迹。

“黎黎，我们同岁，你一定也快了，对不对？”阿姝问。

“我不知道。”黎黎摇摇头。没有人跟她说过这些，她隐约知道是什么事，却又不知该问谁。姥姥问过几次她肚子疼不疼，但看到她喝汽水的样子，就没再说什么。

“天哪，黎黎！”小嘉言忽然惊叫了起来，指着黎黎穿着短裙的双腿。黎黎低头看时，暗红色的液体顺着腿流了下来。

为什么这些作家都不写一写这种时候该怎么办呢？黎黎一边想着，一边用力地洗着刚换下来的内裤。好在家里没有人，不至于令她难堪。自来水冰凉，刺得肚子有些疼。阿姝陪黎黎买了卫生巾，还叮嘱她一定要喝一杯红糖水。

“你和你妈妈说吧，她们都知道怎么办的。”阿姝说。

黎黎摇摇头，想起了妈妈之前堂而皇之地拿着小背心问她为什么不穿。“我自己能弄好。”

“黎黎回来了啊。”

黎黎正要藏起还没拧干的衣服，就被妈妈看到了。

“哎呀，这么早啊。以后长个子可就慢了。”妈妈看着水盆里的衣服，卷起了袖子，“你回去吧，我给你洗……”

“不用了，我自己洗。”黎黎心里蓦地一阵委屈，倒了水，拿着衣服进了房间。

黎黎换了衣服，站在衣柜上的镜子前面，仔细地看着自己。胸前微微隆起，却依旧清瘦。她想了想妈妈刚才说的话，拿出姥姥织毛衣时才会用到的皮尺，用力抻着量了量现在自己有多高——依旧是中等的样子。她暗暗记下了这个数字，这时心里才有了一丝惶恐，这种情绪比以往的任何一种都要复杂，带着羞涩与不安、期待与封闭，还有几分委屈、几分兴奋与几分惋惜，一起融合成了一种想哭却又怎么都落不下眼泪的情绪。

黎黎插上耳机，想要把这种情绪驱逐出去，可是隐隐传来的疼痛却无时无刻不在提醒自己正在经历一个不大不小的变化。她从未像现在这样羡慕阿姝，可以心平气和地把这些变化和妈妈讲，或者同阿瑾讲。她无论如何都说不出口，生怕妈妈过度的关心里还带着怜悯与指责。

妈妈敲了敲门，黎黎没有作声，赶忙躺在床上佯装睡着。妈妈端了一杯红糖姜茶放在桌子上，看了看黎黎，又踩着高跟鞋出门了。临走之前，她要再见一些朋友。

姜茶的味道辛辣而温暖，黎黎蒙蒙眬眬地睡着了，还未等她寻觅到一个清晰的梦境，就听到有人在急切地叫她，是姥姥。

“黎黎！快下楼去，楼上着火了！”

当程师傅领着黎黎向外跑去的时候，楼梯间烟雾弥漫，隐约能看到楼上的火光。老房子许久未有过这样的喧嚣，阿姝的爷爷拎着一只皮包向外跑，跑到一半又要折返回去，却被女儿拦了下来。李主任抱着小嘉言跑下来的时候不住地咳嗽，沾了水的毛巾都熏成了黑灰色。几个年轻的叔叔都在四楼帮着灭火。

黎黎挂心太婆，从一楼的阳台不住地向里面张望着，终于听到身后传来一声熟悉的猫叫，见太婆抱着宝瑞就站在自家的小院子前面，这才放下心来。阿瑾姑姑掏出手机，不停地拨着消防电话，好在火势没有蔓延开，还未等消防车来，就已经被扑灭了。

原来是四楼的周奶奶在给小阿姨炖汤，炖着炖着竟睡着了，风一吹，火就顺着阳台烧了起来。无人责怪周家人，还有人怕小阿姨惊了胎气，纷纷来问。李主任拍拍老伴，沈老师懂了，去问小阿姨一家，晚上要不要去六楼住。阿姝的爷爷生怕有存折被烧，借着路灯三番五次地翻着带出来的那只皮包。黎黎从脖子上取下小院子的钥匙，从里面拿出小凳给太婆坐着。一次意外的起火，就这样把所有人都聚集在老房子下面。劫后余生让松弛了的神经再度活跃了起来，等消防员赶到的时候，只看到一群人三三两两地坐在楼下，聊着家常闲话。

太婆的小院子里从来没进来过这么多的小孩子，阿妹在给小四子叔叔家还在读学前班的小姑娘染指甲，小嘉言蹲在太婆的身边逗弄着对火灾毫不知情的宝瑞，另外几个小朋友都围着黎黎，要她讲故事。

“在不久不久以前，有一个小朋友叫响当当，他的爸爸妈妈，还有姥姥姥爷，都在那里工作。”黎黎指了指身后机械厂巨大的烟囱，这个故事自己再熟悉不过。

“我爸爸妈妈就在那儿上班呢。”五楼的铛铛举手说。

“我也是，我也是。”

“那你们知道吗，那个烟囱里可是有一条龙的。”黎黎心中忽然闪过了一个调皮的念头，想要逗一逗这些小孩子，讲一个小朋友战胜了螳螂一样的机械手臂，又和恶龙单打独斗的故事。

阿妹笑了，指了指黎黎身后，黎黎回过头，妈妈正站在门口看着她。

“黎黎，吓坏了吧。”妈妈说。

“还行，火不大。”黎黎出了院子，正要坐到路灯下，又想起阿妹之前和她说过，生理期不能坐在凉的地方，于是只好站着，看自己的影子和妈妈的影子并排映在地上。

“妈妈是问你，下午的时候吓坏了吧。”妈妈说。

黎黎没有承认，心里始终不自在，她的目光不自觉地再次落到了妈妈手上的戒指上。妈妈察觉到，不经意地躲了一下。

“妈妈是想等你大一点再讲的，”妈妈搂着黎黎说，这次黎黎没有躲开，“妈妈一直在外地，总要遇到新的人，认识新的朋友。可是妈妈从来都没有忘了你，也没有忘了家里的任何人。”

黎黎点点头，和她料想的一样。她忽然觉得轻松了许多，甚至多了几分转瞬即逝的宽慰。

"这个叔叔呢，对妈妈很好，看了你的照片，也很喜欢你，"妈妈接着说，"那个 CD 机就是叔叔给你买的。说来也巧，叔叔家也有一个和你同岁的女孩，妈妈每次看到她，就会想到黎黎。"

黎黎想到妈妈每次寄来的衣服都十分合身，她始终觉得是因为妈妈有很神奇的魔法，无论与自己相隔多远，都能感知到她的成长，就像她们始终在一起，从未分开过一样。她一时之间觉得自己可笑，都这么大了，还执拗地相信这个世界上会有魔法。

"叔叔一直对妈妈很照顾，就是因为叔叔，妈妈之前才能接到几个大一点的单子……"

黎黎心中用自尊与崇拜建立起的那尊水晶雕像顷刻坍塌，之前所有对独立的憧憬都在这一刻不复存在。一瞬间，她便感受到了此前从未有过的孤独与挫败，就像刚刚察觉到自己一直在用一把旧钥匙去开一堵厚厚的墙。她哭着向老房子跑去，任凭妈妈在身后叫她。

谁曾经孤单，就将永远孤单。

老房子的人和事

北方的节日大抵相似，从小年开始，历经除夕、春节，再到破五和上元，每隔几天就是一个节日。似乎是冬季太过漫长，无事可做，只好每隔几天就庆祝一番，有了期盼，日子也就过得快了一点。

老房子的人和事

北方的节日大抵相似，从小年开始，历经除夕、春节，再到破五和上元，每隔几天就是一个节日。似乎是冬季太过漫长，无事可做，只好每隔几天就庆祝一番，有了期盼，日子也就过得快了一点。那几日，爆竹声声，青烟渺渺，往来嘈嘈，初日曈曈，是好天气，也是好时日。也唯有这几日，小嘉言才依稀觉得，家里和老房子里的其他人家一样，有烟火气。

除夕扫墓，是很多人家的传统，但老房子里大多数的人都不是出生于此。无墓可扫，只得趁着天色暗下来的时候在路口圈一处空地，留一个豁口，烧些纸钱以表哀思。能于近处为亲人扫墓，也是一种慰藉，亲人在近旁，就不算久居客地。若至亲不在，故乡也就成了他乡。

每年除夕一早，李主任与沈老师便乘车去往青山公墓，不为亲人，而为故友。也唯独这个时候，李主任才会不得不把一向宝贝的孙女小嘉言托给三楼的程家照顾。李主任是信“赛先生”的，却在孙女的事情上有着和众人一样的讲究。小嘉言自幼身体不好，一说是命太轻，李主任生怕她沾上墓园的阴气，因此从不带她。三楼的程师傅一家又是宽厚的人，李主任每次去接孙女的时候，都能看见她一手黄米糕，一手萝卜丸子，趴在厨房外的玻璃窗上，好奇地看着程师傅的老伴炸馓子，两条面片进了油锅，用筷子顺着中间切开的刀口一翻，就成了。

扫墓的路上，李主任遇到了三楼的老郑，仍旧不说话，侧了个身，就继续向前。走到一位名叫陈步云的逝者墓前，发现尘土已被扫净，还工工整整地放着祭品和菊花。这么多年，他们悼念的始终是同一个人。

“邻里邻居的，何必这样呢。”沈老师在回来的路上劝李主任。

李主任全当作没听到，看着积雪落在松柏上，依旧寂静。

“步云走了三十年了。”

“回了家，你可高兴着点，大过年的。”沈老师拍了拍李主任提醒道，“儿子晚上还回来呢。”

“爸，怎么才回来啊。”

李主任一开门，就看到沙发上斜躺着一个穿着牛仔服，用翻盖手机打俄罗斯方块的男青年。正要数落他不学无术，就看见孙女跑了过去。

“小叔，今年这么早就来了？”小嘉言兴冲冲地问道。小叔每年都掐着年夜饭的点才来，吃了饭就要领着小嘉言下楼放烟火，生怕空闲出一点时间就要被抓着做家务。

“来，压岁钱，”小叔从兜里掏出一叠乱七八糟的钞票，抽了三张一百块的塞进小嘉言手里，“明年小叔就给你美金了。”

“大过年的，满嘴跑火车。坐端正了。”李主任正要坐下，就看到客厅里放了三个行李箱，还有满满两纸箱杂物，都是小儿子李修明的。其中两个热水瓶，还是从家里拿走的。

“你这都是什么东西啊？”李主任指着地板上的行李说。

“我这不是搬回来陪我妈待几天嘛。”小叔把手机递给小嘉言，还叮嘱她千万别玩坏了。

“胡说八道。”李主任打开电视，看新闻上介绍各地过年情景，翻开电话簿，正要给南方的哥嫂挂电话，想了想又放了下来。

“爸，你要想打就打，你说你憋着又何必呢。”修明看出了老爸的心思，劝道。

“我不打，要打让你妈打去。”

“爸，你想啊，我大伯虽说学问没你高，当官比你早，还留在大城市了。但是你也不差啊，高低算个干部，还是劳动模范。就说整个单元里，谁有您学问高啊。”

“我学问高，不还是生了你们两个不争气的儿子。”李主任压着一股火，看着地上的一片狼藉就心中犯堵。

“哎，这我可有意见了，我哥读书没读出来，我好歹也是个本科啊。”修明振振有词地说。

“本科有什么用，我问你，你是不是又赔了？”李主任抄起遥控器就要打修明，小嘉言司空见惯地摇了摇头，头都不抬地继续玩着小叔的手机。

李修明大学时学了机械，毕业之后，想和小嘉言的爸爸一样去外地闯荡一圈，可拗不过李主任，在研究院里做起了技术员。脑子越好，人也就越不安分，被院长点名批评了几次穿衣服流里流气，又总想搞副业之后，他背着李主任偷偷辞了职。

一次技术会议上，李主任碰巧和院长坐在一桌，既然是旧相识，免不得要为儿子讲几句好话。不想院长先问了李主任，他们家的小李现在在做什么。

李主任莫名其妙，说当然是在院里加班啊。院长摇摇头，李主任这才知道，儿子已经离开研究院三个月了，现在在跟几个发小开一个进口食品公司。当晚回家之后，李主任对着儿子劈头盖脸地一顿数落，修明话都没说就进了房间。原以为他会幡然醒悟，结果第二天李主任一回家，就发现修明的屋子空了，还顺带拿走了一只锅，两个暖水瓶。

之后就是起起落落，起初几年食品公司还算是一家独大，再到后来，做零售的人多了，加上各大连锁百货日益进驻，生意就越来越不好做。上一次赔了钱，还是李主任垫了积蓄，才继续维持着。钱给到修明手上时，李主任下了最后通牒，再赔钱的话，就安分守己地回去上班。

“哎哟，我的李主任，”修明躲了一下，恭恭敬敬地给老爸端茶，“事情不能说得这么绝对啊，做生意嘛，有挣有赔才正常啊。”

“依我看，年后你考一次技术员，进厂里吧，”李主任说，“趁着学的东西还没忘，你看看人家明远，学什么吃什么，就没白学。”

“我也没白学啊，年后我去西伯利亚，这外语不就用上了……”

“你说什么？”李主任一听，急了，电视也不看了。

“怎么说也是成吉思汗的子民，哪儿能满足于这一亩三分地儿呢，再说了您当年不是也去学习过吗……”

“我们那叫学习，你这叫什么，二世子，现世宝！”

修明不说话，揣着一股不服输的劲儿，直到春节过完了也不痛快。

修明天天在家里晃来晃去，李主任心烦，小嘉言却十分满足，小叔一回来，家里就热闹了不少。小叔带回来一台游戏机，趁着爷爷午休，小嘉言就能跟着小叔玩两把，这是平日绝对不会被允许的事情。用爷爷的话来说，这叫玩物丧志。

“你，给我过来。”刚刚过完春节，李主任就出去了一整天，晚饭时才回来。

“下礼拜一，回技术科上班去。”李主任命令儿子。

“爸，下礼拜我就忙起来了……”修明一边收拾游戏手柄一边说。

“你能忙什么，哪儿都不许去，给我老老实实上班去，”李主任说，“我们家的自主选择，到此为止。”

拗不过父亲，修明只好认栽，第二周就去了技术科。

“我小叔啊，这次是真的认命了。”刚开学没多久，小嘉言就对阿妹和黎黎说。

“那你家以后可热闹了。”阿妹说。

“热闹是热闹了，但总觉得不自在，我也说不好怎么回事。”小嘉言说，自从进了这学期，她便自觉与小叔不如儿时那样亲密，却找不到缘由。

还没说几句话，孙老师就叫走了小嘉言，直到晚上放学时都没再回教室。

黎黎等不到小嘉言，只好自己回家，回了家才知道，修明小叔还是背着李主任偷偷乘火车走了，看到字条的李主任一时生气，急火攻心，两眼一黑就什么都不知道了。醒来时人在中心医院的病房里，小嘉言和奶奶在一旁手足无措地哭着，怎么劝都劝不住。

用程师傅的话来说，李主任这样的好人不会出大事的。尽管如此，还是要在医院住上两个星期观察一番。小嘉言无人照料，又要上学，四楼的周奶奶和小四子叔叔听说了这件事，就让小嘉言来家里吃饭。可是李主任心气儿高，给儿子托关系重回研究院已经豁出去了颜面，怎么好意思再麻烦其他邻居。想来想去，还是黎黎的姥姥去医院把小嘉言接了回来，吃住都在程家，和黎黎一起，也算有了照应。

小嘉言坐在三楼的窗边，第一次看到鸽子从头顶向远处飞去，还飘落下几片羽毛。五楼的哥哥很小就近视，听人说看着鸽子飞来过往能好转，就在家中养起了信鸽，一养就是好多年。以往鸽子都是从她眼下飞过，再扑棱棱地飞到对面去，让她始终有一种鸽子飞得并不高，自然也飞不远的错觉。直到这几日住在黎黎家，开了窗子就能听到马路上有人寒暄，也有人发生口角。晚上黎黎的姥姥做饭，姥爷收拾碗筷，偶尔唱几句歌，两个人应和着，嘈杂却有趣。

小嘉言极其喜欢听程师傅端着搪瓷缸子讲老故事。当时他刚进城里，十几岁的年纪，看什么都新鲜，那时时兴过一阵在俱乐部跳舞，他们一有空就约上几个工友上红旗俱乐部，也就是现在的工人文化宫，跳一跳舞。

“那时候下了班，讲究点的还得去吹头发呢，就在红旗俱乐部边儿上的思美理发馆，”程师傅一边说一边比划，“就前门帘子这边儿吹得蓬起来，再这么扣过来，三七分，比现在可洋气。”

“就爷爷跳，奶奶不跳吗？”小嘉言津津有味地听着，这是爷爷从来都不给她讲的故事，说起曾经，爷爷就像是憋着一股气儿似的，始终不那么痛快。

“你程爷爷那是早就进了城的洋气人，我们那时候还在乡下，跳舞都遭人笑话哟。”黎黎的姥姥对小嘉言说，还嗔怪地看了程师傅一眼。

“那时候跳舞都文明，”程师傅赶忙解释，“不像现在似的，瞎跳。”

“那我爷爷呢？阿姝的爷爷呢？”小嘉言迫不及待地问。

“你爷爷来的时候，俱乐部早就不让跳舞了，”程师傅呷了一口茶水，“再后来孩子们都大了，我们也老了。”

小嘉言心里始终有一个疑问，明明都是一个分厂的老职工，爷爷为什么偏偏只和程师傅交好，却不喜欢阿姝的爷爷。心里这么想着，却从不敢问爷爷，便大着胆子问程师傅。

“我姥爷帮过你爷爷一次，”黎黎轻描淡写地说，“我小舅说的。”

“嗨，那有啥的，一杯水的事儿。还不是因为你爷爷总给你明远叔讲知识呗，”程师傅搪塞了过去，“我们文化不高，都靠人家李主任呢。”

“那一杯水的事儿是什么事儿啊？”小嘉言一边问，一边还用不锈钢茶壶给程师傅续了水，等着他慢慢讲。

“你爷爷年轻时忙，晚上不能回家，我看他没水喝，偷偷给了他一杯，不是什么大事儿。”

故事没听明白，却一下子有了更多的疑问，为什么不能回家？为什么还要偷着喝水？都是微不足道的小事，却让爷爷记了这么久。小嘉言甚至觉得，老年人的心思，其实比小孩子要细得多。

“大概是那时候谁都没钱，请别人喝一杯水也挺贵的。”黎黎想了想说。

还不等继续聊下去，就听到门外传来一阵吵嚷。是小四子叔叔家新装修了卫生间，热水器安好了，却弄得楼下阿姝一家要在家里打雨伞，两家各有各的道理，于是就吵了起来。黎黎的姥姥从猫眼看了看，问程师傅要不要去劝劝。程师傅说这有什么可劝的，老郑家向来都是各扫门前雪的人，你去管了，人家还以为你图他们什么呢。

“日子越好，脾气越大。”程师傅叹了口气，打开了电视。

黎黎回了房间，想想觉得奇怪，便和小嘉言说觉得阿姝和阿瑾都是极好的人，尤其是阿瑾最为热心，照料太婆，帮起火的小阿姨一家打扫、装饰，甚至探望因发热去门诊的小舅舅，都是热心积极的。阿姝更不用说，长得漂亮，又想得周全，是宝音小时候常说的小公主。至于阿姝的爷爷老郑，虽然自诩是讲究人，也把家里的存折看得跟宝似的，可见到每个孩子，都会笑嘻嘻地打招呼。黎黎还记得，妈妈带着自己刚搬进老房子的时候，阿姝的爷爷每次见到自己都要叫她一声乖囡囡呢。这样的一家人，怎么在姥爷眼里就只剩下自私了呢？好在姥爷不讨厌阿姝，这让黎黎觉得没那么难过。

“黎黎，你知道吗，有些时候我觉得爷爷挺寂寞的。”小嘉言躺在黎黎身旁，看着对面的灯光一点一点熄了下去。

“嗯，大概是你爷爷不喜欢和邻居说话，”黎黎说，“可是没什么关系，自从我们楼进了一次小偷，大家都不怎么说话串门了。”

“不是的，”小嘉言摇了摇头，“我觉得有时候，没人理解我爷爷。”

“那你奶奶呢？”黎黎翻了个身，把手肘抵在枕头上看着小嘉言。

“不一样，我说不好，就是感觉不一样。”小嘉言给自己编着辫子，这是阿姝教给她的方法，头发细少的话，就编成辫子睡觉，第二天扎头发时就能显得多一点。

“就像你姥爷说的，我爷爷退休前是个知识分子，退了休还是个知识分子。但是我奶奶呢，退休前是知识分子，退了休，就只是奶奶了。”

“那你爷爷有没有其他朋友？”黎黎想了想，“我姥爷退了休，还总是跟以前工作时的人一起逛公园呢。”

“听我奶奶说，爷爷曾经有一个极好的朋友，叫陈步云，可惜很早就去世了。每年除夕的早上我得来你们家，就是因为他们要去给这个陈爷爷扫墓。”

小嘉言附在黎黎耳边悄声说：“听说我奶奶就是陈爷爷介绍给我爷爷的。”

黎黎想了想，总觉得这个名字在哪儿见过，却实在回想不起来，只得作罢。两个人又聊了几句，便睡着了。

宝音站在讲台上，举着一张贴满了照片的素描纸，念念有词地讲着他的家人们和简单的家族史。宝音一家的名字都是蒙语，这让原本口语就不那么好的宝音陷入了难题，每念到一个名字，都要停顿一下，到最后英语老师都笑了。

“So who is the greatest one?”英语老师最后问。

“Genghis Khan.”宝音毫不犹豫地说。

英语老师点点头，这是每一届都会有的答案，每一个说出这个答案的蒙古族学生都无比笃定和自豪。他们很多都和宝音一样，口语不太好，却从不会念错这个名字。之后作为奖励，她让宝音选下一个人来介绍自己的家庭。

“赵黎黎。”有人在下面小声地起哄，引来了一阵哄笑。

“Chen Chen, it's your turn.”宝音不假思索地说，下巴扬得高高的。谁都看得出来，他一直把陈晨当作对手。

陈晨笑了笑，似乎没有察觉到任何的挑衅，举着一张五彩斑斓的素描纸上了讲台，还带了一块磁铁。

黎黎低着头，反复确认自己那张图没有任何差错。为了不被老师发现自己只写了老房子这一边的亲戚，她不惜用一个晚上，搞清楚了姥爷家那些只在相册里见过的亲戚们都叫什么名字。钱卓看了一眼黎黎那棵枝繁叶茂的家庭树，不屑地哼了一声，她的图上只有三个人，爷爷、奶奶和她自己。

“At last, this is my grandfather Chen Buyun...”

黎黎听到“陈步云”这三个字的时候猛地抬起了头，看到小嘉言也惊讶地回头看着她。她记起了第一次去陈晨家看到的那幅裱在玻璃框里面泛黄的旧字画，下面的落款，就是陈步云。

“I never saw him.”

陈晨从没想过，一向对人冷冰冰的赵黎黎会在自由活动的时候主动找他。

“这么快就换人啦？”几个男生开始起哄，还有几个人说要叫和陈晨一起领唱、还一起上过电视的李晓唐来，其中就有宝音，他一直对“陈晨和李晓唐是一对儿”这个传闻深信不疑，巴不得全世界的人都知道。

“别，别瞎说啊。”陈晨慌慌张张地跑了过来，还揉了揉脸，仿佛脸上的红晕是用手揉出来的。

“陈晨，之前上英语课，你讲到你爷爷是吗？”小嘉言迫不及待地问。

“对啊。”陈晨点点头。

“照片有吗？”黎黎问。

“有是有，但我爷爷去得早，家里只有一张他和别人的合照。”陈晨从座位里拿出了那张素描纸，把最上面的一张黑白照取下来递给黎黎和小嘉言。

照片上的两个青年穿着一样的工作服，戴着一样的黑框眼镜，上面写着“进厂一周年留念”。

“我从来没见过爷爷，”陈晨扶了扶眼镜，“爷爷去世的时候，我爸还在我奶奶肚子里呢。”

小嘉言把照片举起来，跟陈晨来回比较着，然后点点头，说还真的有点像。

“我奶奶也说我跟爷爷像呢，我爷爷在当时可是很有学问的。”陈晨说起来还有点骄傲。

小嘉言把照片翻过来，后面是她和黎黎在烟盒纸上看到过无数次的笔迹：李伯诚赠步云兄。

“昨天我拿照片的时候，就问过我爸，谁是李伯诚，”陈晨指着照片后面的字，“但我爸连我爷爷都没见过，更别说知道照片上的人是谁了。”

“李伯诚是我爷爷。”小嘉言说。

李主任从没想到，眼前的少年和故友竟有几分相似。陈步云的形象定格在了青年时的样子，他们都出过国，自然比其他工友更容易熟络起来。陈步云大李伯诚几岁，出国前已成了家，但依旧满怀少年意气，或者说，深切地爱着周遭的一切。

或许是年轻气盛，两个人也互相不服气，就连算个公式，也要争个高下。争着争着，就从对手变成了朋友，一起上下班，一起开会学习，就连劳动也是一起。两个人都是文弱书生，几十斤的水泥搬不动，就一个帮另一个扶到肩上。后来厂里人人都知道，技术科新来的小李和小陈是有革命友谊的。

他还记得最后一次见到陈步云的那天，他被几个人带去问话，一问就是一晚上，粒米未进。后来趁着天黑无人，当时还是学徒工的程师傅一边看守着大门，一边偷偷地给了他一杯水，还把馒头捏成小团儿当作石子向他砸了过去。就是那杯水和碎馒头，支撑着他挨过了那些日子。等他带着一脸的淤青回到家的时候，被剃了头的沈老师哭着说，陈步云被人举报，挨不住，在往广觉寺走的山上畏罪自尽了。

那些日子无人敢前往广觉寺，据说寺中的唐卡与经卷也大量被毁。李主任一家都自身难保，还是没有见上陈步云最后一眼，只得多年后在青山公墓置了一个衣冠冢，里面放着钢笔，还有两个墨水瓶。自那之后，李主任便再也没了知己，独自上班，独自回家，偶然想起故友，就练几笔字，看一看照片，心里始终替他饱含着一股冤屈。

“爷爷，这是我们班的陈晨。”小嘉言见爷爷陷入了沉思，赶忙提醒，“他就是陈爷爷的孙子。”

“李爷爷，我来看看您。”陈晨一边说一边暗暗地和那张旧照片做着比较，时间过去太久，照片也已经不再清晰，他甚至无法辨认出照片上的青年和眼前的老者是不是同一个人。

“你就是，步云的孙子……”李主任从床头柜上取了眼镜，仔细地看着陈晨，刚想问些什么，就被开门的声音打断了。

“老李，我……来看看你。”是阿妹的爷爷老郑，手里提着一箱牛奶。

“你来做什么？”李主任立刻变了神色，一眼都不想看到老邻居。

“邻居们都来过了，我也得……来看看。”老郑把手里的牛奶放到了床头柜上。

“这么多年，你倒是学着热心肠了。”李主任说着又咳嗽了起来，小嘉言正要倒水，却被李主任支了出去。三个人心里都揣着疑问，便偷偷地趴在病房外听着。

“老李，陈师傅的事，这么多年我也自责过……”

“自责？自责能让步云活过来吗？”李主任情绪很激动，“当年你但凡讲一句实话，就不会毁了步云的名节，步云也不会落得个畏罪自杀的下场。”

“那个时候，谁都害怕招惹是非……”

“就因为你含糊的一句‘不清楚’，步云家里还有人要跟他划清界限……”李主任没有说下去，只是长叹一声，病房里就没了声响。

黎黎和小嘉言看着一脸惊讶的陈晨，显然他对于这段故事浑然不知。

“可是我爷爷，看起来是个很好的人，能有什么罪呢？”陈晨喃喃地说。

李主任出院的第二天，电视台的人来了老房子，采访一个见义勇为模范标兵，这个标兵不是一向热心肠的程师傅，也不是四楼身强力壮的小四子叔叔，而是一向被人冠以“各扫门前雪”的三楼老郑。

“郑大爷，给我们讲讲事发过程吧。”

“我那天上医院看邻居去，回来时天色晚了，看到有人在巷子里抢这姑娘的包。当时心里也不痛快，就出手了。”郑师傅一只胳膊缠着纱布，站在摄像机前还有些不好意思，吞吞吐吐的。

路过的老邻居都议论纷纷，老郑究竟是吃错了药，还是撞了邪？见义勇为的事情怎么想都轮不上他这种胆小怕事的人。

“您当时心理斗争了吗？”记者问老郑。

“斗争了。”老郑一五一十地说。

“是怎样一个心理过程呢？跟我们大伙儿讲讲。”

“这个啊……”老郑一时语塞，思绪却越过了那晚，回到了三十几年前的一个晚上。当时他和程师傅一样，都是学徒工，总上夜班。刚来的几个大学生也分到了厂里，做些粗活。当时跟他一起值夜班的，是技术科的陈步云，还有两个年纪相仿的女工。陈步云和老郑一样，都是南方来的。他和李主任不一样，话多一些，人也活泼，还和老郑聊了几句。至于两个女工，一句话都没说过。当时大环境紧张，人人都生怕惹了是非，下了班就匆匆回家。陈步云和老郑都住在同一条街的平房里，到家门口时陈步云还给了老郑一颗自己没舍得吃的水果糖。

第二天一上班，老郑就被车间主任叫去问话。老郑生性自私，又胆小怕事，一听说叫去问话，整个人都傻了，只是跟着往前走，被带去哪里都不知道。

“你就是郑玉山？”两个戴着红袖标的人抬起头来看了一眼老郑。

“是……是啊。”老郑唯唯诺诺地应了一声。

“这人你认不认得？”其中一个指了指站在一旁挺着胸膛，站得笔直的陈步云，还有几个他叫不上名字的人。

“认……认得。”老郑看了一眼陈步云，陈步云原本暗淡的眼里忽然有了一点光。

“他说昨晚是跟你一起放的工，一起回的家，有没有这件事？”

老郑隐隐觉得这事蹊跷，又想起前几天晚上被叫去的几个大学生，心里更加犯怵，生怕和自己沾上关系。于是摇了摇头，说自己肚子疼，先去了厕所，之后的事情都不清楚。

老郑这句“不清楚”刚说出口，陈步云的眼睛再度暗了下来，那是老郑最后一次见到他。

两天后，他看到一张大字报，上面明晃晃地写着：“经当事人举报，一分厂陈步云趁夜班奸污女工，现已畏罪自杀，罪有应得。”

老郑时常会梦到陈步云，他定格在了青年时的样子，不说话，只是像当时那样挺着胸膛，正直地看着他，眼睛里的光芒亮了又灭。老郑伴随着强烈的愧疚感惊醒，再也睡不着，在床上直挺挺地躺着，直到天亮。后来搬进了老房子，又恰好和陈步云最好的朋友李主任分到了一栋楼里，更是难眠。楼里住的大多是当年的老同事，很多人都暗自说过，一杯水救了李主任，一句话却害了陈步云。

这件事成了老郑心里一个永远无法解开的结，之后他试图找寻陈步云的亲人，才知道当年他身怀六甲的妻子带着大儿子跟他划清了界限，这是压死陈步云全部自尊的最后一根稻草。

那天从医院回来，老郑心里就像是压了千百斤的重担，让他喘不过气来，眼前全是陈步云看他的最后一眼、李主任的一声叹息，还有知情的老邻居们背后的指责。他想要四处走走，碰巧遇到了劫匪。像是要赎当年的罪一样，老郑心一横，大着胆子击退了劫匪，胳膊上也被刀划伤了两道，去医院包扎的时候，酒精碰到伤口，刺得生疼。老郑却比任何时候都来得轻松，仿佛得到了陈步云的宽恕，也得到了李主任和陈步云家人的宽恕。宽恕与救赎，都晚了三十多年。

“郑大爷，我们还有一个惊喜给您呢。”记者拉着昨天被救的姑娘，姑娘还抱着一个孩子。

“大爷，这是您昨天救的姑娘，姑娘刚刚生完孩子，这才刚出月子。”

姑娘一边哭一边感激老郑，弄得老郑更加不好意思。姑娘的父母还坚持要姑娘当老郑的干女儿。盛情难却，老郑只好答应，心里却苦着呢，他生怕认了个干女儿，从此要多搭一个份子钱。

“来，宝贝儿，这就是你干姥爷。”姑娘对襁褓里的孩子说。

“这干姥爷都叫了，您就答应一声吧。”摄影师看不过去，提醒老郑。

“是啊，一下子当姥爷了，还不表示表示。”四楼的周奶奶赶忙说。

“唉……行吧。”老郑当着众人和镜头，只好答应下来，还忍痛给了二百块钱的满月钱。自此再也无人说老郑是胆小怕事的主儿了。

“大爷，还有一个问题想问您，以后遇到这样的事，您还会出手相助吗？”记者问。

“会，会吧。”老郑看了看周围的邻居，叹了口气，无可奈何地说。

“对啊，就得这样呢。”几个其他单元的邻居纷纷议论着，既然做了模范标兵，那这见义勇为的事情，就是老郑应尽的义务，别无选择。

丁香结

为了让大家珍惜现在的幸福生活，所以去慰问过得不幸的人，
这不叫道德高尚，最多只能叫心理安慰。不幸的人依旧不幸，
反倒没了自尊，更没了自由。

丁香结

雨季比以往来得晚一些。

往年清明时节，一定会落一场雨，把春天的扬尘静静地笼在地面上。雨水落下来，绿茸茸的一片，接着柳树抽枝，整个城市便一瞬间醒了。黎黎记得读小学的时候，春季一定会有几次扬沙，像和雨天约定好了似的，讲个先来后到，一定要先蒙几天纱巾，才能再打雨伞。沙尘来了，小孩子也不恼，反倒在教室里拿着纱巾比较一番，几个要好的女孩还会把纱巾系成长长的一条，迎风吹着。后来再大一些，穿了小背心，也懂了事，就不再拿纱巾这样玩了。这些年，沙尘天气越来越少，听说有人在沙漠种了一片树，就把沙子都留在了远方。

阿瑾姑姑曾说，一中墙里的丁香与墙外的桃花都开得繁盛，读书时先看着桃花一天天地开起来，接着树下掉几个绿色的小毛桃，揣在校服口袋里，偶尔拿出来一嗅，还有几分清香味。接着落一阵雨，丁香的气息就随着雨水弥漫开来，沁到教室里。有的女教师上课时看到外面开出一片迷蒙的紫色，就会顺势打开窗子，让香气蔓延进教室。所有的情绪都凝结在细密的丁香上，弥散出渺小与伟大，过往与明日，平静与微澜。

黎黎推开窗子，看着窗外发怔，雨伞就揣在书包的侧兜里，就等着雨水落在地上，丁香结在树上的那一刻。东风依旧抵不过北风，地面依旧不时荡起浮尘，她便依旧看着，心里泛着无名的期许与悲哀，仿佛丁香是孤独星球上唯一的花朵，要倾注全部的关爱才能装作不情愿地施舍一些香气，正因如此，也让人格外珍惜。

钱卓趴在旁边的桌子上，捅了捅她，要她把窗子关上，说外面飘柳絮，弄得她难受。黎黎不动，只说三月早就过了，哪里来的柳絮。钱卓不理会她，不耐烦地站起来，推上窗子，还拉上了窗帘。这阵骚动引得正在自习的同学纷纷回头，一看到又是这两个人在争执，都摇了摇头，司空见惯。

黎黎也不说话，伸出手，又刷的一声拉开了窗帘，接着掏出一本包着白色书皮的《动物农场》。孙老师不许在教室里看课外书，黎黎便把小说也包了书皮，看上去与课本无二。孙老师从讲台上看下去，还以为她在复习功课。

没过两分钟，钱卓再次拉上了窗帘，两个人一来一往地拉扯了数次，根本不顾还在教室里，只是赌着气撕扯着，终于把原本就不结实的窗帘拽到了地上。

“你们两个，来我办公室。”孙老师透过茶色的眼镜片看了她们一眼，转身出了教室。

黎黎看了钱卓一眼，推开后面空着的课桌，抢在钱卓之前出了教室。在以成绩论英雄的环境里，排在前面的那一个总是有恃无恐。

“太不像话了！”孙老师砰地拍了一下办公桌上的玻璃板，玻璃板下面压着上次的月考成绩。赵黎黎三个字始终盘踞在成绩单最显眼的的位置上，历史满分的成绩还被圈了出来，不动声色地观望着最底端的钱卓。

“学校是读书的地方，不是你们赌气的地方。有什么问题课下不能解决吗？”

“老师，是赵黎黎先开的窗户。”钱卓说。

“是钱卓先拉的窗帘。”黎黎想都不想就反驳。

“我不管谁先谁后，你们两个课间活动的时候，去水房把窗帘洗了，然后晾干挂好。”孙老师不偏不倚地说，然后翻开教案本，让钱卓回了教室。

“赵黎黎，你是好学生，别让老师失望。”孙老师对黎黎一个人说。

黎黎点点头，不再觉得去洗窗帘是一种惩罚，相反，孙老师的肯定更像是一种对比之下的褒奖。不需要家长去奉承老师，也不需要任何意义上的示好，只凭借一纸成绩就可以被宠爱，这让黎黎感到了一种前所未有的成就感。

“黎黎，她没欺负你吧？”黎黎一出门，就看到宝音偷偷躲在办公室门外。

“当然没有，又不是第一次了。”

钱卓远远地走在前面，一个敞着校服拉链的男生凑上去和她说话，是读小学就和黎黎作对的吴鹏。钱卓抬起脚就要踢他，吴鹏闪躲了一下，进了教室。两个人看起来像是早就认识了。听说钱卓现在是一中的扛把子，黎黎摇摇头，觉得这称呼荒唐，是那种两年之后回想起来一定恨不得钻到地缝儿里的称呼。

宝音听说老师对黎黎几乎没有责难，放下心来，去楼下买水。他一如既往地对黎黎有信心，尤其是在升上中学之后，这种基于个人能力的信心便只增不减。

春天的自来水还有些凉，黎黎站在水池边，一声不吭地揉着窗帘，水房只有一个小小的窗户，阳光从那儿透进来，却照不透阴阴的水汽，钱卓就站在小窗户的下面洗着窗帘，洗一会儿就甩甩手，从校服口袋里掏出一面小镜子照照。这学期她迷上了一种亮闪闪的变色滚珠唇油，里面还有一小支薰衣草。黎黎和小嘉言放学去买香皂纸的时候在一家文具店见过。钱卓装作不认识她俩，躲躲闪闪地不想让她们看到她买了什么。黎黎也不打招呼，付了钱便走。那天刚重新分过座位，阿姝如愿以偿坐到了陈晨旁边。黎黎想着自己会不会和宝音或者小嘉言同桌，事实证明她果然不是幸运小姐，宝音太高，小嘉言又太瘦小，只有钱卓依旧保持着和她相同的生长速度，也就意味着至少还要再做一学期的同桌。

想到这里，黎黎就无比期待下一学年的到来，孙老师说过，下一学年开始，就要按照成绩分座位，这让互相瞧不上眼的两个人都松了一口气。

钱卓涂完唇油，正要端水盆，手一滑把一盆脏水扣在了黎黎的新运动鞋上。黎黎从来都不是电视剧里把平和宽恕当成衣服来穿的漂亮女主角，这下真的恼了，端起水盆把对钱卓所有的不满泼了过去。等教导主任和孙老师赶来的时候，两个人的校服都滴着水，劝架的几个人身上也都湿漉漉的，刚洗好的窗帘被扔在了地上，钱卓用压板压得笔直的刘海儿不见了，湿答答地贴在脑门儿上。黎黎看了看，觉得这个样子都比平时留着厚重刘海儿，把嘴涂得油亮的小太妹讨喜得多。

“孙……孙老师您别太生气，气大伤身。”宝音抹了一把全是水的脸，对惊讶得说不出来话的孙老师说。

“先去太阳底下晾一晾，明天一起叫家长。”孙老师深吸一口气，不知道该摆出什么表情。

“黎黎，你到底哪儿招她了？”小嘉言问。

“问在点儿上了，我自己都不知道。”黎黎瞟了一眼站在不远处拧着湿校服的钱卓，想不通为何她总是与自己作对。

黎黎伸开双臂站在丁香树下面，任凭阿姝和小嘉言不住地抖着她身上湿透了的校服。阿姝轻轻地把她的头发散开，再用纸巾一点点地把她额头上的水擦干。城门失火殃及池鱼，明明是去劝架的小嘉言也在校服下摆上拧下来一小滩水。

“你以后啊，离她远点儿。”阿姝说。

“好在明年就按成绩分座位了，”黎黎来回扇动着袖子，打了一个喷嚏，“这样的苦日子，我是受够了。”

阿姝没有接下去。升学之后，她失去了母亲的庇护，也就失去了老师额外的关照。读小学的时候，妈妈经常让她在校长办公室里提前做一遍期末试卷，却不许她告诉小嘉言和黎黎。时间一长，阿姝应对未知的成长能力就日渐放缓。升上中学的第一次期中考试，她只排在第四十名。妈妈看了成绩单，急着要给孙老师送礼物，却被一口回绝。和之前的老师都不一样，孙老师偏爱的，只有成绩好的孩子，仿佛她有一种透过茶色的眼镜片直接扫描大脑的能力。至于家庭环境、长相、性格，一概不算数。

黎黎无数次地表达过喜欢中学胜过小学，可卡在了这个名次的阿姝却并不觉得。如果按照成绩分座位的话，她和陈晨就再也无法继续做同桌。这种座位的分法令她感受到了一个此前从不曾察觉的名词，叫阶级。

“赵黎黎，总算找到你了。”远远地就看到陈晨朝她们跑来，一只手里还拎着足球。黎黎霎时间红了脸。她从不怕自己狼狈的样子被宝音看到，宝音是令她感到踏实的伙伴，但她生怕在陈晨面前露出任何不安，至于其他人，她从不在意。

“听他们说了。”陈晨说着就脱下校服外套递了过来，黎黎犹豫着没有接。她隐约地知道阿姝的情绪，但又不确定，于是僵持着，头发被风吹得半干，披散在肩上。陈晨只觉得她哪里不一样，想来想去终于发现，这是第一次见她把头发放下来，想到这儿，他竟微微红了脸，直接把外套塞到了她手里。

“你可别想歪了啊，我是怕你感冒耽误学习，明天可得还给我，不然要扣分了。”

来不及回应，陈晨就拎着足球跑回了楼里。

小嘉言拿着换下来的湿校服走在前面，黎黎刚要进教室，就被阿姝抓住了手臂。

“黎黎，放学给我讲二元一次方程，好吗？”

黎黎点点头，她比任何人都希望阿姝能像小学时那样轻而易举地考满分，说不定下个学期她们还能做同桌。阿姝这学期把头发修得短了一点，戴一只红色波点蝴蝶结发箍，校服的左边领子上别着一只卡通翅膀的胸针，是《魔卡少女樱》的周边。阿姝在上个假期迷恋上了这部动画，还买了全套的漫画和卡牌，不敢带回家，全都藏在小姑姑阿瑾的柜子里。起初黎黎以为阿姝爱漂亮，小樱和知世也不例外，后来才知道，阿姝只是喜欢解除封印时那句“请你舍弃旧形象，重新改变”的咒语，仿佛用魔杖点一下，之前努力营造的好与不好，积攒下的喜欢与拒绝就都可以重新开始。

“我想一直和他做同桌，”阿姝眨了眨眼，始终亲密地抓着黎黎的手臂，微笑着看她，“你明白了吗？”

阿姝从不生气，也从不说残忍的话。黎黎有时觉得，相比于既有得失心，又会不甘心，还时而会过度自保的自己来说，阿姝更像小说或者少女漫画里的主角，这样的主角，都会和一个旗鼓相当的男一号幸福地生活在一起。而其他人，都消失在了之前的某一集里，右下角写着三个惨白的假名つづく（未完待续），没有人关心她们消失在了第几集，又是何时出现，这些人唯一的作用就是促成男女主角在最后一集恋恋不舍地写下一个花体的THE END。

可是这个故事的作者从来都没有跳出来信誓旦旦地向阿姝保证过，陈晨也会是故事的主角。

黎黎回到座位上时，钱卓依旧拿着她的小镜子，嘴上还沾着唇油里亮晶晶的闪粉。她的头发不再像之前那样笔直得像冬天屋檐下面垂下来的冰凌，而是软软地趴在头上，黎黎这才发现，她还有一点自然卷。

“今天放学轮到三组去慰问孤寡老人，组长负责一下。”孙老师点了点黎黎，黎黎应了一声，余光看到钱卓已经把大多数的书本和文具都装进了书包里，就等着四十分钟之后第一个冲出教室。她从不参加集体活动，孙老师也不在意，学习之外的事情，都只是走个形式而已。

一中对面有几栋亟待拆迁的筒子楼，和每层只有三户人家的老房子相比，这种筒子楼可以被叫作老老房子，宝音给这些房子取过一个外号，叫祖宗楼，意思就是比爷爷奶奶的老房子还要大几轮的房子。筒子楼一栋五层，每层都有十几户人家，大多是上了年纪的人，倒也符合宝音口中祖宗楼的定位。和老房子不同，这里住的老人很多都没有固定的退休金，自然也谈不上什么安度晚年。筒子楼纵深很长，自然光线也很暗，刚一进去小嘉言就差点被门口放着的小推车绊倒，推车里放着很多地摊上卖的塑料玩具。楼道里弥漫着各家的饭味，不知哪家还在炒辣椒，阿姝和几个同学呛得咳嗽了好几下。

一班的固定慰问对象是三层最里面那间的廖老太太，孙老师之前在班上说过，廖老太太很早就没了丈夫，后来又没了儿子，当年是机械厂的临时工，退了休没有工资，就一直拿着低保住在筒子楼里。据之前来慰问的陈晨和陆悠鸣他们说，廖老太太人很好，还在公共厨房给他们熬了小米粥。这让黎黎轻松了许多。

慰问的内容学校早已规定，一定要拉着老人的手聊天，还要集体唱歌，为了给廖老太太削苹果，宝音提前在家练习了一个晚上，说是苹果皮不能断，这样才能保佑廖老太太长命百岁。最重要的是临走之前要记得拍照，再把洗出来的照片贴到教室后面的橱窗里。

大约是知道这天一中的孩子要来家里，廖老太太专门清扫了只有十几平方米的房间。黎黎看得出来，水泥地面上刚刚洒过水，几把椅子新旧不一，像是从其他人家借过来的。筒子楼的房间都是一室户，没有沙发，阿姝和小嘉言陪着廖老太太坐在床边，说了不到二十分钟的话，阿姝就向黎黎使眼色，用口型说她已经没话可说了。廖老太太牙不好，宝音削的苹果她只拿起来努力啃了几口便作罢了。坐在借来的椅子上，隔壁的广播清楚地传过来，看来之前唱歌时，也不止廖老太太一位听众。黎黎忽然觉得，慰问反倒像是一种负担。

同学们说的果然没错，廖老太太要起身去熬小米粥，大家赶忙拦了下来。黎黎掏出妈妈去年给她买的数码相机正要拍照，就看到廖老太太用力抚了抚皱了的床单，还把耳旁的头发往后拢了拢。黎黎心里不是滋味，合上了镜头盖，觉得多拍一张都是在用别人的自尊换取道德上的成就感，于是放下相机，小声说了一会儿话，就出了筒子楼。

"学校也真是的，还规定必须探望四十分钟以上，哪儿能有这么多话要说啊。"小嘉言深吸一口外面的新鲜空气，如释重负地拿出水壶灌了好几口。

"黎黎，照片拍了吗？"宝音问，"存储卡给我，我让我爸拿单位洗去。"

黎黎往后一摸书包，才想起相机忘在了廖老太太家，便告别了其他人，自己向楼上跑去。

楼里依旧昏暗，黎黎爬上三楼，看到廖老太太家的门虚掩着，像是又来了客人。

"奶奶，我是刚才一中的同学，我们把相机落到您家了。"黎黎敲了敲门，廖老太太开了门，房间里的椅子已经少了几把，折叠饭桌上放着一只磕掉了瓷的老式搪瓷盆，微微冒着热气，床边上坐着一个人，黎黎借着昏暗的灯光仔细看过去，是钱卓。

真是人生何处不相逢，黎黎来不及细想，拿过相机告别了廖老太太就出了门。

"赵黎黎，你过来。"钱卓在身后叫她。

"你过来。"黎黎转过头看着站在筒子楼里的钱卓，她换掉了校服，没用唇油，刘海全都扎了起来，黎黎第一次看清楚了她的眉眼。

“你为什么在这儿？”黎黎问。

“这跟你没关系，不许跟你那几个小喽啰说见过我。”钱卓双手插在牛仔裤口袋里警告黎黎。

黎黎被小喽啰这个词逗笑了，她从来没想过有人会在日常生活中说出这样的话来。

“笑什么笑。”钱卓有点着急了，生怕黎黎是在嘲笑她。

“我笑你装得厉害，明明都是来看廖老太太的，你为什么不跟大家一起来啊？”黎黎拿出了小组名单，钱卓的名字旁边没有打勾。

“卓卓啊，回家吃饭了。”

筒子楼里回荡起尖锐响亮的声音，钱卓听得微微发窘。仿佛戳破了一个秘密，黎黎浑身不自在。她不喜欢钱卓，却也不想看到她难堪。

“听见了？我就住这儿，”钱卓对黎黎说，“赵黎黎，我没有同情心，也没有好奇心，我不用来这儿慰问别人，我就是那个该被慰问的。”

黎黎做了一个混乱的梦，梦里有廖老太太的筒子楼，也有在筒子楼里爬上爬下的钱卓，说不上快乐，至少没了戾气。阿姝跟在她的后面，楼里弥漫的不是各家的饭菜香味和老旧水管的气味，而是熟悉的洗衣粉香气，是陈晨校服上的味道。她忽然很想拉一下陈晨的手，心里这样想着，回头看时，阿姝却不见了踪影，接着脚下一空，从楼梯上滚了下来。

睁开眼，校服依旧挂在衣架上。雷声从云层后面不停翻滚着向前，蜇睡着的夜被瞬间惊醒，隆隆地宣告着新生，黎黎把窗子推开一个小缝，雨水混合着泥土的气息扑面而来，一瞬间，她闻到了丁香的气息。

太婆记忆清晰的时候，曾经教黎黎缝过一个香包，缝法她现在依旧记得。这天去了学校，黎黎蹲在地上拾捡散落的紫色花瓣，再一个一个细细地装进香包里。此时学校里人声尚未鼎沸，花瓣还不曾被践踏。丁香花瓣细小，成簇地盛开着。黎黎想到了钱卓，又想到了之前背过李商隐的一句诗："芭蕉不展丁香结，同向春风各自愁。"原是说闺中女子的离愁别绪，可如今在丁香树下，她只觉得人人都有各自的愁怨，丁香开一季，又败一季，每个人就这样不断地明晰着自己的前路与过往，丁香树上每多一个结，人就长大一分，每长大一分，就多了不同的忧愁与欢欣。

趁着钱卓不在，黎黎开了窗子，丁香的气味散了进来。这几日阴雨，窗帘依旧未干，挂在教室的最后面。没了遮挡，黎黎便看着窗外的植物用可见的速度抽枝发芽，极迅速地追赶着春天。

经过了昨天在筒子楼的相遇，黎黎大约知道了为什么钱卓总是第一个或者最后一个才走。她又想到了之前英语课上做的家庭树，每个人都尽可能多地写了每一个家庭成员，还贴了照片。她偷偷看过钱卓的家庭树，只有三个人，爷爷、奶奶和自己，没有照片。

钱卓把头发拉回了笔直的样子，却没有再因为黎黎打开窗子而和她作对，好像是怕黎黎会说出她住在筒子楼的秘密。

几个男生在教室里打闹了起来，其中一个不小心碰掉了钱卓的铅笔盒，咣当一声，丁香花瓣连同圆珠笔和修正液一起散落在地上。男生生怕钱卓要找人揍他，连忙赔礼道歉。钱卓却一反常态，静静地捡起了笔，快快地趴在桌子上，耳朵却泛着红。黎黎看出来了，这是不愿意让别人知道，她也偷偷地捡了丁香花。

"黎黎，昨天回去没感冒吧？"陈晨背着书包向她走来，看到钱卓趴在桌子上，还刻意压低了声音，担心会给黎黎添麻烦。

黎黎道了谢，偷偷地从陈晨的校服口袋里掏出了早上塞进去的丁香花香包，把衣服递给他。陈晨穿上校服，还直说今年的花开得真好，都把衣服熏成丁香味了。

“哎，你喜欢他？”钱卓趁着老师还没来，趴在桌子上问黎黎。

“你别瞎掰。”黎黎又嗅了嗅空气中浮动的花香，脸上发烧却依旧嘴硬。黎黎不怕孙老师，她只是怕阿姝难过。

“行了，扯平了，”钱卓眯缝着眼睛对黎黎说，“你不说我的，我就不说你的。”

想要维系暂时的友好十分简单，就是让彼此都知道对方一个不可告人的秘密。这个不大不小的秘密让两个人都客气了不少，生怕对方口不择言泄露了出去。孙老师还专门表扬了她们，说这样才像中学生，总算长大了。

钱卓依旧偷偷地把丁香塞进铅笔盒里，黎黎当作没看见。丁香开得最盛那几日，她做了一个小香包送给太婆。这天，黎黎在一中的外墙捡了几朵桃花，压在一本偷偷带进来包着白色书皮的《夜深沉》里，细细铺展后，用力压了压，等到花瓣干透，就能当作书签来用。

“你胆子可真够大的，”钱卓看着黎黎那本厚厚的小说，“老孙知道了，肯定给你没收了。”

“你不说，我也不说，谁知道啊。”黎黎冲着钱卓挑了挑眉毛，始终是不亲不疏的样子。

“黎黎，这周又轮到你们组去慰问廖老太太了啊。”一个同学问黎黎。

黎黎还没说话，就听到钱卓不屑地哼了一声。钱卓的语气总会带着一种让人扫兴的魔力，黎黎瞥了她一眼，问她这周还去不去。

钱卓摇摇头，依旧不屑一顾。

“集体活动你不参加，我可不好跟孙老师交待的。”黎黎目不转睛地看着她，暗自希望已经表达出了强迫的意味。

“每次慰问，廖老太太都过意不去，要煮一锅小米粥，她们家一共就那么点儿小米，都拿来煮粥了。还要为了拍照片硬着头皮借几把椅子，廖老太太得了风湿，你们走了她还要挨家挨户地还椅子。床单都不敢坐皱了，就怕突然有人来。”钱卓对黎黎说，“你们觉得这是慰问还是找麻烦？”

见黎黎不说话，钱卓叹了口气继续说：“为了让大家珍惜现在的幸福生活，所以去慰问过得不幸的人，这不叫道德高尚，最多只能叫心理安慰。不幸的人依旧不幸，反倒没了自尊，更没了自由。”

“我明白……”黎黎点点头，想要赞同钱卓的观点。

“你不明白，”钱卓不耐烦地打断了黎黎的话，“你们这些被别人保护着才顺利长大的小孩，一辈子都不明白。”

“钱卓，你这话什么意思。”

黎黎长期以来都把自己看成父母不在身边也能约束自己的女孩，她所有的自尊都来自单凭自己就能取得的优秀，在学校也好，在老房子也罢，独立就像自尊心的另一个代名词，如今却被钱卓全盘否定，打得她措手不及。

“意思就是，你们都被娇惯得太过了。”钱卓轻描淡写地说，“经不起风吹雨打那种。”

“我告诉你，”黎黎一股脑儿地对钱卓说，“我父母都不在身边，从小跟着姥姥和姥爷长大，你说我被娇惯着，有依靠，那我告诉你，我得到的一切成绩，都是我自己努力得来的。”

“我也是，我跟着爷爷奶奶住在筒子楼里，”钱卓用只有黎黎一个人听得见的音量说，“我爸下了岗，丢了工作。我爸说这样下去不是办法，就要跟我妈离婚。我妈说挣了钱就要领我走，结果反倒自己一个人走了。后来我爷爷奶奶生病，我爸实在没办法，就去做小偷，被抓的时候，我才读小学。等我爸被放出来的时候，我爷爷奶奶已经没了。邻居一直戳他脊梁骨，他受不了就自杀了。我被现在的爷爷奶奶领养，他们没有退休金，都拿着低保，住着筒子楼。我小学时帮着摆地摊儿挣钱，后来用你们的话叫出来混了，就带着筒子楼里的几个小孩打架。”

钱卓用一种看小孩子的眼神看着惊讶得说不出话来的黎黎：“所以你还说都是靠自己吗，保护你的人实在是太多了。”

“那你为什么总是针对我呢？”黎黎还是忍不住问了出来。

“因为嫉妒，”钱卓把头偏了过去，不让黎黎看见，“我们有着相似的开始，本应该是同类。我对世界所有的希望，都在小学一年级时，在一个烧卖馆前浪费光了，人是最容易出尔反尔的生物。”

“烧卖馆？”黎黎惊讶地确认道。

“是的，绥远烧卖馆，早上八点见，”钱卓连珠炮似的说，不停地眨着眼睛，“这是我妈跟我说过的最后一句话。我等了一个早上，书包里装着所有的书和玩具，等到肩膀都痛了，她都没出现。所谓的温柔，根本就不存在，谁都有可能不告而别……”

“不是这样的，毛虎蛋儿，”黎黎打断钱卓的话，鼓起勇气说出了迟到已久的那句话，“你妈妈真的爱过你，就像你想念她一样。”

后来黎黎回想起来，觉得钱卓把头埋进臂弯里哭泣的样子，像是一只受了伤的小野兽，在舔舐着早已结痂的伤口。

“卓哥，这个给你。”黎黎往钱卓的桌子上扔过去一支新的什果冰润唇膏。

“这什么玩意儿，拿回去。”钱卓想都没想就扔了回去，想了想觉得不对劲，问黎黎怎么知道有人叫她卓哥。

“放学路上听见过一次呗，”黎黎又把唇膏扔了回去，“卓哥可是扛把子的大人物啊。”

“放学就赶快回家，在路上瞎转悠什么。这段时间有抢钱的，你可注意着点。”钱卓一边说一边看着那支唇膏。

“买一送一的，你拿着吧，”黎黎说，“别用你那唇油了，跟吃完烧卖忘擦嘴似的。”

“那谢了，以后还你。”钱卓说着就拆了包装闻了闻，还点点头，对草莓味很满意。

黎黎看着钱卓的刘海，本想建议她以后别把头发拉得那么直，又想到在校外见到的几个跟她一起的女孩都是这样的装扮，也就作罢了。

“我是自然卷，不拉直没办法。”钱卓掏出小镜子，认真地涂着新唇膏。

最近几日所有人都觉得奇怪，黎黎和钱卓仿佛闹累了一样，再也不相互让对方难堪，始终处在一个平静的状态。宝音有一次看到黎黎往钱卓的铅笔盒里放新的丁香花瓣，揉了揉眼睛，以为自己看错了，赶忙问黎黎，楼下的丁香是不是撒了农药。黎黎不作声，把花瓣铺平，又轻轻地把铅笔盒盖上。

“明年丁香开的时候，我教你做小香包吧，”黎黎对钱卓说，“是楼下太婆教我做的。”

“我不学，”钱卓一口拒绝，“小家子气，你还是做给陈晨吧。”

“哎，你瞎说什么呢……”

“黎黎，你出来，我有话跟你说。”阿妹站在门口叫她。

“你怎么回事啊，”阿妹一边说一边习惯性地整理着黎黎的连帽衫，“孙老师不是说过吗，不让你跟她玩的。”

黎黎想起那天自己忽然被叫到了办公室，孙老师再三强调，要她离钱卓远一点。在老师的评判标准里，成绩悬殊太大的两个人，根本不可以成为朋友，原因很简单，怕成绩好的那一个被拖后腿。所以这个小社会里，倒数第二名会瞧不起倒数第一名，以此类推，形成一个根本不该在这个年纪出现的阶级，也在这样一个几十人的小环境里贯彻着成王败寇的基本法则。她脑海里瞬间掠过了之前看过的那本《动物农场》，无论凭借父母带来的红利，还是凭借一纸成绩单，都不过是在同一个等级制度里来回打转，唯一不同的只是评判成功的世俗标准而已。想到这里，黎黎忍不住打了一个冷战。

“你自己注意点儿。”阿妹又露出了公主一样的微笑。

“等等，”黎黎总觉得哪里不对，“那天办公室里没有人，你怎么知道的？”

“黎黎，告诉孙老师就是在帮你啊。”阿妹像往常一样抱了抱黎黎的肩膀，黎黎没有动，只觉得阿妹变得越来越陌生，这种陌生让她感到愤怒，更让她感到悲哀。

“放学去我家好吗？”阿妹问，“昨天有一道题，你给我讲讲好不好？”

“改天吧，今天就不一起走了。”

黎黎事后想起，这是她生平第一次拒绝从小一起长大的阿妹。

当黎黎又一次坐在筒子楼里的小房间时，钱卓在她对面，练习册和课本都摊在饭桌上。期末考试的最后一门是数学，这次考试人人都十分重视，每个人都希望按照成绩分座位的时候坐在一个相对体面的位置上。看着钱卓抓耳挠腮地解着方程，黎黎觉得十分好笑。

“你笑什么？”钱卓抬起头看她，依旧顶着笔直厚重的齐刘海。

“不告诉你。”黎黎轻松地翻着课本，还检查起钱卓刚刚做完的一页习题。不知为什么，钱卓这学期变得格外用功，就连孙老师都觉得有些不可思议。起初还有人怀疑是不是黎黎传了答案，但随着数学课上钱卓指出了孙老师的一个疏忽之后，这种怀疑就越来越少。黎黎曾经问钱卓，是不是因为她还想和自己做同桌，钱卓想都没想就否定了，只是说觉得学习又好又能当扛把子挺酷的。

钱卓的胳膊上有一块淤青，黎黎想了很久，终于问她以后能不能不去打架。

钱卓摇摇头，一边皱着眉默写公式，一边轻描淡写地说黎黎不懂行情，仿佛在做什么大生意似的。

“有一天我得带着我爷爷奶奶搬出这个筒子楼呢，”钱卓对黎黎说，“还有廖老太太。其实她早就知道我们家的事，但依然待我很好。”

黎黎想到曾和姥爷一起看报纸，有一篇报道就是说这片筒子楼的拆迁陷入僵局。开发商只愿按照每平方米一比一点五的比例进行补偿，筒子楼每一户只有十几平方米，按照这个比例，他们依旧买不起附近的楼房。姥爷当时说，很多老人又讲究得很，一旦上了年纪，就不愿再大肆搬迁，生怕折了原本就所剩无几的阳寿。所以这片旧楼只好这样倔强地维持着原有的模样，一层楼共用一个厨房，两个卫生间。

“黎黎记不记得毛毛钢琴比赛之前，四楼遭小偷的事儿啊？”

程师傅一边看报纸一边对黎黎说："据说那小偷，就是筒子楼里的。那里面三教九流什么人都有，你可别往里面跑。"

黎黎想到钱卓曾经说的话，佯装困了，用纸巾揩了几下眼角，匆匆向房间跑去。

"哎，模范学生，我带你去打游戏吧。"考完试之后钱卓说。

黎黎犹豫了一下，第一次走进了游戏厅。迎面撞见的两个人，竟然是陈晨和陆悠鸣。

"哟，'双胞胎'又来了，新机器在里面呢。"一个高个子的哥哥对他俩说，显然他们是这里的常客。

"你怎么在这儿？"陈晨和黎黎同时问对方。

"少来，我们不认识你俩啊。"钱卓拉着黎黎坐在了新进的《太鼓达人》街机的前面，郑重其事地问她看没看过《美少女战士》。

黎黎点点头，不明白为什么钱卓要坐在这里问她这个问题。

"你小时候喜欢夜礼服假面，还是元基哥哥？"钱卓往机器里扔了几个代币，假装不在意地问。

"嗯——夜礼服假面。"黎黎学着钱卓的样子拿起了鼓棒。

"我不是，我不喜欢主角。我最喜欢开游戏机店的元基哥哥了，"钱卓看了看刚才那个高个子的哥哥，专注地盯着屏幕对黎黎说，"这也是一个秘密。"

元基哥哥是在第几集出现，又是在第几集消失，黎黎全都不记得，只记得那是一个金发的高个子男孩，温柔地招呼着成绩不好又总迟到的小兔去店里玩，在她没有零花钱的时候大方地说"这次算我请你"。或许在元基哥哥的故事线里，也有着同样模糊了进场与退场时间的人们，无论黑暗组织，还是头上有月亮的黑猫，都只是记忆里一个不大不小的瞬间，不知哪一天，就消失在了这一集结束时白色的つづく后面。黎黎有时候甚至有种强烈的渴望，想问一问那个给钱卓写故事的人，赵黎黎这个角色的出现究竟是一个苍白的つづく，还是花体字的THE END。

几天之后，黎黎听到刚刚散步回来的姥爷说，之前要拆迁的那片筒子楼，由于管道老化，前天夜里煤气泄漏。天气炎热，楼道狭窄又不透气，很多人家都开着门睡觉，被发现的时候，很多人都没了气息。也有幸运点的，察觉到不对就出去了，现在都在门诊部检查呢。

“这不是作孽嘛，如果早就搬迁了，也不至于这样啊。”程师傅说。

黎黎拿起电话，才发现自己没有钱卓家的号码。她赶紧打电话给班长陆悠鸣，让他查一下班级通讯录。陆悠鸣翻了好久，才对黎黎说，钱卓在电话号码这一栏写的是“无”。

“我问过她的，”陆悠鸣说，“她说她家没安过电话。”

黎黎心里一紧，不等程师傅阻止，就骑着自行车向那片筒子楼骑去。筒子楼外面被围了起来，煤气公司和公安局的人进进出出，还停着两辆救护车。围观的几个人伸长了脖子向里张望着，就像市场里广东人开的那家烧味店门口挂着的鸭子。

“给钱就搬走得了呗，何必这么贪心呢，这房子早该拆了啊。”一个阿姨自顾自地说。

黎黎没有心情理会，呆呆地站在外围。她总有一种感觉，钱卓是敏感的人，一定早就带着爷爷奶奶出去了，说不定还带着廖老太太呢。

整个暑假，黎黎去了筒子楼好几次，每次路过的时候都要瞧瞧。她总有一种感觉，觉得钱卓的故事还没结束，就像青山刚昌想要休假的话，就会登一个暂停连载的提示一样，过不了几周，柯南依然会出现在杂志的首页上，像什么事情都没发生那样继续过着按部就班的生活。

假期结束的时候，筒子楼终于要被拆除了，电视和报纸上都登了这个消息。黎黎也偷偷去过门诊部，还拜托四楼做护士的小阿姨去打听过有没有一个叫钱卓的女孩进了医院，依旧无果。

或许开学她就来了呢，黎黎心里揣着最后一丝侥幸，却在开学时再次落了空。

没人敢惹钱卓，自然也不想知道她到底去了哪里。黎黎翻开成绩单，按照上学期期末的成绩，钱卓正好坐在她后面两排的位置，那里却一直空着。后来黎黎去别的班打听，甚至大着胆子问了经常聚在一中后门的那群人，有人说钱卓一家都在那次事故中去世了，也有人说她们一家逃了出来，钱卓只是转学了。还有传奇一点的，说钱卓的爷爷奶奶已经去世，她被一个远房亲戚收养了，已经辗转去了别的城市。

座位空了两个星期之后，孙老师说下次考试后让后面的人按照成绩依次补上来。黎黎想了想，下课的时候去了办公室，结果孙老师也联系不上钱卓其他的家人。

“别多想，好好学习。”孙老师带着几分宠溺拍了拍黎黎的肩，还帮她整理了一下耳朵旁边的碎发，“或许过段时间，她还回来呢。”

也许明天回来。

目光越过窗户，楼下的丁香谢了，拼尽全力地展示着最后的一点绿，这些丁香树已经种了很多年，或许哪年就不再开花，或许明年依旧绽放。

何日君再来

社会变迁之下，人人都有自己的幸福与苦难，也承受着独特的无力与悲欢，
皱纹与泪水共同构成了属于每一个微小个体的山河，
也昭示出独一无二的渺小与伟大。

何日君再来

凤仙花不开，黎黎心里空落落的。

往年春夏时节，凤仙彤彤地开着，取一只小瓷碗，捣了花瓣覆在指甲上，染得一片桃红，这才算真的过了夏天。再到后来不染指甲了，花依旧开着，每年最先开的那几朵，都被黎黎摘了送到一楼的太婆家，看太婆插进木箱上的白瓷花瓶里，屋里就有了颜色。

送了花，黎黎也不急着走，而是坐在椅子上，和太婆讲一会儿学校的事。黎黎问太婆，钱卓真的只是转学了吗？太婆摇摇头，只说总会有一个去处的。

黎黎便把这个去处一厢情愿地当作去了别的城市，不敢去设想别的可能。

天气好的时候，黎黎就从太婆家搬椅子出来，搀着太婆在外面晒太阳。槐树被拔走之后，原有的地方被砌上了几个小花坛，种清一色的串儿红。怕有孩子揪了花瓣吸蜜，还专门立了一个“已喷洒农药”的牌子。

路面上铺了新的方砖，红灰交错，压得密实。听说再过一个月评文明城市，老房子还要刷一次新漆。可无论怎么翻新，老房子依旧是老房子。黎黎之前想不通，后来渐渐发现，摆花圈的多过了贴喜字的，这才明白究竟老在了哪里。

太婆的小院里玩具越来越少，三个人大多时候都是坐着说话，偶尔折几只星星。后来阿姝去上中考补习班，三个人就变成了两个人。

天气好的时候，太婆也坐在外面晒太阳。孩子聊天常常避着大人，但面对太婆却并不介意。一是太婆过得冷清，甚至有些寡淡，小孩子看来天大的事，在太婆的年纪看来都云淡风轻；二是太婆的记忆越来越模糊，黎黎觉得她像一张曝晒了许久的旧照片，褪到最后，就没了颜色，只留一个淡淡的轮廓供旁人怀念，再任由其他人凭借回忆或想象添补出一段段过去，添到最后，就成了一本老影集。

这日黄昏，只有黎黎和太婆两个人，黎黎摩挲着熟睡的黄猫宝瑞，忽然想到了凤仙花，便问太婆为何今年开得这样迟。太婆说今年雨季来得晚，丁香迟，桃花也迟，凤仙当然也跟着晚开，不然显得唐突，也不矜持。

说起丁香，黎黎又想到了钱卓，前些日子有人补到了钱卓的位子上，是上一届的跟班重读的学生佟浩，他的另一个身份，是黎黎的堂哥。

对于堂哥成了同班同学这件事，黎黎从未同任何人讲过。她不喜欢总是说风凉话的大姑，自然也不会喜欢仗势欺人却又唯唯诺诺的堂哥，对于大姑一家，她仅剩的一点同情心都给了总是被踩在脚下的大姑父。听说前些日子，大姑跑去佟浩的爷爷家大闹一阵，最后不知用了什么法子把老两口原本要留给孙子的房子过户到了自己名下。大姑跋扈又多疑，甚至连自己的儿子都信不过，唯有房子、车子都握在自己手里才安得下心。

“佟浩同学因为身体原因休学了一年……”

黎黎听了孙老师的话不禁在心里冷笑了一声，她对堂哥的事情并不好奇，唯一惋惜的依然是杳无音讯的钱卓。

“别担心，说不定哪天就回来了。”陈晨拍了拍她的手臂，他总是一眼就能看穿黎黎的心思。黎黎有时候甚至觉得，陈晨能看到她那颗用苦杏仁做的小小的心，只是她不确定，陈晨会不会和她一样，偶尔也会做柳树下的梦。

晚上刚放学回到家，大姑就打来电话，专门嘱咐黎黎不要把佟浩读书跟不上，没法参加中考这件事讲出去。

“不要跟别人讲啊，你们女孩子家家的喜欢聊天……”

黎黎连再见都没说，就挂了电话，大姑的电话号码始终是未保存的陌生来电。

她想到了钱卓的经历，不禁打了个冷战，她突然感谢妈妈将她放到了老房子，而不是留她终日和大姑一家钩心斗角地生活。想到这里，老房子里的一切都变得值得留恋，连五楼那只站起来有一人多高的黑狗都和蔼可亲了起来。

太婆煮了黎黎从家拿来的荸荠，空气里弥漫着甜腻的味道。收音机里在放纪念邓丽君的节目，其中一首《南海姑娘》黎黎也会唱，于是哼着歌用一把干净的小土豆刀削着有些烫手的绛紫色果实，露出玉白的心脏。太婆说荸荠本来是南方产的，长在水里，刚到北方的时候没得卖，近些年才有了。黎黎想到五楼的黄阿公家是管此物叫马蹄的，黎黎很小的时候，曾经尝过一次黄家的马蹄羊肉煲，当时不知马蹄为何物，后来又听有人叫地栗，也有叫菩荠的，这才知道老房子的邻居们都说着不同的方言，如今再看，人人也都有着不同的乡愁。

“……好花不常开，好景不常在。愁堆解笑眉，泪洒相思带。今宵离别后，何日君再来……”太婆跟着收音机哼唱。

“太婆也会唱这首？”黎黎觉得诧异，在她看来，这就像是姥爷在唱周杰伦的歌一样。

“我没你大的时候，这歌就有了，”太婆把削好的荸荠放在小瓷碗里，“那时灌在唱片里，我们几个姐妹都要过两座石桥去听歌。后来让一个日本人唱了去，家里就不许我们听了。”

太婆找出了一本旧的玫粉色缎面影集，翻到一张小小的黑白照片指给黎黎看，两个大一点的女孩穿棉布旗袍，扎两条辫子，中间站着一个短发女孩，年纪小些，穿暗色方格罩衫，黎黎指着中间的女孩儿问是不是太婆，太婆点点头。照片模糊，还微微泛黄，看不清神色，黎黎甚至无法在太婆脸上找到和照片中女孩的任何相似之处。

太婆告诉黎黎，她家的姐姐小时候还缠过几天足，后来发放足布告，还要罚款，这才放开了。可是骨头已经变了形，穿不得新式布鞋，每次穿的时候都要在前面塞一团棉花才行。到了她那时，基本上不缠足了，除了怕征“小脚税”，再就是担心真的打起仗来，小脚跑不快。

黎黎刚学了历史，跃跃欲试，急着跟太婆说课上讲过，1912

年就下令废除了，怎么太婆的姐姐还会缠呢？太婆呷了口水，司空见惯地说，哪是一下子就能废除的，她们已经算好的，有些地方四十年代还给娃娃缠小脚呢。

听到这话黎黎不禁发抖，她想到姨妈说起他们的奶奶，是黎黎叫太姥姥的，就是一个缠着小脚，也不妨碍颤颤巍巍下地做活的老太太。黎黎印象最深的，就是姨妈说她们小时候给太姥姥洗头发，太姥姥头发极长，又花白，还不许别人剪，每次洗完披散下来，等头发干透了，在脑后紧紧地盘好几圈，再用一支木簪子插好才算数。尽管她从未见过这位太姥姥，却也看着照片想象出了当时的样子，每当想起这个场景，都觉得怕极了。

听说太姥姥小时候是做过童养媳的，黎黎第一次听说这件事时，不禁悄悄握起了小拳头，对太姥爷的印象大打折扣，脑子里想到的都是太姥爷一家人戴着瓜皮帽，穿着缎袍的旧社会形象。而太姥姥大概一边推着磨，一边抹眼泪。她不敢相信，姥爷一家人向来宽厚，竟也有如此陋习。想着想着，黎黎那天吃晚饭时哭了起来，搞得程师傅两口子措手不及。程师傅这才说，太姥姥一家是从黄河另一端逃难过来的，程家看着可怜才收到了家里。

“如果没来程家，兴许当年就饿死了，”姥姥说，“你太姥爷对你太姥姥也好，当年刚来的时候太姥姥十岁，还不识字，都是你太姥爷教的。后来都能去公社做登记了。”

黎黎抹了一把脸，不再为此感到负罪与难过，却又多了几分困惑。历史给每一种身份、每一个阶级都框定了应该有的样子，也造成了一种错觉，认为有人应当质朴，有人应当狡黠，有人追求真理，也有人屈从权威，可即便是被时间冲刷得再扁平的个体，也有着鲜活而粗砺的背面。

黎黎想问太婆和自己的太姥姥谁的年纪更大一些，却不好意思开口，生怕太婆觉得自己失礼。看了太婆那些小小的旧照片之后，她觉得太婆儿时一定度过了一段平和笃定的时光，至少要比太姥姥过得富足安定。

“太婆，你们那时候有没有电影看？”黎黎好奇地问。

“有，周璇知不知道？很红的。”太婆一边说一边唱了两句“大姑娘窗下绣鸳鸯”。黎黎专心听着，太婆唱歌时有江南腔调，十分软糯。

黎黎向后翻着，一张照片上印着三口人，夫妻都极年轻，抱一个婴儿，背景是码头，人声鼎沸，往来嘈嘈。黎黎仔细看了看远处的轮船，想不明白轮船上怎么会有这么多的人。

“太婆，这是您和太公吗？”黎黎忽然想到了从未见过的太公，这么一想，其他人说的都不对，太婆曾经有过孩子，如今去了哪里，黎黎不敢问，照片下面标的日期模糊，看不真切。

“这个啊……宝瑞……”太婆喃喃地说，宝瑞拖着胖胖的身子跳上桌子，大摇大摆地躺在了相册上。太婆皱了皱眉，说记不清了，然后仔细地看了看黎黎，问她什么时候去北京学画画。黎黎鼻子一酸，觉得太婆真的老了。

临走前，太婆往黎黎的校服口袋里装了一把煮好的荸荠，还叮嘱黎黎说，北方这个季节没的吃，不让她给别人。黎黎看了看太婆，认真地点了点头，上楼回了家。

第二日吃过晚饭，黎黎正要去院子里浇水，就听程师傅说，太婆养的宝瑞顺着窗户溜了出去，太婆急着出去找猫，寻到了宝瑞，却找不到家了，在外面转了一晚上，还发着烧，有好心人把太婆送到医院的时候，恰好遇到了值班的周家小阿姨，这才知道太婆的住址和姓名。住院时太婆一直问周家小阿姨的儿子钢琴比赛得了第几名，竟把小阿姨当成了黎黎的姨妈，小阿姨心里一紧，又想到自家母亲也是独自一人住着，心里一阵难过。

黎黎邀了小嘉言和阿姝同去医院，阿姝不情愿，说要补习奥数，又对黎黎说最近生病的人很多，叫她少往医院跑。黎黎没继续说下去，道了再见。小嘉言和黎黎在路上遇到了阿瑾姑姑，两个人犹豫着，不知该和以往那样叫阿瑾姑姑，还是应该和在学校里一样，称她郑老师。

黎黎始终记得第一次在讲台上见到阿瑾那天，天空格外地蓝。一周之前，机械厂巨大的烟囱轰然倒下，黎黎这才知道，烟囱的后面也是绵延的黛色山脉。

“大家好，我叫郑之瑾，你们可以叫我郑老师，也可以叫我阿瑾。从今天起，我就是咱们班的美术老师了……”

黎黎看着阿瑾在黑板上写下名字，总觉得有些别扭，她怎么都想不通一直说着要去北京继续读书的阿瑾为什么忽然当了中学美术老师。她回头看阿姝，阿姝似乎早就知道，低着头，生怕被小姑姑点名。

“接下来就让我们一起翻开美术书……”

阿瑾站在讲台上，一本正经地说着开场白，却突然停顿了下来。黎黎也和阿姝一样，把头低下了——她从小就有一种容易替别人脸红的毛病。她想到之前因为小舅舅的关系与阿瑾格外亲近，最近这些日子却疏远了不少，甚至对她当美术老师的事情都一无所知，心里有了一丝愧疚。

“哎，行了行了，这么说话太累了，”阿瑾把美术书丢在桌子上，像平时在老房子时那样对全班说，“我知道你们来一中就是为了考育文或者考崇理的，我也不指望你们对美术课多认真。再说这教材太老了，你们也不愿意看，我给你们讲点别的吧，但是有一点……”

阿瑾看了一眼正在抄作业的宝音，抬手就是半截粉笔，不偏不倚，正中宝音的脑门。

“第一，别抄作业；第二，别在我的课上抄作业。”阿瑾拍拍手上的粉笔灰，冲着宝音扬了扬下巴：“这小子，叫什么名字？”

“老师，我叫宝音，”宝音抬起头，揉了揉脑门儿，“老师您真好看……”

“像个小公主！”几个儿时同过班的同学异口同声地说，全班都跟着笑了。

阿瑾也笑了，用手腕上的皮筋把头发绑了起来，然后对全班说：“都把素描本翻开，这节课老师要教教你们，江户川柯南是如何诞生的。”

自从到了一中，黎黎就再也没上过这样能令所有人都全神贯注的美术课。之前上课的是一个快要退休的男老师，头发稀疏地披在肩膀上，照本宣科地完成任务。一中不设艺术班，只拿成绩论英雄，美术老师的地位自然比不过语数英老师，甚至在体育老师的面前都不能平起平坐。从去年开始，体育也加入了中考大军，这让一向“被有事”的体育老师们扬眉吐气，理直气壮地站在跑道上吹着哨子。

学校不重视，美术老师也是自我放弃的状态，甚至学期末孙老师问这节美术课上不上的时候，有几个同学竟然大着胆子提议倒不如多讲一会儿数学，美术老师听见了也不生气，拿着课本和水杯就慢悠悠地出了教室。黎黎有些时候都怀疑美术老师究竟是不是真的喜欢美术，就连一向宽容的陈晨，都和黎黎说过这美术老师毫无斗志，仿佛从霍格沃茨飘来的宾斯教授。

“好了，今天课就上到这里，希望大家都能喜欢上美术。”

阿瑾说。

教室里久违地爆发了掌声，宝音悄悄地跟同桌说，他觉得郑老师就像真人版的远山和叶。课后，有几个同学主动要帮阿瑾收拾讲桌，还有人问美术老师的办公室在什么地方。

“黎黎，我们大概做不成亲戚了。”阿姝目送小姑姑走出教室，心里有着和黎黎一样的难过。

很长的一段时间里，黎黎都认为她和阿姝可以成为亲戚，可如今是不是亲戚已经没那么重要，阿姝明白太多的社会法则，也更早地脱离了老房子的庇护，无论从哪个角度看，她们都会走向不同的方向，变成不同的人，最终客气地挥手道别。如果真的有这一天，黎黎想，那一定要赶在变成让对方厌恶的人之前道别，至少留下的回忆都不算坏。

太婆比前些日子更显清瘦，蓝白条的病员服挂在身上，见到黎黎和小嘉言来，还用一把木梳拢了拢头发，在病床上坐得端正。

“太婆，我们来看您了。”

小嘉言一边说一边给太婆剥橘子，说早上透过玻璃窗看到宝瑞趴在窗台上蜷着睡觉。太婆问小嘉言最近身体如何，有没有吃中药。黎黎很久没见过太婆的记忆这样清晰，清晰得甚至令她忧虑。

“您好，请问是沈玉女士吗？”一个叔叔敲了敲门，黎黎和小嘉言同时回头看了一眼，来者讲北方鲜少听见的南方口音普通话。

“宝瑞……”太婆盯着那位叔叔说。

“太婆，宝瑞在家好好的，也有邻居们照顾着，您别总挂念。”小嘉言连忙安慰太婆。

“婆婆，您还认得出来真是太好了，宝瑞是我父亲，我叫华志捷。”叔叔走到了床边，“大家都说，我们祖孙三代长得很像。”

叔叔从钱包里掏出一张旧照片，和太婆家里的那张一模一样，只是保存得更好一些，没有泛黄的印记。

黎黎这才知道，太婆年轻的时候家境优渥，家中姐妹三人，太婆最小，自然也最受宠爱。太婆读过几年女校，那时流行听唱片，太婆就总是和几个要好的女伴去听商店里灌好的唱片，因此认识了店里一个年长她几岁的伙计，叫华秋平。每次太婆走时，华秋平都放一首《何日君再来》。有人打趣，问华秋平希望谁再来，华秋平就当没听见，扭开收音机，打扫起了卫生。那时与这首歌一同播放的还有《松花江上》。

太婆毕业后，华秋平便去沈家提亲，被太婆的父亲硬生生从家里撵了出来。家里的两个姐姐都嫁了门当户对的人，听到放唱匣子的也来提亲，都嘲笑妹妹，嘲笑之余还改编了一首《何日“君”再来》，这个“君”，就是一穷二白的小伙计华秋平。后来一天夜里，太婆从家里溜出来，和华秋平一起私奔到了上海。

起先日子很苦，后来华秋平做了海员，再之后做起了小买卖，只是时局动荡，物价飞涨，始终惨淡经营。不知从哪天起，华秋平开始频繁地出海，那是受了一位匿名教授的委托，运送字画古玩。最后教授举家南迁，问华秋平要不要和他一起走。那时华秋平与太婆的儿子宝瑞刚出生没多久，那张照片就是那位教授为他们照的。

太婆说从未见过码头有这样多的人，平日里，太婆看爱人要爬几层梯子才能上船，那天只消抬个脚的功夫，就登上去了。华秋平抱着刚出生的孩子，另一只手拉着太婆，后面一个人身上挂满了金条，用一件长衫遮着，一个趔趄就向海里跌去。还有人用军毯卷着刚出生的孩子，顶在头上跟着人群缓慢而焦躁地前行。

贫穷与富有、士儒与莽夫在那一刻消弭了阶层上的分异，只是尽可能地登上那艘巨轮，驶向未知与平静的夜里。两个人一不小心脱了手，太婆就被挤到了后面，眼睁睁地看着轮船鸣着汽笛向远处驶去，这一脱手就再也没见过面。

那年春节又光明，又黑暗，太婆至今都记得，遇难名单上没有华秋平，幸存者名单上也没有，后来太婆在报纸上看到教授一家四口人全部罹难的讣告，却无论如何都找不到华秋平。一个曾经最想见到的名字，在那段岁月里竟成了最害怕在报上见到的名字。

"这么多年，我以为秋平早就死了。"太婆仔细地端详着眼前人，试图在他的面庞上找到一丁点曾经的记忆。

"说来也是奇迹，爷爷被救，带着父亲四处辗转。局势不太平，想要再回来找您的时候，已经无从寻找了，信件也全被退回。我父亲在我很小的时候去世了，母亲改嫁，我由爷爷抚养长大。"说着他从提包里取出了一张光盘，"爷爷之前已经放弃了，说世异时移，这辈子怕是难再见了。后来过了很多年，我快要结婚的时候，有天爷爷在电视上听到邓丽君小姐唱这首歌，就说如果有机会，一定要找到您。"

黎黎把光盘放进随身带的CD机里，按了播放键。房间里很静，只有音乐的声音，偶尔传来一两声啜泣。黎黎听了难过。她原本觉得这首歌的歌词有一种劝酒式的轻佻，如今却增加了千百斤的重量，她想哭却落不下眼泪，只觉得无论太婆，还是从未见过面的秋平，甚至老房子的每一个人都生来渺小，脆弱得不堪一击。

"秋平他，后来过得好吗？"太婆深深地吸了一口气，问道。

华志捷点了点头，说起初日子很苦，后来熬过了许多年头，就越来越好，除了思乡，再无苦难。"他总说早知如此，无论如何不会上那艘船，即使上了，也要再多看您最后一眼。”说到这里，华志捷欲言又止，太婆便问华秋平是否还有家庭。

“爷爷后来娶了一房太太，又添了一儿一女。奶奶和善宽厚，无论待家父，还是待我，都视如己出。”

那一瞬间，在太婆的脸上，黎黎忽然懂了什么叫释怀。

“我后来被我父亲和两个姐姐接回家，做教员。他们都劝我，就当华秋平这个人已经沉在海里了，我怎么都不相信。”太婆说，“再后来家里出了变故，我父亲得了急病，两个姐姐一个去了云南，一个去了新疆，我来了这儿，从此天南海北，再也没见过。来了之后，一开始日子也苦，又不知道是谁翻出我父亲家那些旧事，就更苦了。那段时间总有人不停地来问话，我没出息，落下了毛病，一听到有人敲门，心里就跟着打鼓，乱得厉害。之后遇上德山，就是他们都叫太公的，都是没有办法的人，就一起过了。”

听到“没有办法的人”时，小嘉言哭得更厉害了，起身出了病房。

“秋平如果活着，我希望他记性变差一点，忘了之前吧。”太婆说，“只是我的宝瑞，还是可惜了。”

“爷爷说如果您另有家庭，就更好不过，时局动荡，总要有人关照您的。如果真是这样，也祝您圆满，都是没办法的事。”华志捷说，“爷爷从来都没有忘记，他始终记挂着您。”

太婆点点头，记忆变得异常清晰。在华志捷问黎黎太婆为何住院时，她甚至不忍心说出太婆之前混沌的记忆。黎黎已经不想深究太婆与自己的太姥姥相差几岁，谁更幸运亦或不幸，社会变迁之下，人人都有自己的幸福与苦难，也承受着独特的无力与悲欢，皱纹与泪水共同构成了属于每一个微小个体的山河，也昭示出独一无二的渺小与伟大。

“爷爷临终时说，以前不许听这首歌，想到您时就在心里偷偷哼唱。后来可以听了，却自知时日无多。如果下辈子有机会，还给您放唱片，放《何日君再来》。”华志捷临走时对太婆说。

凤仙始终不开花，黎黎左等右等，直到太婆去世那天，都没等出一个花苞来。黎黎想起太婆第一次给她们染指甲的时候说过，太公说女孩子爱美，就种了这些凤仙花给太婆染指甲，还专门在出差时买了绣花样子带回来。旧的玻璃吊灯也是太公亲手安的，程师傅几次想帮太婆换新的，都被婉言拒绝。太公和太婆，也一定度过了一段很好很好的时光。想到这里，黎黎就不再难过，更不再纠结凤仙花的开与不开，她自作主张地判定，凤仙花一定是来完成自己的使命的，然后跟着太婆去了更好的地方。

嗯，一定是这样的。

太婆走后，有人说这故事太过传奇，太婆又记不清事，像是编造的。还有人说病房里只有两个小丫头，孩子能懂什么？也有人说这华志捷会不会是从南方来的骗子，专骗太婆这种独居的老人。现在的人，心思细得很，也坏得很，为了太婆的房子和那些存款，什么事情都能厚着脸皮编造一番的。程师傅听了之后果断地说，哪有骗子能有心思编一个这么长的故事，还处处都能跟太婆的经历对得上。

小嘉言和黎黎忙着把凤仙花搬回自己家里，一言不发。华志捷在办完葬礼之后就走了，临走之前，他把那张光盘送给了黎黎。

“黎黎，你说那华叔叔真的会是骗子吗？”搬完最后一盆花，小嘉言坐在空空的小院子里问黎黎。

“我也不知道，”黎黎摇摇头，想到华志捷那天离开病房后太婆安心的神情，“如果真的是骗子，那或许也是个善良的骗子。”

姥爷老了

放眼望去，人人都有自己的坚守与无力，自然也都在适应着，改变着，
被时间与世事冲刷得横冲直撞地向前奔涌，聚散无常。

姥爷老了

抬起头，依然能透过玻璃窗依稀看到太婆家里面的样子，与以前相比，并无二致。华志捷的确拿走了太婆的一些东西，不过是一台旧唱机，还有两条太婆亲手绣的丝帕，其中一条绣鹧鸪的黎黎小时候擦过脸，再熟悉不过。

黎黎和小嘉言都要留下宝瑞，可家里人都说，她们快要升毕业班了，养猫费精力，都一口回绝。于是宝瑞被送到了离育文中学很近的一家书画店里，店主是个刚毕业的姑娘，长长的头发，她答应小嘉言和黎黎，随时都可以来看宝瑞。

小嘉言后来去过一次书画店，店主不在，宝瑞盘踞在收银台上。小嘉言大着胆子伸出手想摸它，宝瑞却冲着小嘉言不住地咧嘴，还喵喵叫着，好像已经不认识她了。小嘉言回来就和黎黎说，她要好好查一查，猫的记忆大概能维持多久。

花圈摆了一阵就全都撤走了，没有悲痛，没有惋惜，甚至出于本能的恐惧都不存在，似乎忘了一楼曾经住着一位太婆，老邻居们依旧各自过各自的日子。

就像新开的化学课上老师展示的无色酚酞试剂一样，滴入氢氧化钠的一瞬间变成了红色，又随着轻微的震荡慢慢褪去了颜色，再度变回和水一样平淡无奇的液体。

记忆是用来被遗忘的。

看着老师在化学课上做实验，黎黎想到了太婆，又想到了至今依旧不知去向的钱卓，心情倏地低落下去。她不怕生死，但恐惧遗忘，于是什么都想记录下来，可仍旧徒劳，有些人的消失会像话剧的落幕，而有些人却在不知不觉间慢慢地淡出，甚至来不及正式地做一次告别。

黎黎依旧能在学校见到阿瑾，也听到其他班甚至其他年级的同学说，新来的美术老师年轻漂亮，还特别酷。姥姥在家也说过，隔壁的阿瑾像是谈了朋友，就是美院的江老师。

小嘉言也在老房子里听到了传闻，于是问阿姝，是不是这样，阿姝只说了一句不清楚，就转身上了自家的车，一溜烟不见了。

又过了几天，传闻渐渐被“三楼老郑家的小女儿分手了”的新消息取代。黎黎放学回家的时候还能隐约听到有人说美院那江老师其实有家庭，只是夫妻感情淡薄，一直没有孩子。

“过不下去了，怎么不离婚？”

“女方家里有钱着呢，就连江老师读博士的钱都是女方家出的，怎么离啊，笑话。”

“那阿瑾算是……”

“什么算是啊，那江老师鬼着呢，学校里都没什么人知道他结过婚的，阿瑾怎么知道。你就说荒不荒唐。”

“啧，荒唐，败兴……”

黎黎听着泛起一阵生理上的恶心，手上捧着本《夜色温柔》，却一个字都看不下去。

阿瑾姑姑在一中做了老师，而小舅舅也要和别人在一起，黎黎觉得很难过，就像是有人把快读完的童话故事撕了个粉碎，再也拼补不成原来的模样。她一直以为，两个人只是赌气，只要阿瑾姑姑去了北京，他们就还会在一起。

可是许多如果，最终都败给了认命。

老房子的红砖被刷成铅灰色的那天，阿瑾坐上了去杭州的火车。

黎黎得知这件事是在第二周的美术课上，当之前那个长发的快要退休的男教师再度翻开美术课本的时候，黎黎听到宝音在身后重重地叹了一口气。

阿姝自然知道这件事，却没有告诉黎黎与小嘉言。她回老房子的时间越来越少，黎黎有些时候能听到阿姝在隔壁说话，却再也听不到她来敲自家的门。而黎黎自己也厌倦了邻居问妈妈在广州生活得好不好，不常在楼里走动。

不知从什么时候开始，黎黎便觉得亲切有些时候成了一种负担，甚至听到有邻居从楼上下来的时候，会刻意从猫眼静悄悄地看着，直到人影消失不见才开门。姥姥在饭桌上问黎黎，为什么阿姝最近不来，是不是吵架了。黎黎摇摇头，添了小半碗粉汤，想不通原因，但也如释重负。

终结一段友情的往往不是暴风骤雨，只不过是漫长岁月里不甘其后的好胜心、瞻前顾后的得失心、高高在上的同情心。所以彼此渐行渐远总好过有人一厢情愿。

小嘉言在回家的路上问黎黎，一直说要考去北京的阿瑾姑姑为什么去了别的地方。

黎黎不知如何回答，如果说要去北京是因为明远舅舅，留下来是因为那个道貌岸然的江老师，那这次怎么想都只能是因为她自己。

可是黎黎不是阿瑾，甚至还不是个成年人，她说不好，只能偷偷地给阿瑾发短信，盯着无人回复的屏幕出神。

几天之后黎黎放学回家，程师傅说要装修房子。黎黎这才知道，明远舅舅要和他在北京认识的女孩结婚了。听说女孩的爸爸是明远舅舅学校里的领导，程师傅说起来还有些自豪，楼下的邻居也有人说明远这孩子省心，真是找对了人，以后工作也不用愁了。

什么是找对了人？黎黎皱了皱眉，背着书包快步向楼上跑去，电线上落着几只麻雀，叽叽喳喳地叫着，聒噪极了。

明远舅舅一定不是那种人，黎黎擦拭着新换的玻璃窗和书架，心思郁结。

黎黎的书渐渐多过了明远的书，她小心翼翼地把小舅舅的书整整齐齐地码在最上面的那层。姥爷选的书架特别大，是原来的两倍。姥姥说哪里有那么多书要放，姥爷坚持要买一个大的，说家里的文化人越来越多了，书架必须要大。

说是明远舅舅结婚才装修的房子，可谁都知道，新书架就是专门买给黎黎的。有好几次，黎黎找不到之前的成绩单，都是姥姥在姥爷的衣兜里翻出来的。听姥姥说，姥爷还会不经意间把黎黎的成绩单掏出来，给老邻居、老工友们炫耀一番，说是自己念书不行，但老程家的孩子，念书念得都不差。

有人说，三楼程家这次装修亏本了，听说政府征地，明年开始老房子要陆续被拆，程师傅却说这有什么亏的，住一天是一天。姨妈听到这话，半开玩笑半埋怨地说，明远和黎黎妈结婚的时候家里就大肆装修一番，自己结婚的时候贴几个喜字就算完了。程师傅说那不一样，黎黎妈是头一个结婚的，明远是因为时隔太久，家里都旧了。姨妈一边擦新换的电视柜和茶几，一边撇撇嘴，说自己干什么都夹在中间，半真半假地嗔怪着，说程师傅偏心小儿子。

"我们可没有啊，咱们家一向男女平等，"程师傅赶紧解释，"我这装修啊，一半因为明远结婚，另一半可是为了给黎黎换个环境啊。"

"您可得了吧，我们这一辈人里面，家里最小的大多都是男孩儿，光我同学就好几个呢，"姨妈说，"还不就是你们老一辈总想着得有个接户口本的啊。"

程师傅呵呵笑了一声，就催姨妈去接毛毛。黎黎曾经嘲笑毛毛，都四五年级的大孩子了，怎么还要接送啊。姨妈说她不懂，现在跟她上学时候不一样，乱得很，到处丢小孩儿。她们单位的人说，保险公司对面那个小区一个家长住七楼，眼看着孩子放学走到前面一个路口了，左等右等人都没回来。姥姥说怕是遇上鬼打墙了吧。姨妈眼睛一转，喝了口铁观音说，比这可邪乎多了，就是过马路的时候被人拐走了，找回来的时候肾都被人挖去一个呢。黎黎想了想，说保险公司对面那是个老小区，和老房子一样，最高只有六层，哪儿来的第七层。姨妈停顿了一下，只说了一句"我也是听人说来的"，就不再说了。又吃了会儿菜，程师傅对姨妈说，以后还是自家人去接毛毛放学。

“你们要是没空，就我去接，”程师傅说，“我骑自行车送毛毛弹钢琴去。”

“哎呀爸，这么大岁数了，骑什么自行车啊，”姨妈说，“我跟他爸接就行了。”

程师傅停下筷子，想要再说些什么，到嘴边了就只剩一句：“咱们这自行车，骑得可稳了。”

中学是一个奇特的时间节点，像是始终活在被保护的蛋壳里，一天天地生长，终于在长成少女的那天第一次啄出了缝隙，光透进来，明亮也残忍。越长大，就越发现老房子的温情在逐渐退去。骨骼越舒展，就越觉得亲密反倒成了逼仄。黎黎开始怀疑，究竟是自己变得容易起厌，还是生活本就如此。

明远舅舅回来那天，黎黎没有以往那样快乐。她看着舅舅带着未来的小舅妈和每个假装来借还东西的邻居打招呼，又在别人关门的一瞬间松懈了脸上程式化的礼貌与笑容。她也听着那位小舅妈悄悄说姥爷选的床头和沙发土气，壁灯的白炽灯管把人脸照得惨兮兮的。小舅舅没有反驳，一一答应着，接未来岳父的电话时点头哈腰的样子，像极了黎黎在饭店见到的两个小科员。

黎黎逐渐发现，姥爷也有很多不同的侧面。在女儿们面前，他依旧维持着一家之主的权威，哪怕大女儿已经在广州有了自己的公司，平静富足。可是明远舅舅读书越多，姥爷的话就越少，黎黎看得出来，这是怕在儿子面前露怯，显出自己一介普通退休工人的无知与误解。

可是对黎黎和毛毛，程师傅更多的则是疼惜。有人逗毛毛，说程师傅有了孙子，就不再亲他这个外孙了。还没等毛毛委屈地撇嘴，程师傅就连忙声明都是没有的事儿。开明与传统，就这样巧妙地融合在了程师傅身上，被无形的力量推向前方。

姨妈要黎黎晚上去陪毛毛练琴，住他们家，把新装修的房间留给明远。小舅妈婉言拒绝，说是已经定了宾馆。姥姥挽留了一阵，明远也不说话，相持了许久，还是走了。两个人一走，全家人松了一口气。黎黎忽然想念起了阿瑾，给阿瑾发了短信，无人回复，过了一阵，也就忘了。

一中又来了新的美术老师，是一个瘦高的男老师，学院派，绘声绘色地讲拿破仑穿越阿尔卑斯山和列宾如何画伏尔加河，与其说是美术老师，更像是美术馆的讲解员，讲得跌宕起伏，惊心动魄。两节课之后，很多人就把阿瑾忘了。可惜没见过几次，美术课就变成了数学课，做着各地的中考试题，每个人都渐渐地被淹没在了函数里。

明远最终还是没把媳妇娶回程师傅重新装修的老房子里，而是订了一间新开的外资酒店套房，因为小舅妈不喜欢程家的装修，说不洋气，拍出照片不好看。黎黎听不下去，转身出了房间，砰的一声关上了门。她独自坐在太婆的小院里，抬头看着电线杆上的鸟雀，楼上晾晒的被单，有种说不出的难过。晚上回家的时候，明远一副大人派头，问黎黎怎么不打招呼就出去这么久，黎黎只说累了，就回房间躺着，不开灯，听着明远在客厅里说"不管黎黎，我们吃饭吧"。

她攒了很多问题想问小舅舅：考育文还是崇理；先读米兰·昆德拉还是卡夫卡；应该看着阿姝越走越远，还是努力维护这段从小建立的友情。可是小舅舅回来之后，问题都从黎黎记忆的空隙里全部溜走。她想问小舅舅如何阻止时间，如何不再遗忘，可是又有什么用呢？改变是一种强大的力量，就连小舅舅自己都不可幸免，又如何告诉黎黎呢？

究竟是小舅舅先变了，还是阿瑾姑姑先变了，黎黎怎么都想不通。她又想到妈妈每回来一次，便生疏一分，又想到阿姝，想到小嘉言。混沌之间，她记起太婆说过“都是没办法的人”，便什么也不责怪，什么也不纠结。放眼望去，人人都有自己的坚守与无力，自然也都在适应着，改变着，被时间与世事冲刷得横冲直撞地向前奔涌，聚散无常。

小舅舅结婚的前一天，黎黎第一次见到了妈妈和她提过的黄叔叔。黄叔叔的女儿小名叫嫣嫣，头发长长的，修剪成妈妈喜欢的弧线发尾，一直跟在黎黎后面叫姐姐。黄叔叔似乎特地嘱咐过，来了北方要讲普通话，所以嫣嫣就连给朋友打电话时都努力地讲普通话。姥爷让黎黎带嫣嫣出去转转，嫣嫣盯着招牌上的蒙语看了好久，问黎黎怎么念，黎黎摇摇头说她并不认得。恰巧遇到了宝音，黎黎正要和宝音打招呼，却见他仓皇地跑向了对面，头也不回。黎黎这才发现，少年的宝音，有了很多她不知道的心事。嫣嫣笑着问黎黎这个慌张的男孩是谁，黎黎想说这是她在实验小学认识的第一个朋友，然而怔怔地看着宝音忽而陌生了的背影，只好对嫣嫣说：“他是我认识了很久很久的同学。”

黎黎带嫣嫣去吃羊肉烧卖，还去了青城街的奶食店，看店的人是一个和她们差不多大的男孩，黎黎看着眼熟，似乎也是一中的同学。这让黎黎感到一阵不安，生怕有人看穿她和嫣嫣之间微妙的关系。黎黎买了糖麻叶儿、江米条，还有两袋奶提子，姥爷说过南方女孩喜欢吃甜的东西。嫣嫣好奇地看着奶食店里的一切，还用手戳了戳门口那只仰着头的草原狼标本，不想标本上原本就松动了的塑料牙齿掉了下来。嫣嫣趁店主不注意，小心翼翼地把牙齿塞了回去，然后拉着黎黎，逃也似的从奶食店冲了出去。黎黎看着嫣嫣，觉得如果不是现在这样的关系，她们或许会成为很好的朋友。

“嘭”的一声巨响，嫣嫣吓了一跳，远远地看到一个圆滚滚的黑色手摇铁锅里冒出黑烟，还带着火星，是有人在卖爆米花。黎黎好久都没见过这种老式爆米花了，以前都是小舅舅回来，领着她和毛毛去崩一大袋子，边看动画片边吃。她看了嫣嫣一眼，嫣嫣点点头，两个人就跑回家里舀了一碗大米，再跑出来的时候，崩爆米花的人早就不知去向，地上留着黑灰色的痕迹。风越来越大，或许明天这些痕迹就不见了。

锅上蒸着豉汁排骨，黄叔叔和妈妈在厨房里忙前忙后，嫣嫣跑进厨房给妈妈喂了一颗奶提子。黎黎看着，觉得这样也好，把米倒回缸里，就回了房间，关门的时候听到嫣嫣对黄叔叔说，市场里的烧味都不好，回去之后要给黎黎寄广东的过来。

黎黎心里已经喜欢上了嫣嫣，但总觉得有些隔阂，不好表达出来。嫣嫣主动提出晚上不住宾馆，要和黎黎一起住。妈妈小心地问黎黎愿不愿意。黎黎看了看妈妈，越发觉得人人都有自己的难处，无论是作为自己的妈妈，还是嫣嫣的阿姨，于是点点头，问嫣嫣会不会唱《女校男生》。

妈妈松了一口气，就和大人们出门了，不知是有意还是无意，只留了黎黎和嫣嫣两个人在家。嫣嫣从没来过北方，看什么都好奇，还指着暖气片问黎黎为什么这里放着一扇百叶窗。黎黎忍不住笑了，邀嫣嫣明年冬天来家里玩。

“冬天我们一起回来吗？”嫣嫣一边翻黎黎的相册一边说，“程阿姨说，你要去广州读高中哎。”

黎黎正要给嫣嫣冲奶茶，听到后一不小心被开水烫了手。

程师傅一家回来的时候，正好看到嫣嫣在给黎黎涂药水。黎黎正要和程师傅说自己刚才不小心烫到了手，程师傅却转身回了房间，丝毫不关心黎黎的手。

“爸，黎黎的手烫到了。”嫣嫣对黄叔叔说。

黄叔叔听了之后就要出去给黎黎买烫伤药膏，被姥姥拦了下来。黎黎从嫣嫣手里拿过棉签，自己心不在焉地涂着药水。她开始有意无意地回避起黄叔叔和嫣嫣对她的好，他们对她越好，她就越无法拒绝转学的要求，可越是拒绝，就越为难妈妈。

黎黎想到刚读中学的一个晚上，她和阿姝还有小嘉言坐在太婆的院子里，凤仙开着，露水衬着月光，女孩们说彼此的心事，说黎黎发现的秘密，说阿姝心里装着的人。黎黎忽然很想敲开隔壁的门，透过防盗门上的小窗户问一句阿姝在不在，这才想起来，阿姝早就搬进了新房子，早早地过上了新的生活。

为了明远的婚礼，程师傅似乎累坏了身子，从酒店出来，就无精打采的。黎黎问姥爷怎么了，程师傅对黎黎却不像以往那样热络，只是冷冷地坐在车里。黎黎以为自己做错了什么，却怎么都想不出缘由，只当姥爷是累了。

明远舅舅走的第二天，程师傅就生了病，妈妈和姨妈问老爷子怎么了，程师傅说不上来。小嘉言的爷爷听说老邻居病了，下来探望，程师傅也说不上来，只觉得身上不痛快。黎黎问怎么了，姥爷不说话，进屋关上了门，对黎黎越发疏远。

姥爷不是病了，也不是累了，而是老了。

黎黎在课间做着《天利38套》，恐惧就这样突然袭来。她眼看着妈妈和小舅舅都越走越远，姨妈当上了大区经理，围着工作和表弟毛毛忙得团团转。老房子里的两个老人，就这样被迫切的成长抛在了脑后，成了一段泛黄发皱的回忆。

黎黎忽然想到太婆。遗忘，然后死亡。在小学的写作班上她曾经写过，希望长大了能带姥爷和姥姥坐在气球上环游世界，那时她是多么期待长大啊，离开讨厌的班主任，离开瞧不起她的男同学，甚至离开陈旧的老房子。可如今每长大一天，她都多出一份担心，生怕衰老与遗忘日渐肆虐，最终还是会把她在老房子里最珍爱的两个人变成太婆一样的旧照片。

想到这里，黎黎停下笔，还未等掏出纸巾，眼泪就啪地打在了卷子上。忧虑与恐惧织成了云，越织越密，就下起了雨。卷子的旁边，是一张保送申请表。

孙老师递给黎黎申请表的时候说，育文、崇理与一中的高中部各有五个名额，一定想好再填。还再三嘱咐每个拿到表格的人，一定要和家长商量。

“赵黎黎，我们都申请崇理中学吧。”陈晨趁着教室里没人的时候对她说，说完就抱着足球跑了出去，耳际红得发亮。操场上有人在为了中考的体育加试练习长跑和立定跳远，打开窗子，就能听到广播在放《爱上未来的你》，潘玮柏反复唱着“捍卫我们的约定”。

今天的播音员是小学时同班的李晓唐。前天课间操时，她听说李晓唐想要申请育文中学的保送生，小嘉言也是，她们都想要读文科，做一辈子看书写字的工作。成绩普通的阿姝捡起了荒废三年的钢琴，要依靠特长生的身份跻身重点高中的行列。同班的宝音更直接，在黎黎拿到申请表的那天就说黎黎保送到哪里，他就去考哪所高中。

物理老师总说中考最难的是多选题，黎黎坐在新换的书桌旁边翻着《中考物理汇编》，觉得去哪里读书，和谁一起生活这样的单选题，想要选对，也需要很大的运气与更大的勇气。

楼道里传来了一声狗叫，黎黎看了眼表，八点半。每天这个时候，小四子叔叔都要去遛狗，他还答应黎黎和小嘉言，中考之后她俩帮他看超市，冰淇淋和饮料随便拿。老房子已经成了黎黎生活的一部分，除了这里，她想不出哪里还能叫作家，因此告别变得更加艰难。可是黄叔叔和嫣嫣都很好，好到没有任何可以拒绝一起生活的理由。她想到他们走的那天，妈妈塞给她一千块钱，她推说不要，还是嫣嫣接过来塞进了她的口袋。她说不上新家庭哪里不好，只是觉得就像用老房子的一块砖，去填补一面本来就完整的新墙，怎么想，都是多余。

程师傅回来了，黎黎想都没想就拿着申请表开了房间的门，心里怀着一丝侥幸，期待姥爷和姥姥能做主，把她留在老房子，就像当初姥爷做主不让她再去受大姑的气一样。她已经习惯了这样的保护。

“什么事儿啊？”程师傅不冷不热地问。

“姥爷，这是保送申请表，”黎黎把表格递给姥爷，“孙老师说，让我们跟家长多商量再决定，名额有限。”

姥爷戴着老花镜看了半天，手指在“综合排名在年级前百分之五”这一行划了好几遍，嘴里念念有词地说着“我们黎黎真是有出息”。

黎黎松了一口气，马上就要掏出手机，让姥爷给妈妈打电话，说她要继续留在这里读书了。

“但是黎黎啊，这个申请表，咱们就不填了，”程师傅说，“听你妈的话，去广州吧。”

“你们是不是不愿意让我在这里住了？”

黎黎心里憋着的那股劲儿一股脑地涌了上来。她想到自从妈妈回来开始，姥爷就对她越来越生疏，这种生疏令她感到不安，仿佛曾经那层庇护在渐渐消散。

"你这孩子，"程师傅急了，"怎么分不清好坏呢？你妈让你去广州上学，是为了你好。"

"为了我好就应该让我一直在老房子住下去，住在我熟悉的地方。"

黎黎边哭边嚷着，说什么都不愿意离开。她越来越害怕，怕自己变得和小舅舅一样，也怕融入不了新的家庭，更怕姥姥和姥爷老了，会变得和太婆一样，被遗忘包上一层厚厚的茧。

"那明年老房子如果真的拆了，你住哪儿？"程师傅问黎黎。

"你们住哪儿我住哪儿，"黎黎赌气说，"反正我要去崇理，我就要跟你们住在一起。"

"去了那边，房子大，环境也好……陪陪你妈。"

程师傅声音渐渐低了下来。就连姥爷都不再理解自己，黎黎觉得更加孤独，索性不说话了，拿着那张申请表小声哭着。

"你大了，姥爷也老了。不能再把你拴在这儿了。"

程师傅说完就回了房间，留黎黎一个人坐在客厅里，盯着新刷的墙面发呆。她好像听到姥爷在房间里哭了，却不知道怎么办。他们总会看着身边的人渐渐离去，连记忆都被一点点地抽离，就像手里的沙子一样，最终变成无序的粉末。

有那么一瞬间，她明白了妈妈为什么害怕错过突然从家里打来的电话，不是逃避，只是距离会把任何微小的牵挂与担忧无限制地放大，一个错过的电话都会让想念变得草木皆兵。

黎黎把申请表贴在了影集上，前一页是明远舅舅结婚的照片，她和毛毛站在新人两边，毛毛那天还弹了钢琴，听姨妈说，毛毛小学毕业就要去音乐附中了。再翻一页，是三个人在太婆家里，那天黎黎有了自己的第一台相机，宝瑞趴在太婆腿上，凤仙灼灼，衬着阿妹的红裙子，分外耀眼，而如今看来，似乎那时的每个人，都注定要同自己道别。

一天下午放学回来，黎黎见到姥爷在和几个邻居聊天，阿姝的爷爷听到消息说，拆迁文件下来了，最快明年夏天就要准备搬家了。几个老邻居说如果买新房，大家还要继续做邻居。可哪里能有这样凑巧的房子呢？黎黎心想，一切都充满了巧合，也充满了错过。

“程师傅家这次装修是真的亏了。”周奶奶说，几个邻居点点头。

程师傅没有反驳，也点点头，说是啊，是真的亏了。可是想了想，又说还是不算白装修。

“这么些年，我们黎黎终于用上新书架了。”

黎黎停下脚步远远地看着姥爷，想起刚搬进老房子的第一天，她还不到旧书架的一半高，总是踮着脚，张望着最上面那排的几本线装书，央求姥爷拿下来给她瞧一瞧。看来看去，却看不出门道，只好垂头丧气地再放回去。小舅舅临走时，黎黎想起了那些书，问小舅舅要不要看。明远想了想说都留给她吧，这么些年，早就买新版本了。

对啊，这么些年。

布日古德

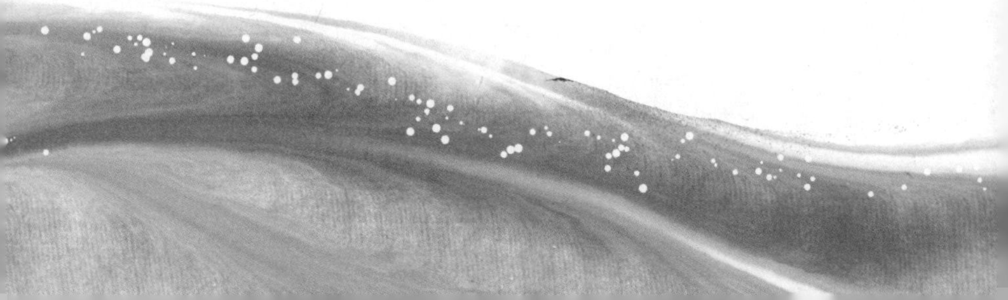

世界太大了，后会有期太难。如果以后真的见不到了，
那我只好祝你，山高水长。

布日古德

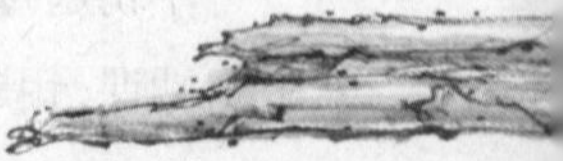

太婆的小院被拆掉那天，下了很大的雪。

小院被拆，地窖也会被填平，听楼上的周奶奶说，前些日子有人晕倒在了地窖里，抬出来的时候已经没了气息。黎黎突然想起小时候阿姝也对她讲过类似的故事，如今听故事的槐树被连根拔起，小院子也不复存在，就连站在电线上啾啾叫着的鸟雀也少了。

故人依旧，却还是冷清了。

老房子里偶尔有人闲谈，也都是些带着数字的琐事。小四子叔叔盘下了几百平方米的店面，阿妹一家买了几十万元的新房，黎黎和小嘉言考了第几名，又或者李主任的小儿子几年才回来了几次。数字让所有事情变得具象却又冷漠，黎黎听到这些话时在想，自己以后一定没法成为一个合格的经济学家，也不想同数字打什么交道，尽管这是如今最炙手可热的一门学问。

妈妈答应黎黎住到中学毕业，老房子拆迁为止。挂电话时妈妈叹了口气，想不通小小年纪的孩子为什么如此古板，放着新房子不住，要和老人挤在一栋旧房子里。

黎黎站在玻璃窗前，看着楼下的院落渐渐被夷为平地，忍不住摸了摸挂在脖子上的那枚小钥匙，走出了老房子。她们曾经说好，小钥匙每人戴一周。后来阿妹搬出了老房子，小嘉言生病落下了功课，钥匙就始终挂在黎黎的脖子上。黎黎尝试着把钥匙交给阿妹，最后一次修复她们几乎被淡忘的友谊。阿妹坐在钢琴前，面前是久违的钢琴曲谱，忽闪着长长的睫毛，表情茫然。

“黎黎，这是什么钥匙？”

“太婆的小院，我们说好一人保管一周的。”黎黎的手不自觉地握紧，阿妹已经忘了小院子，或许也已经忘了太婆。

“我们都这么大了，也不会再去小院子里玩了，不是吗？”阿妹温柔地对黎黎说，脖子上戴着一条土星项链，是日剧《花样男子》里的款式。黎黎在体育课上听很多女生说起过那条土星项链，几个和阿妹交好的女生都戴这款，还一起学唱了大家爱的那首《星象仪》。阿妹没有叫黎黎，也没有叫小嘉言。按成绩排成的座位形成了残酷的阶级，无情地彰显着孙老师成王败寇的分数真理。黎黎喜欢，甚至崇拜过这种单凭成绩就能得到老师喜爱的成就感，可时间越长，就越觉得不安，像有一种奇怪的张力横亘在了她与阿妹之间，她跑得越快，她们之间的距离就越远，仿佛是一场永无止境的赛跑，一旦消失在了对方的视线里，再次碰面时，就已经错过了好几圈。可体育老师说过，跑步时最忌讳的就是停下来等落后的伙伴。

阿姝没有理会黎黎，随意地在琴键上弹着《星象仪》，黎黎跟着小声地哼唱。那部电视剧她也看过，她也知道坐在她附近的女生都看过，只是没人承认而已。孙老师说过中考的关键时期不能看偶像剧，每个人都戴着“好学生”的镣铐在跳舞。

“你也看过这个？”阿姝停下来问黎黎，“我以为你们学习好的都不看电视剧呢。”

黎黎停了下来。窗外北风肆虐，发出簌簌的嘲笑声，隔壁的琴房传来阿姝小学时为了参加比赛而练习的《春之歌》。两个人僵持着，都不说话，静静地听着隔壁的曲调。

阿姝问黎黎要填哪所学校，黎黎犹豫了一下，想要和阿姝说中考之后，她就要去广州读书，犹豫得越久，就越说不出口。铃声响起，黎黎要回教室自习，两人这才如释重负。

阿姝看着黎黎向教室走去，重重地敲了一下琴键。她变得越来越反感钢琴，尤其是当音乐特长生在孙老师眼里成为“学习不好才去考的小三门”时。小时候喜欢到不愿意掺杂一点功利心的钢琴成了一条不那么光彩的捷径，就连自习课坐在琴房的两个小时，都成了度日如年的煎熬。

究竟是什么时候趁着自习课的时间溜进了孙老师的办公室，阿姝自己都没有察觉。她越来越确信自己对从小住在隔壁那个女孩复杂的感情里，嫉妒吞噬了喜欢，在心里发酵成了一只露着獠牙也裹着绒毛的奇怪野兽，看似温和无害，却无时无刻不在酝酿着不堪的蠢蠢欲动，不堪到悲哀。

又是从什么时候起呢，平平无奇的赵黎黎超过了自己，刚开始是微不足道的能力，加上一丁点幸运，那时的她还能自诩殷实的家境能给她足够的安全感与自尊，让她去对黎黎施以一种出于友情的怜悯，以此来证明自己至少不那么差。只是后来，黎黎一家的条件也越来越好，这种怜悯就没有了存在的必要。

她很久才回一次老房子，周末大多数的时间都用来上补习班，很贵很贵的补习班。在补习班上，她经常想到这个时间黎黎和小嘉言应该坐在太婆的小院子里，一人揪一朵蜿蜒在藤上的喇叭花把玩着，手里拿着妈妈早就不让她碰的"闲书"。尽管如此，她们在成绩单上依旧离得越来越远，到最后，成绩单一对折，就再也看不到彼此的姓名。

太婆的小院子，繁盛的凤仙花，写满诗词的烟盒纸片，甚至黎黎那只会魔法的铁皮青蛙，她都没忘，她少的不是记忆，而是把好胜心抛在脑后的底气。

没关系的阿姝，至少你长得好看，很多人都这样说，长得好看多好啊。

可长相是最奢侈也最危险的馈赠。

阿姝曾经好多次发着抖坐在新家空无一人的宽敞客厅里，父母越来越忙，她只好一个人等家教来家里。妈妈总让她和老师去自己房间里补习，阿姝就当没听到，倔强地坐在客厅的正中央，把吊灯开到最亮，无动于衷地曝晒着惨淡的现实。她颤抖地盯着物理试卷上纵横杂乱的受力分析图，身后那个道貌岸然的男人的手指划向她的脖颈，她不敢说话，画下一个个扭曲的箭头，脑子里一片空白。

阿姝和妈妈说过无数次她不需要家教，却从来说不出原因。妈妈甩着成绩单，说黎黎的生活条件没有她好，却如何如何有出息。妈妈说得越多，她就越愧疚，仿佛犯错的不是那个看似温和无害的家庭教师，而是平庸到愚笨的自己。

幸运小姐总有着不大不小的幸运，而完美小姐，其实从来都不完美。

终于有一天，那个男人装作不经意地将手搭在了阿姝腿上，她用尽全部的力量掀翻了茶几，跑了出去，迎面撞到了刚回家的妈妈，自此阿姝的人生中就再也没了家庭教师。可是一切都太晚了，每当理综试卷发下来的那一刻，不堪的记忆就伙同着愧疚一同袭来，侵蚀着她每一寸皮肤，压得她喘不过气来，最后只好踉跄着写下一些不相干的数字，草草了事。

再后来，她经历了人生中第一次无声的拒绝——她听到陈晨对她儿时最好的同伴说“我们都报崇理中学”，也看到陈晨偷偷替犹豫不决的黎黎填好了迟迟没有上交的保送申请表。现如今，那张申请表就安静地躺在孙老师的办公桌上，周围寂静，空无一人。窗外是凛冽的风声，与挂在黄昏里的月，阿姝的心脏从未这样剧烈地跳动过，无形的力量驱使着她撕碎了黎黎的申请表。

“报告，孙老师……”

办公室的门被推开，阿姝手一抖，纸片在空气中飘着，像行将就木的枯叶蝶，越荡越远，最后落在地上，躺在了黎黎脚下。黎黎正要低头去捡，却在看到自己名字的一瞬间停了下来。

明明都戴了土星项链，为什么还是三条樱子呢？

“黎黎……”

阿姝轻轻叫着，却无人应答。黎黎站起身，手里拿着一张碎片。她看出了陈晨的笔迹，也看出了阿姝脸上从未有过的慌张，她把碎纸片扔进垃圾桶里，转身出了办公室，任凭阿姝在身后不停地唤着她的名字。

这场告别仓皇得令人生厌。

黎黎把小钥匙从脖子上取下来，放进很早以前小舅舅买给她的一个铁皮饼干盒里，盒里装着一摞儿时的烟盒纸卡片。钥匙扔进去的时候打在了盒子边缘，“当”的一声，撞碎了一个梦。

手机不停地震动着，黎黎不愿接，也不敢接。无论是出于嫉妒的真相还是出于自保的谎言，她都不想从阿姝嘴里听到。

第二天自习课的时候，孙老师把阿姝叫了出去。当阿姝走过黎黎的座位旁边时，黎黎低着头，专心地在纸上抄着高锰酸钾制取氧气的公式。

阿姝直到放学都没有回来，小嘉言问黎黎阿姝去了哪里。黎黎看着办公室的方向，突然有了答案。

“我今天要做值日，你先走吧。”黎黎对小嘉言说。

小嘉言刚刚消失在走廊，黎黎就向孙老师的办公室走去，刚要敲门，阿姝妈妈的声音从里面传了出来。

“孙老师，孩子小，不懂事，监控里看到的不一定是真的啊。我们郑姝懿和黎黎是最好的朋友啊，怎么可能害她呢？何况孩子的前途……”

“那你想没想过，赵黎黎的前途呢？”孙老师平静地说。

黎黎听到阿姝嘤嘤地哭着，心里说不出的难过。

“可是对赵黎黎来说，她损失了什么呢？她要去广州读高中了，这张申请表对她来说算得了什么呢？”

孙老师叹了口气，似乎是彻底的失望，又像是彻底的妥协。

对啊，一张申请表算得了什么呢？她注定要离开这里，离开北方，去试着遗忘这段对她来说清苦却温柔的过去，那么这个插曲在大人眼里，的确算不了什么。更何况，即使她没有申请表，也没有去广州，她一样可以轻而易举地考上崇理。这对黎黎来说，确实没有损失什么。

但不知为什么，黎黎还是很想哭。她恍惚之中觉得，有一段绵长而又模糊的连接在逐渐消失，她与阿姝，就这样漂浮在了两座没有人的孤岛。

办公室的门突然开了，黎黎没有来得及躲闪，与阿姝打了个照面。阿姝的妈妈讪讪地笑着，又紧紧地抓着阿姝的手臂。

“黎黎，我那个……”还没等阿姝说完，她妈妈就推搡着她向楼下走去，一边走一边呵斥她不要在学校里大声说话，以免被别人听了去。

黎黎手里握着没能递给阿姝的纸巾，呆呆地盯着两人的背影。她忽然很同情阿姝，但同情中却没有任何原谅。

黎黎转过头，孙老师在看着她。

“赵黎黎，其实你昨天就应该来找老师的。”孙老师对黎黎说。

“没关系，我不怪她。”

“全剧终”三个字，最终还是写成了不伦不类的错别字。

吃晚饭时，门外传来声响，黎黎听到阿姝的声音，不是归人，是来客。

黎黎倚在门边，不动声色地盯着阿姝的父母向姥爷不停地解释，姥爷端着建厂五十周年的纪念水杯慢慢呷着茶水，听得厌烦。说来说去，就只有一个意思，只要黎黎不声张出去，高中三年无论黎黎在广州什么学校，学费都由阿姝一家来付。阿姝妈妈的声音高高在上地刺进了黎黎耳朵里，听不出是施舍还是歉意。

“而且你们是好朋友啊。”阿姝的妈妈说，“广州的叔叔毕竟不是你亲爸，我们很愿意帮这个忙的。”

“我家要休息了，你们请回吧。”黎黎说着就去开门，走过阿姝身边的时候，努力不去看她。

“黎黎，对不起。”

阿姝的表情看不出是愧疚还是担忧，黎黎也不愿去揣度，只是在关上门的时候轻轻地对阿姝说了一句再见。

“再见了，郑姝懿。”

真的再见了。

黎黎坐在地板上，津津有味地翻着铁皮盒子里的东西。那首《桃夭》是小嘉言的爷爷用红钢笔写的，那天恰好是阿姝的生日，黎黎和小嘉言一起送了阿姝一小瓶夜光许愿砂，阿姝把瓶子系在了书包上，后来阿姝换了好多新书包，瓶子就不见了。

姥姥进来劝黎黎，说都是老邻居，阿姝又是黎黎最好的朋友，何况黎黎要去广州读书了，犯不着计较，得饶人处且饶人。黎黎摇摇头，说自己不会说出去，但也不会原谅阿姝，更不会和她做朋友。

“阿姝妈说付学费也是好心……”

“可是姥姥，这叫施舍，不叫朋友啊。”黎黎翻着相册，平静地说。

姥姥叹了口气，出了房间。窗外泛着雪光，不用开灯都很亮，楼下传来隆隆的声响，明天一早，太婆的小院就成了再也见不到的过去。黎黎有些后悔，后悔没有趁着无知年少，多拍几张以后能拣拾进回忆里的旧照片。

从阿姝手中飘落下来的碎纸片飘荡进了黎黎的梦里，每一片纸上都写着她的名字。黎黎心里装着太多事，不愿遗忘，也就意味着不会原谅。

第二天一早，黎黎出门时踢到了一个东西，捡起来一看，是一只掉了漆的铁皮青蛙，她以为早就弄丢了的，会魔法的铁皮青蛙。

阿姝生了很严重的病，或许是心病，谁都不确定。

积雪融化那天，小嘉言告诉黎黎，阿姝因病缺席了音乐特长生的考试，只好跟着下一届重读一年。小嘉言试探着问黎黎，她们要不要去阿姝家看看，黎黎摇了摇头，说还是不要打扰阿姝休息。小嘉言欲言又止地回了座位，听老师一遍又一遍地重复着红海位于板块张裂区，或许有朝一日会把周围的陆地越推越远，形成新的大洋。黎黎偷偷地在课桌抽屉里掏出手机，想给阿姝发条信息，最终还是放弃了。

黎黎经常在课间接到妈妈的电话，通话时间从来都不长，只是简单的问候，像是在提前演练以后要一起生活的样子。每当这时，黎黎就更加想念住在老房子的人们。听说隔壁老郑早就选好了新房，只是还不愿搬走而已，说是要和老邻居住到最后。

黎黎给小舅舅发短信，问他如果不愿离开该怎么办。小舅舅说要向前看，不许回头。黎黎正要回复，小舅舅发来了两个字：听话。黎黎把手机合上。每个人都会去当自己人生中的主角，慢慢地在赵黎黎的故事线中退场。后来毛毛去音乐附中读书的前一晚大闹了一场，死活不愿住在学校里，黎黎摸了摸毛毛的头，脱口而出的话把自己吓了一跳。

“猴子，听话。”

有那么一瞬间，她忽然理解了小舅舅，只是她不确定，这究竟是长大还是妥协。

黎黎从没与任何人说过申请表被阿姝撕掉的事情，只是趁着四下无人时跟孙老师说，希望能把名额让给其他人。

“一定要选优秀的同学，如果名额不足，是可以有空缺的。”孙老师透过茶色的镜片严肃地对黎黎说。

黎黎不懂为什么孙老师不希望有人填补这个空缺，孙老师低着头，哗哗地翻看着模拟考试的卷子，对黎黎说择优录取不是做慈善。

“一味地谦让也是施舍。”黎黎临走时孙老师对她说。

开门的一瞬间，她想到了装病让给阿姝的那次英文主持机会。无论物质还是微不足道的天赋与能力，她们都曾互相同情，也互相施舍过，施舍到最后，还是用友情把自尊撕得面目全非。

所以错的究竟是自己，还是阿姝呢？

不等黎黎细想，一个身影揪着她的校服衣袖向外面跑去，在尚未完全融化的雪地上踩出两排凌乱的脚印。黎黎跑不动了，站在尚未发芽的丁香树下，脸颊泛红，呼出团团白气。

“不去崇理了吗？”陈晨问。

黎黎迟疑着点点头，不敢去看眼前的少年。她早就知道在自己犹豫的时候，陈晨已经偷偷替她交了一份申请表，只是他们都太小了，小到没有能力决定自己的去留。

“还在北方吗？”

“去广州，跟我妈妈一起。”黎黎说，心里却依然有着千百分的不甘愿，像融化的雪水一样，在冬春之际模糊了形状。

“怎么说你也得参加中考吧，你不适应的话，还能回来呢，还来崇理，”陈晨小声说，“如果你实在回不来，大不了我去广州。但万一你不愿意，我就不去了……”

“全世界的幸运都在这里，我怎么不愿意。”

黎黎从钱包里掏出一张已经褪了色的暴鲤龙卡片，卡片在阳光下泛着斑驳的光芒。她换了好多个钱包，这张小学时流行过的口袋妖怪卡片始终躺在钱包里，无声地昭示着一次清浅而又绵长的告白。

“赵黎黎，我把全世界的幸运都给你。”

中考结束，学校组织毕业班的全体同学去春游。坐在大巴车上，黎黎看着窗外掠过成片的芦苇，还有几个男生惊呼见到了在水面上划着八字的鸳鸯，振振有词地分析着为什么雄鸟比雌鸟好看。早晨的阳光透过玻璃照进来，晒得人懒洋洋的，黎黎睡了一会儿，醒来发现已经越过了黄河的背脊，到了库布齐沙漠的东端。目光所及之处，都是耀目的金黄，衬着澄净的蓝，绵延到看不见的地方。远处有几个褐色的斑点缓缓移动着，是骆驼。

春风和畅，也不曾下雨，踩在细沙上轰轰作响。小嘉言兴奋地对黎黎说，很小的时候，来时下雨，没听到沙丘唱歌，心里还埋怨了好久，今天终于听到了，说完就躺在沙丘上，和几个女同学一起晒太阳。

黎黎也坐在沙丘上，看几个男生从沙丘上面滑下来，沙丘上发出呱呱的响声，像是在口袋里揣了两只青蛙。她想起妈妈有一年从广东回来，全家人来了这里，她和表弟毛毛偷偷地装了两瓶细沙，回了家才扫兴地发现，无论怎么拨弄，沙子都发不出一点声响。姥爷看见了说他俩都是傻孩子，沙子离开家了，还怎么发出声音呢?

后来黎黎上物理课学了静电，也学了“共鸣箱”理论，沙丘也就变得不再神秘，只是姥爷说过的话她始终记得：

离开家了，还怎么发出声音呢?

黎黎身边的几个女生发出了惊呼，指着碧蓝天空上飞过的一只大鸟，黎黎赶忙叫宝音，还用不太标准的蒙语对他说“布日古德”。宝音抬起头，眯着眼睛看了好半天，直到那只鹰展着翅膀，消失在了很远的天际线上。一回头，看到黎黎微笑着在看他。

很多年前，宝音在实验小学的操场上空看见了鹰。

只那么一瞬间，就消失了，他揉了揉眼睛，回了教室，却总是忍不住向外面看。

“宝音，你看什么呢？”没等他回过神儿来，老师的粉笔头就砸在了他的脑门儿上。

“刚才外面有一只鹰。”宝音揉了揉脑门儿，一本正经地指着窗外。

无人向窗外看，还有几个同学忍不住笑出了声，说城市里哪儿来的鹰。坐在第一排的男同学举着课本，煞有介事地催促老师赶快讲课，还埋怨似的看了宝音一眼，佯装出来的上进心令人生厌。

“黎黎，你相信吗？我真的看见了鹰。”宝音留在教室里，和黎黎一起写留堂时的口算题。

“相信，为什么不相信？”黎黎往窗户外面看去，“是往哪里飞走的？机械厂的烟囱那边吗？”

“不是，是那边，往山上飞的，”宝音指着远处似是而非的青山说，“一下子就不见了。”

“那我见过，特别大，翅膀直直地张着，对不对？”黎黎比划了一下，“有这么大。”

“你见过，那真好。”宝音说，“黎黎，我真羡慕你，我想我爷爷了。”

黎黎看了看宝音，没忍心告诉他，其实自己看见的，是风筝而已。

城市里没有鹰，可是宝音心里却始终有一只鹰。

城里住着宝音，牧区住着爷爷，每当宝音想爷爷的时候，就看得到鹰。

爷爷总问宝音，天怎么说，地怎么说，日月星辰，满亏盈仄，各有各的叫法，只是蒙文太难，宝音记着费劲，总是记了忘，忘了再记。爷爷也不责怪宝音，只是在电话里一遍又一遍地教着，和宝音在不同的地方看着一轮相同的月。

宝音喜欢和爷爷在牧区数星星，但他也放不下城市。人人都知道，城里有太多好玩的东西了，可是对于爷爷来说，城市像一个巨大的牢笼，小汽车不如老马轻快，高楼不如帐子踏实。宝音多想让爷爷在家里待得再久一点啊，但爷爷却对宝音说，他想回家了。

"城里不好吗？"宝音问爷爷。

爷爷没有说话，收拾行李，执意要爸爸送他回去。临走之前，爷爷用蒙语对宝音说让他好好读书。

宝音点点头，应了一声，却说不出更多话来。

城里如果没有牧区好，为什么爷爷还会同意爸爸把他送到市中心的实验小学上学呢？他把这个疑惑告诉了黎黎，两个人坐在操场上，想不出结果。

每年暑假，宝音都去爷爷家，回来的时候，奶酪片像下雪一样簌簌地落在黎黎的课桌上，再过几天，宝音就又会跟黎黎说，他看见了鹰，唰地一下向山的另一边飞过去了，不见踪迹。黎黎从不嘲笑他，这让他觉得城市也没那么坏。至少不像老家的人们说的，城里人都长着好几个心眼，好几副面孔，精明得很。他也曾听城里的人说，牧区的人不讲道理。这两种说辞，宝音都不敢确信，只得将信将疑地生活着，和善地对待身边的每一个人，叫每一个女孩"小公主"，也把每一个男孩都当成兄弟，生怕有人说一丁点牧区人的不好传到爷爷的耳朵里，这样爷爷一定会难过。

只是宝音从来都没勇气叫黎黎"小公主"。故事里的公主都和王子在一起，而他从来都不是小王子，所以只好小心翼翼地把黎黎当作他独一无二的安达。

“世界上有很多小公主，可是安达只有你一个。”宝音歪着头，在心里默默地想着。

“宝音，你教我，你好，怎么说？”坐在新教室里，黎黎悄悄问宝音。

“赛、赛白努。”宝音红着脸答道。

“再见呢？”

“巴雅尔太。”宝音小声说，生怕被老师听到。

“那鹰呢？”

“布日古德。”

“布日古德？”黎黎重复了一遍。

“你念得不对，舌头要这样，rrrr……”宝音纠正道，心里美滋滋的，他总算能纠正别人的发音了。

“布……布日古德？”

“勉强给你九十分吧。”宝音点点头，给了黎黎一块泡泡糖。他揣了一整天，就等着没人注意的时候给黎黎。

“宝音，以后你想爷爷了，就说‘布日古德’好不好？”黎黎悄悄地对宝音说，“这样，在新班级里，就没人笑话你了。这是我们的秘密。”

黎黎伸出手指想要和宝音拉勾，宝音摇摇头，伸出拳头在胸膛上拍了两下：“不拉勾，拉勾不酷，你得这样。”

不知从什么时候开始，宝音就很少跟黎黎提到鹰了。他看到黎黎做丁香花的香包，揣在陈晨的校服口袋里，也看到黎黎的钱包里始终装着那张暴鲤龙卡片。他们渐渐生长着，骨节越来越挺拔，心里的秘密也越来越多。只是宝音的秘密依旧与黎黎相关，黎黎的秘密却装了更多人。

“宝音，去滑沙吗？”两个同学过来叫他。

宝音赶忙摇头拒绝，怕把口袋里的绿松石吊坠弄丢，这是爷爷给他的，让他以后送给喜欢的人。只是爷爷还没见过宝音喜欢的人就去世了，自那之后宝音就再也没见过鹰。

“宝音，想什么呢？”黎黎跑过来问他。

宝音迟疑着，从兜里掏出了那枚绿松石雕成的小鹰吊坠，看了几眼又放回了口袋。不远处的沙丘被风吹散了表层的沙土，又有新沙填补上来，阳光之下，像是笼上了一层又一层的薄雾，温柔也虚无。

“赵黎黎。”宝音突然紧张地叫了黎黎的全名，看见黎黎的瞳孔里自己慌忙的倒影，手忙脚乱地把装了好久的绿松石吊坠重新拿了出来。

“这个是我爷爷给我的，让我送给你。”宝音语无伦次地说着。

“送给我？”黎黎最后一次听宝音说起爷爷是在两年前，他请了一周假，回来之后眼睛红红的，说以后再也没有爷爷了。这些事，黎黎都记得。

“就是送我喜欢的人……”宝音嗫嚅着，颧骨上飘着红晕，看不清神色。

“宝音，这个吊坠真好看。”黎黎仔细看着，蓝绿色的松石在阳光下散发着温润的光芒。

“你喜欢吗？”宝音来了精神，想把吊坠塞到黎黎手中。

“但是宝音，这个吊坠我不能要，”黎黎坚决地说，“这是你爷爷留给你的，给你喜欢的人，而这个人，也一定要喜欢你才行。这个吊坠真的很好看，如果有一天你下定决心要送人的话，一定要告诉我，打电话，写信，或是上网都可以。总之要送给值得戴它的人，而这个人，不应该是我。”

宝音欲言又止地看着黎黎，有些恍惚，不知道该说喜欢还是谢谢。直到中考结束，他才知道黎黎要去广州读书的事情。那天他刚在语音电话里听到自己的中考成绩，总分575，比崇理中学的分数线高了五分。

“黎黎，我是想说，谢谢你。”

谢谢实验小学上空的鹰，谢谢布日古德的秘密，也谢谢你。

“宝音，后会有期，用蒙语怎么说？”黎黎躺在沙丘上，眯着眼睛看流云掠过天际。

宝音摇了摇头，说了很长的一串话，黎黎从没听过。有人在沙丘上放起了一只硕大的风筝，像当年第一次在操场上见到的飞鸟。

“这是我爷爷教我的，”宝音说，“世界太大了，后会有期太难。如果以后真的见不到了，那我只好祝你，山高水长。”

尾声
再见邻圃路

老房子的红砖墙变得越来越模糊，最终在薄暮里融化成了一片朦胧的影子，

混着不远处的青烟一同向山的另一边飘散过去。

尾声　再见邻圃路

黎黎一觉醒来，楼下人群熙攘，她看到小嘉言和爷爷把一箱又一箱的书搬上卡车，书里一定有她会背的段落；她也看到小四子叔叔小心翼翼地捧着一摞相框，最上面的那张是绥远烧卖馆门前所有老邻居的合影，黎黎见过那张照片，照片里，太婆笑得很腼腆；她还看到常家奶奶捧着常老爷子的收音机上了车，姥爷说，自从常老爷子走后，常家奶奶每天睡觉之前都要听一段相声，不然无论如何都睡不着。老房子已经很久没有像现在这般热闹过，热闹得像是黎黎刚搬进来时那个漫长的八月。那时她还很小，小到以为从老房子到实验小学之间短短的路途，便是世界。

响当当已经很久没有出现过了，刚才的梦境里，他已经长成了身姿挺拔的少年，微笑着对黎黎说了再见。

“我们什么时候还会见面？”黎黎问响当当。

响当当摇了摇头，消失在铺散着微光的原野。黎黎没有去追，她很早就知道，响当当只是一个梦境，是她在这偌大世界里单打独斗又劫后余生的第一场安眠。

姥爷看了看表，执意在黎黎的书包里塞进了满满一盒桑葚。黎黎挑了一颗放在嘴里，是熟悉的清甜。姥姥说这些都是姥爷昨天亲手在邻圃路尽头的苗圃里摘的，还问黎黎记不记得小舅舅带她去那里抓过天牛。

黎黎点点头。邻圃路有两公里，周围有二十栋老房子，近处是烟火，远处是青山。黎黎还记得，每到冬天，姥爷会给她买一包糖雪球，看风把雪花吹到青山上。那时的天空泛着红色，在路灯的照耀下格外明亮，仿佛顺着这条路一直走下去，就能顺着妈妈当时走过的路到达她曾经最想去的远方。她还记得前些日子问姥爷，为什么不像其他人一样搬进新房，而是要在老房子住到最后一天。姥爷摇摇头，说那有什么着急的，房子又不能长出腿跑了。后来姥姥悄悄对她说，这栋老房子当年刚刚盖起来的时候，只分给先进职工，这栋房子里发生的一切，都顺理成章地变成了姥爷一辈子的骄傲。

“黎黎也是我们的骄傲。”上车之前，姥姥对黎黎说，紧紧地握了握她的手，掌心里的粗糙，都是时间留下的印记。

姥爷说什么都不送黎黎，一个人在老房子里坐着，擦拭着黎黎与小舅舅留下的书，再一本一本地放进纸箱里。每一本书，都擦拭了很多遍。

车开起来的一瞬间，黎黎下意识地回头去看。姥爷一个人站在窗前，向外张望着。她仿佛看到了姥爷一边用帕子擦试着眼角，一边不住地叫着她的名字。老房子的红砖墙变得越来越模糊，最终在薄暮里融化成了一片朦胧的影子，混着不远处的青烟一同向山的另一边飘散过去，山的尽头，是一片尚未被工业气息雕琢过的草原。

这里是多么大，大到她还尚未了解每一处地名的来历；这里又是多么小，小到这段时光里的每一个人，她都能够清晰地说出姓名。

（全文完）

后记　记忆小偷

在我漫长而有限的人生经验里，故事无不起自急待成长的童年。就像油麻地之于桑桑，因而有了《草房子》；新帘子胡同之于英子，因而有了《城南旧事》；再远一些，日本北境的原野与山川之于乔班尼，因而有了《银河铁道之夜》，有了《春与阿修罗》，也有了《渡过雪原》。然而这样的童年即使有千万般好，也终究不属于我。

是从什么时候开始呢，我变成了一个热衷于回忆却又善于遗忘的人。又是从什么时候开始呢，曾经出现在我这条平淡无奇的故事线上的人们，在我满怀信心而又毫无防备地写下每一个 TO BE CONTINUED 的时候，悄无声息地写下了 THE END，之后匆忙退场。

旧人越走越远，新的人不断地填补进来，就像有一个贪婪的小偷，在不断地窃取着我的记忆。我知道这个小偷的存在，却束手无策，只能任由他去。这样的小偷很多，我猜每个人都曾经遇到过。眼睁睁地看着他肆意妄为总归不是一个好办法，于是我只好打开电脑，把这些记忆都记下来，毕竟亡羊补牢总好过坐以待毙。

在我打开文档的一瞬间，记忆从狭长的甬道里喷涌而出，实验小学斑驳的砖墙，闪着光芒的宝可梦卡片，丢了一条又一条的红领巾，一同参加合唱比赛的少年，还有中学门口的丁香，楼下的槐树，废弃多年的地窖还有来不及与亲人说的道别。记忆小偷没有照单全收，却在我努力抓取的一瞬间，用力扯断了这些记忆之间细微的连线，看着我每天不停地拼补，又不停地回忆与遗忘。

故事在脑海里的时候像是一场漫长的暗恋，而成形时却更像是婚姻，事无巨细总归不是一件好事，我只好像书店里被告知“今天只能买一本书”的小朋友一样，在记忆小偷再次到来之前拣拾出一些最不想忘记的瞬间，尽管并不情愿。

然而故事终究是故事，怎么编排依旧是我自己说了算，于是我再次自作主张，把这些听来的，或是遇到的人塞进了一栋六层楼的老房子里，好在他们算是相处融洽，也碰撞出了一点声音，这样再好不过。

写作是无法全面妥协的事情。即使被时间冲刷得再平整，每个人也还有鲜活而凌厉的一面。这个故事里的人，几乎都不完美，甚至没有人能主动拉着岁月的手，都是被时间推着踉跄前行。完美而剔透的人设或许真的有，但实在抱歉，这不是我想要书写的一切。而这个不完美的侧面，就是我能给这栋老房子里的人们最大的尊重，也是我能致以的最微不足道的敬意。

至于为什么书写沙丘，书写厂房，书写青山脚下的人们却只字不提存活在旅游宣传片里的草原，我有一个颇具少年意气，也看似有些任性的答案：既然人们可以接受用可见的速度平地起高楼，那自然也没有理由拒绝一片广袤土地上的种种进步、遗憾、同化，甚至妥协。

我完全可以虚拟出一片原始的草原，一群奔放的人们，眼前是一个又一个的敖包，而远处是十五的月亮。这样的牧歌当然存在，却不是全部，甚至我一厢情愿地认为，书写一个这样原始的二十一世纪，是利用现有刻板印象的投机取巧。所以我感谢各位包容我的任性，也承认这段记忆里充满着缺憾。而这些散碎的记忆，属于绝望与希望并存的九零年代，而不仅仅属于某年某月出生的那些人。如果非要谈一点野心，我希望这个故事呈现在各位面前的时候，有人能说“这就是我的生活”，或者是“这就是隔壁家的小明啊”，对我而言，这就是最真诚的夸赞。

唐代诗人王湾写过一首《次北固山下》，里面有一句是“客路青山外，行舟绿水前”，写的是北固山。而我把故事放在了另一座青山，就是乐府诗里写到的敕勒川。同是青山，依河傍海却各有各的兴味，唯一相同的是水面上升起的日光与远处的归雁。我是北方人，却在成年后的很多时间里都在南方生活，现代通讯已经将时间与空间缩减到了前所未有的距离，然而乡愁却从未因此而剪断，无论世异时移，青山仍旧。书名便来自于此。

美术是我不太擅长的部分，但为了实现群像式的表达，我用了一种典型的中国画技法，以散点透视来写这栋老房子里几户人家的故事，透过九零年代出生的小女孩黎黎的眼睛来看一段时间的变迁，也看这栋房子里每一个人的成长与悲欢。

《尔雅》里对于“黎”这个字的解释是“黎，众也”。我笔下的黎黎，不完美，也不出众，敏感倔强，对世界抱有幻想，没有独特的天赋，甚至没有令人称羡的爱情，就像仰望过无数闪闪发亮的身影之后，揉着酸疼的脖颈，环顾四周时看到的每一个平凡的自己。这样的黎黎，一定不会成为偶像，甚至有些人会反感她的倔强和她少年气的自负与少女情怀里的忧伤。但好在，她是鲜活的个体，也是每一个人童年时都可能遇到过的伙伴，这便足够。

一栋老房子，一群老邻居，可以写的故事有很多，少年人未成形的情感便融化在青山脚下的故事里，变得不那么明晰。如果非要找寻一个结果，那在前作《如果……就好了》的结尾，我给出过一个不太显眼的答案，此处不再赘述。少年人的暗恋每个人都经历过，只是他们还太小，老房子里的故事太多，我便私心希望，这场彼此心意相融的暗恋，来得晚一些，再晚一些。毕竟世上还有很多种情感，聊胜于少年人若有似无的爱恋。

我自知感情丰富不是一件完全意义上的好事，短短的十几万字，却在写作过程中有了千百种情绪，有怀疑，也有放弃，有时还带着一点自信和一点诚恳。从动笔到即将结束，有些人依旧在我的生命里，致我以最柔软的感动，还有些人却就此消失，仓皇到忘了说再见。世界太大，我没能力履行所有的“后会有期”，然而就像宝音说的那样，倘若真的后会无期，那我只好说一句山高水长。

记忆与遗忘是一个很大的母题，写作也是一场孤独的跋涉。不过好在你我都不是西西弗斯，多少也算有了一点长进。我害怕遗忘，更害怕记忆小偷时不时地作案，因此只好尽快地记录下漫长岁月里的每一次道别。或许这些故事我迟早都会写，但如果我没发现这个小偷，等到以后提笔的时候，就会成为褪色的旧照片。以此看来，我反倒有些感谢记忆小偷的出现，并做好了准备，等待着他的再次光临。

为此，我心甘情愿。

2018.08.16

于上海徐汇

图书在版编目(CIP)数据

青山入旧年 / 安徙著. -- 北京 : 法律出版社,
2020

ISBN 978-7-5197-4094-8

Ⅰ. ①青… Ⅱ. ①安… Ⅲ. ①长篇小说-中国-当代
Ⅳ. ①I247.5

中国版本图书馆 CIP 数据核字(2019)第 264738 号

青山入旧年
QINGSHAN RU JIUNIAN

安 徙 著

策划编辑 张发靖
责任编辑 王 晗
特邀编辑 黄梦梦
内文设计 鲍龙卉
封面设计 鲁 娟

出版 法律出版社
总发行 中国法律图书有限公司
经销 新华书店
印刷 中煤(北京)印务有限公司
责任校对 郭艳萍
责任印制 吕亚莉

编辑统筹 市场研发部
开本 A5
印张 10.25
字数 252 千
版本 2020 年 5 月第 1 版
印次 2020 年 5 月第 1 次印刷

法律出版社/北京市丰台区莲花池西里 7 号(100073)
网址/www.lawpress.com.cn
投稿邮箱/wanghan@lawpress.com.cn
举报维权邮箱/jbwq@lawpress.com.cn
销售热线/010-83938226
咨询电话/010-63939796

中国法律图书有限公司/北京市丰台区莲花池西里 7 号(100073)
全国各地中法图分、子公司销售电话:
统一销售客服/400-660-8393/6393
第一法律书店/010-83938432/8433 西安分公司/029-85330678 重庆分公司/023-67453036
上海分公司/021-62071639/1636 深圳分公司/0755-83072995

书号:ISBN 978-7-5197-4094-8 **定价**:46.00 元